西都の亡霊

坂野一人

第一章　アミダの魍魎

一

《優衣ちゃん、どうしちゃったんだろう？》

地下鉄・九段下駅から靖国神社へ向かう登り坂を歩きながら沢田小太郎は考えた。

　駅から神社まで四百メートルばかり、靖国通りと呼ばれる幹線道路の沿道を登る坂は、皇居の外堀を俯瞰する憩いの道だが、日常の往来ともなれば、うんざりする傾斜地である。坂の途中には武道館があり、アイドル系のコンサートでもあろうものなら、沿道に出現したテキヤの露天と、異様な浮かれ気分を漲らせた若者の人波で埋めつくされる。

　横の幹線車道にしても、靖国参賀のためか、黒塗りのいかめしい車両に日の丸をはためかせた凱旋車がずらっとならび、勇ましい軍歌や皇国歌が響きわたる日もある。

　しかし平成十九年の連休明けの平日、初夏めいた陽射しが容赦なく照りつける午後の坂道には、忙しく闊歩するサラリーマンや学生の姿はまばらである。ただ、日傘をかついだ老婆が数人、靖国神社の森にたたずむ深遠な時空を見つめるように、虚ろな視線を坂の上に投げかけ、ため息のような呼気を繰り返しながら黙々と歩くばかり。

《優衣ちゃん、きのうから変だよな。連休中に何かあったのかな？》

神社に面したオフィス街の一角、八階建ての古びたビルの一室にある今西法律事務所のドアノブに手をかけたとき、小太郎は再び楠木優衣の物憂げな表情を思い浮かべ、大きな体を屈めて吐息した。

優衣は今西法律事務所の新人事務員である。大学を卒業したばかりだが、この年頃の女性にはめずらしく、清楚な身なりで化粧気もあまりない。奥二重の目もとや、笑うときに口の両脇をちょっと上げる面ざしなど、彼女がふりまく高校生のような爽やかさが二十六歳の独身男の気持ちをくすぐるのである。

ドアをあけると古参事務員の恩田女史がじろっと小太郎を睨んだ。

「あら小太郎くん、もう講義は終わったの？」

まったくこのオバサンには頭があがらない。もう五十に手の届く歳だが、この法律事務所が開業したときからの古株である。一年前から居そうろうになった沢田など子供あつかいで『小太郎くん』と軽くあしらう。最初の頃、「名前で呼ぶのはかんべんしてくださいよ」と抵抗してみたが、「ボスがそう呼ぶんだから仕方ないでしょう？」と一蹴された。

高校・大学とテニスで鍛えた１８０ｃｍの体はまだ衰えていない。その大男をつかまえ、恩田女史が愛嬌たっぷりに『小太郎くん』と呼ぶたび、優衣はくすっと肩を震わせる。

小太郎が法学部を卒業したのは三年前である。卒業から二年間は、わずかな仕送りとアルバイトで生計をたてながら司法試験に挑んだが二年連続で失敗した。その反省から、司法試験制度が新方式へ移行したことを活用しようと、法科大学院へ入学した。折しもその年の初夏、所長の今西春樹（いまにしはるき）から、「変なところでバイトするぐらいなら、オレが面倒見てやるよ」と、この法律事務所に呼ばれ、雑用を手伝う程度で生活費と学費を賄ってもらうようになった。

今西とは、はとこにあたる血縁だが、歳は十八も上で、沢田が法律家を志望したのも、歳の離れた兄貴のような存在だった今西の影響が大きい。

この事務所にはボス弁と呼ばれる所長の今西を筆頭に、イソ弁と呼ばれる勤めの弁護士・葉山（はやま）徹（とおる）、そして古参事務員の恩田房子（おんだふさこ）と新人事務員の楠木優衣の四人がいる。葉山弁護士は三十代後半の若手である。居そうろうの沢田を苗字で呼ぶのは新人の優衣だけで、あとの三人は『小太郎くん』と、くんづけである。

脇を抜けようとした小太郎を恩田女史が茶化した。

「小太郎くん、ちゃんと勉強してる？」

「してますよ」

うわの空で応え、女史の向かいに座る優衣をちらっと見る。連休前には満面の笑顔で迎えてくれたのに、その日も前日と同様に悄然（しょうぜん）とした上目の会釈だけが返ってくる。

《帰りに話を聞いてみようかな》

そう思って声をかけようとした小太郎の視線を、恩田女史の甲高い声が遮った。

「そうだ、ボスが小太郎くんに用事があるって言ってた！」

思わず言葉をのみ込み、女史を振り返る。

「用事って何ですか？」

「知らないわよ。さっさと所長室へ行きなさい」

事務所の奥には八畳ほどの所長室があり、依頼人はここで所長に対面するシステムである。今西法律事務所は民事専門で、大半の仕事が企業の契約や知的所有権関連、さらにはコンプライアンスなどに関連した訴訟案件である。今西は首都圏にある二十社ほどの顧問弁護士をしているため収入は比較的安定しているらしい。

所長室のドアをあけたとたん、奥の机でパソコンをいじっていた今西が顔を上げた。

「きょうは早いな。講義を休んだのか？」

「午後は休講になったんです。用事ってなんですか？」

「まあ座れよ」

今西は来客用のソファを示し、「勉強はどうだ？」と聞きながらタバコに火をつけた。

「このところは不得意な判例をやり直してるんです」

くわえタバコのまま「ふ〜ん」と煙そうに目を細めた今西は、

「ちょっと頼みたいことがあるんだが、忙しいなら無理かな」

「何ですか？　面倒くさいことはだめですよ」

今西は事務室の方角をアゴで指し、「楠木のことなんだが」と思わせぶりな顔をした。

「優衣ちゃんのこと？」

「忙しいならしかたないけどな」

「大丈夫ですよ。言ってください！」

「ん？　急に元気になったな」

「そんなことないですよ。頼みってなんですか？」

「きょうの昼前に楠木から相談があってな。彼女の伯父（おじ）のことなんだが……」

今西の話によると、優衣の母方の姉が嫁いだ先の夫、つまり義理の伯父にあたる人が、連休中に家を出たきり戻らず、連休が明けても音沙汰がないという。昨夜、伯母から優衣に電話が入り、不安だから家に来てほしいと哀訴された。優衣は警察へ届けるよう助言したが、『優衣ちゃんの法律事務所の弁護士さんに相談したい』と筋違いの懇願をされ、今西に打ち明けたということである。

「オレが先方へ行くのは無理だが、警察へ届けるにしても楠木だけじゃ心もとないし、それで小太郎に付き添いで行ってほしいと思ったんだ。あっちで何かあってもおまえなら多少は法律知識もあるし、なんとか対処できそうだしな」

「ちょっと待ってください。どうして伯母さんが優衣ちゃんに相談するんですか？　ほかに親戚だっているでしょう？」

「ちょっと複雑な事情があるんだ。そのあたりは楠木から直接聞いたほうがいいな」

立ち上がった今西はドアを細めに開け、「お～い楠木、こっちへ来てくれないか！」と大声をあげた。

部屋に入り、おずおずと小太郎の隣へ座った優衣は、今西に促されて事情を語った。

「私の実家は長野県の佐久市にあるんですけど、隣の軽井沢町にいる伯母夫婦には子供がなくて、二年ぐらい前から私を養女にするっていう話が進んでいたんです。養女と言っても形だけだし、私も伯母のことが大好きだから、この連休中にも養子縁組みを決めるはずだったんですけど……伯父が突然行方不明になって……最初はそれほど心配してなかったんだけど、きのうの夜になってもまだ連絡がないって伯母から電話があって、それで弁護士さんに相談したいって頼まれたんです」

話が終わるのを待つように、今西が「というわけだ」と膝をたたいた。

「本来は弁護士の領分じゃないんだが、楠木の伯母さんとなればほっとくわけにもいかんしな。だから小太郎が一緒に行って話を聞いてやってほしいんだ」

「はぁ、事情はわかりました」

「楠木、小太郎の付き添いでいいか？」

「はい……沢田さん、忙しいところをすみません」

その目に潤むような光を見た小太郎は、慌てて余裕たっぷりの表情を繕った。

「気にするなよ。オレもたまには机から離れたほうがいいんだ。気分転換にもなるしね」

二人のやりとりを見た今西は、「決まりだな」とうなずき、

「それじゃあ予備知識として聞いておきたいんだが、楠木の伯父さんは普段は家をあけない人なのか？」

「いえ、しょっちゅうどこかへ行っちゃう人です。それで、はじめのうちはまたどこかで浮気でもしてるんじゃないかって、伯母もそれほど心配してなかったんですけど」

「伯父さんは何歳なんだ？」

「伯母さんより五歳ぐらい上だから、六十七、八になるはずです」

「ほう、その歳でもお盛んなのか……っと、こりゃあ失言だったな」

「いいんです。伯父はお金があるのをいいことに遊びまわっているんです」

「資産家なのか？」

「もともと北軽井沢に四万坪ぐらいの土地を持っていて、三十年ぐらい前、そのあたり一帯がリゾート開発されたときに売ったって聞いています。そのお金で佐久市や上田市に貸しビルやマンションを十棟ぐらい建てて、いまはその大家さんになっているんです」

「おそらく高値で売れることを見越して借財をつくり、土地の売却値と相殺したんだな。それにしてもビルやマンション十棟で相殺となると、けっこうな売却値だったんだな」

「坪三万円ぐらいだって聞いてます」

「ほう～！　ざっと計算して十二億か」

「十二億！」

とっさに叫んだ小太郎を見て、今西の片頬がゆがむ。

「何を驚いてるんだ。バブルがはじける前はそんな話がごまんとあったんだ」

辟易と言った今西は、すぐに優衣へ視線を戻した。

「それで、伯父さんは法定果実……いや、家賃やテナント収入で悠々自適ってわけか。十棟もあればけっこうな収入なんだろうな」

「両親の話では年収で一億円近いってことですけど」

「一億円！」

また声をあげた小太郎に、「いちいちうるさいやつだなぁ」と今西は顔をしかめ、

「なるほどね。小太郎を付き添わせるのは正解だな」

「そうですよね、ビッグな依頼人になるかもしれませんしねぇ」

感心してうなずくと、今西は「おまえバカか？」とあんぐり口をあけた。

「いいか、十二億円を超える資産で年収が一億円、しかも子供がない。もし楠木が養女になったらどうなる？」

「そ、そうですよね！　億万長者ですよ！」

「バカ！　そんなことじゃないだろう。その資産家が行方不明なんだぞ。当然、事件性も疑われるじゃないか。そうなれば楠木が養女なる話にもかかわってくる。そんなところへ楠木が一人で行っ

たらどうなる？」

「巻きこまれる可能性もあるってことですか？」

「そのとおり。だから小太郎がボディガードで行くんだ。頭の方はともかくガタイだけは立派だからな。よし、そうと決まったらすぐに用意して出発しろ。新幹線なら二時間もかからないだろう？」

今西は上着の内ポケットから財布を出し、無造作に十枚ほどの札を抜き取った。

「当座の軍資金だ。こまかいようだけど領収書はもらっておけよ」

「はい！　任せてください！」

小太郎は金を握りしめ、胸を張った。


それから三時間後、黄昏時(たそがれ)の東京駅から乗り込んだ長野新幹線は、平日のためか思ったより空いていた。

《えらいことになったな……》

二人がけ座席の窓側に座る優衣の横顔を盗み見て、小太郎は心でため息をついた。優衣は億万長者のあととりになる可能性がある。しかし、慎ましい横顔からはセレブレディの姿などまるで想像できない。そんなことを考えていると優衣が悄然と顔を向けた。

「沢田さん、ごめんね」

「気にしなくていいよ。軽井沢は初めてだから楽しみなぐらいさ」

「そう言ってもらえると気が楽になる」

「軽井沢って、この季節でもまだ寒いの？」

「朝晩は冷えるけど昼間は気持ちいいわ。この時期はカラマツの芽吹きが綺麗よ」

軽井沢までの車中で、小太郎は優衣から詳しい情報を仕入れた。

失踪した伯父の名は細川城一郎、伯母の名は静子という。優衣の母親の実姉である静子は、軽井沢の素封家の一人息子・城一郎に嫁いだが、そのときすでに細川家の家長は病没しており、佐久市の工務店に勤める城一郎が、老いた母と旧家の家督を守る堅実な家庭だったという。結婚生活も当初は慎ましいものだったが、結婚から六年後、北軽井沢のリゾート開発がはじまり、城一郎名義の三万坪にもおよぶ荒地が一気に値を上げ、細川家は億万長者へとのし上がった。経済状況は一変したが、その頃から細川家には新たな悩みがはじまった。静子との間に子宝が恵まれないということだった。夫婦はあらゆる手段を尽くしたが、結局、城一郎の生殖能力に問題があると判明し、その頃から養子という手立てを考えはじめ、血縁である優衣に白羽の矢が立った。

優衣には二歳違いの兄がいる。その兄が大学を卒業し、郷里で就職したのをきっかけに養女の話が具体化したという。

優衣は、気さくで優しい伯母は大好きだったが、伯父・城一郎はどうしても好きになれなかった。成金にありがちな放蕩振りや傲慢な態度が、純粋な優衣には不潔な大人に映ったのかもしれない。

関東平野を抜けているうちに晩春の空は色を失い、県境の長いトンネルをくぐって到着した軽井沢の駅は、冷気をたっぷり含んだ薄暮が漂っていた。ゴールデンウィークが明けた平日の夕刻、軽井沢の駅前には想像していたような一大リゾート地の光景はなく、目の前を横切る幹線道路から、奥の暗い森へ続く道に、商店街の明かりがひっそり灯っていた。

到着したことを携帯電話で伯母に伝えた優衣は、駅前のタクシーに乗り込んだ。細川家の邸宅は車で十数分の別荘地にあった。濃密なカラマツ林のなか、息を潜めるようにたたずむ巨大な洋館で、窓からこぼれる明かりが深閑とした闇に浮いている。道路から玄関まで長い専用道が続き、敷地だけでも千坪ほどはありそうだった。

重厚な玄関扉を開けると、フローリングの広い玄関で二人の中年女性が迎えた。髪を茶色に染めてカシミアのセーターを着た上品な女性が優衣の伯母で、もう一人の地味な方が住み込みのホームヘルパーだった。

「弁護士先生の助手で、法科大学院生の沢田さんよ」と優衣から紹介され、照れながら「沢田です」とあいさつする。分厚い玄関マットに膝をついた伯母は「本当にすみません」と床につくほど頭を下げた。

「とにかく、おあがりになってください……あ、優衣ちゃん、ご飯はまだでしょう？　店屋物だけど用意しておいたから助手の先生と食べてね」

《助手の先生か、まいったな》

長い廊下の奥にあるダイニングは二十畳を超える広さだった。中央にある北欧調の食卓には大きな鮨桶がおかれ、なかにはひと目で特上とわかるネタがならんでいる。

「伯母ちゃん、こんなに食べられないわ」

「若い先生が来てくれるって聞いたから、ちょっと多めに頼んだんだけど……優衣ちゃんはだめでも、沢田先生なら大丈夫ですよね？」

「ハア、まあ……」

鮨なら三、四人前はいける。しかし先生という敬称がプレッシャーになり、特上のウニの味がずっしり重かった。

食事を終え、応接間に通された小太郎は、先生の名に羞じないよう、不安そうな伯母から事情を聞いた。

「とにかく明日は警察に捜索願いを出しましょう。その前にご主人が行方不明になる前後の状況を教えてもらえますか？」

「前後の状況といっても……」

眉間にしわを寄せた静子は、助けを請うように優衣を見た。

「伯父ちゃんが出かけたときのこと、どんな用事かとか、どこへ行ったかとか、何でもいいのよ」

「そうね……」

静子は虚空に目をやり、五日前の記憶を探した。

「そういえば、出かける前の晩の八時ごろ電話がありました。私が取ったんですけど相手は足利学長でした」

「足利学長？」

「上田市にある中央芸術文化大学の学長です。主人とは大学が創立されたときからの付き合いだから、もう二十年以上になるかしら」

「その人からはよく連絡があるんですか？」

「月に二、三度は……でも家以外では主人の携帯電話にかかってきますから実際はもっと多いかもしれません」

「ご主人に携帯電話で連絡してみたんですか？」

「はぁ、出かけた日の翌々日に一度……でも、電源が入っていないっていうだけで……それから毎日数回かけてはいるんですが……ずっと同じ状態で……」

「そうですか。それで、出かける前の晩の電話は、どんな話だったんですか？」

「すぐ主人に代わりましたから詳しいことわかりませんけど……アミダとかクジとか、それにカクとかいう声が聞こえました」

「アミダ、クジ、カク、ですか？」

「はぁ、そう聞こえましたけど……」

「素直にとればアミダクジにカクか……カクってなんでしょう？」

「さあ……もしかしたら将棋の角（かく）のことかもしれません。主人は囲碁や将棋なども好きでしたから」

「アミダクジに心当たりはありませんか？」

「ありませんが……主人はギャンブルが好きで先物や株などにも手を出していました。いつも足利学長の助言を受けていたようですけど……だから、また凝りずに、くだらないギャンブルに顔をつっこんでいたのかもしれません。でも『これで決まりだな』とか『これが最後だからな』とか言っていました」

「それに関して思い当たることはありませんか？」

静子は「ありません」とすまなそうに顔を伏せ、

「私はあの教授が嫌いなんです……主人がイワレ教の教祖と変な関係になったのも、あの教授と付き合いはじめてからですし……今度だって、きっとあの女とどこかへ旅行にでも行ってるんですよ……」

最後は涙声になり両手に顔を埋めた。そんな伯母を庇うように優衣が助け舟を出した。

「イワレ教って佐久(さく)市に本部がある宗教団体よ。会津磐梯山(あいづばんだいさん)の磐(ばん)て字の一文字で磐教(いわれ)っていうんだけど、伯父はその教団に入信していて、献金もしているらしいの……ねぇ伯母ちゃん、伯父ちゃんはどれくらい献金していたの？」

「毎年一千万円以上はしてますよ。税金対策だなんて言ってますが、あのサギ女をつなぎとめておくために決まってるわ！」

「サギ女って、磐教の教祖のことですか？」

静子はハンカチで鼻をおおい、ぐすっと肩を震わせてうなずいた。その肩に手を添えた優衣が悲しそうな目を小太郎に向ける。

「磐教の教祖は三十歳ぐらいの女性なのよ。前に教団のパンフレットで見たことがあるけど、たしかイハレイカって名前よ」

「イハレイカ？」

「ええ、伊豆の伊に、波でイハ、レイはお礼(れい)の礼、カは中華の華って書いて、伊波礼華(いはれいか)よ」

「伊波礼華か……」

「磐教は神武(じんむ)天皇を御神体にしているらしいけど……」

「神武天皇って、初代天皇のこと？」

「ええ、神武天皇の本当の名前はカムヤマトイワレノヒコノミコトっていうんだけど、字で書けば……」

優衣はショルダーバッグから手帳を出し、腰をかがめて字を書いた。ごていねいにルビまでふってある。

「神日本磐余彦尊(かむやまといわれのひこのみこと)か……」

「磐教はそのなかの一文字をとった教団よ」

「ご主人はその女教祖と関係があったんですか？」

顔を伏せたままうなずいた静子は、力なく顔を上げた。

「もう二十年近くになります……私は知らないふりをしてますけど、あの夫は、ずっと妙な関係を続けてるんです……私は妻ですからね、どんなに隠したってわかりますよ」

「その磐教と足利学長は、どんな関係なんですか？」

「あの教団が本部を建てたころ、足利学長の紹介で知り合ったようです。主人は、すばらしい教祖だって、そりゃあもう大変な入れ込みようで……」

「それがいつの間にか、その……妙な関係というか、そんな感じになったんですね」

小太郎が冷めたお茶を口にしたとき、静子が赤い目で懇願した。

「お願いです。主人を見つけてください。依頼金ならいくらでもお支払いしますから」

「といっても、弁護士事務所は人探しはお受けできないんです」

「それなら沢田先生個人にお願いします。必要なお金は用意します」

「個人って言われても……」

静子の申し出に戸惑っていると、優衣が請うような目で小太郎を見つめた。

「沢田さん、ぜひそうしてあげて。私からもお願い」

「わかりました……できる限りは、やってみます」

小太郎は思わず了解してしまった。

その夜、小太郎は広い座敷にポツンと敷かれた布団の上であぐらをかき、携帯電話で今西に状況を報告した。

――なかなか複雑そうだな。小太郎はどうするつもりなんだ？

「とりあえず警察に捜索願いを出そうと思っています」

――いろいろ聞かれるだろうが迂闊なことは言うなよ。

「迂闊なことって？」

――警察に予見をあたえることだ。教祖との痴情関係とか事実関係がはっきりしないことは伏せておくほうがいい。たぶん伯母さんじゃあ感情が先走っていろいろ言っちゃう可能性もあるからな、おまえが事実だけを正確に伝えるんだ。

「わかりました」

――それと、楠木は公休あつかいにするって伝えておいてくれ。

「はい！」

――彼女のことになったら、とたんに気合いが入ったな。

「そんなことないですよ」

――まあいいさ。おそらく警察は伯父さんの特徴を身元不明死体のリストと照合するか、他府県の警察へ捜索人として届けるぐらいしかできないと思う。だから手がかりを探すんだったら、おまえが楠木と一緒に聞いてまわるしかない。まあ、彼女を助けてやってくれ。ただしオレへの報告だけは忘れるな。それと小太郎、大学院を休んでも大丈夫なのか？

「二、三日なら大丈夫です」

——そうか、もし軍資金が足りなくなったら恩田女史に連絡しておまえの口座に振りこんでもらえ。女史にも伝えてあるからな。

「あ、資金のことなら、伯母さんが用意してくれるそうですけど……」

——まあ、それならそれでもいいよ。とにかく連絡だけは忘れるな。

「はい！」

電話を切ると疲れがどっと押し寄せた。まだ十一時前だというのに物音ひとつ聞こえない。東京の環状八号線沿いにある小太郎のマンションは、1DKの狭い室内に夜通し車の音が夜陰のBGMとなっているが、それが無くなってみると、安らぐどころではなく、奇妙な不安感が意識の底にたまり、床暖房でほんのり暖められた十畳ほどの空間の柔らかい静寂のなかに、己(おのれ)の卑小な存在感ばかりが浮き立っているように感じられる。

布団に横になって天井を見上げているうちに、同じ屋根の下にいる優衣の姿が浮かび、小太郎は妙にむず痒(かゆ)いような気持ちになった。

二

翌日、沢田は伯母を伴って軽井沢警察署に捜索願いを出したあと、細川家の車を借り、優衣と二人で上田市の郊外にある中央芸術文化大学へ向かった。軽井沢から小諸(こもろ)市までは国道を走り、小諸市からは長野道と呼ばれる自動車専用道路を利用した。

視界の右手には巨大な山塊が天をつき、そこから袴のような裾野がゆったりと下っている。その傾斜地を横断するハイウェイは視界を遮るものもなく、ジオラマでも見るように入り組んだ土地の起伏が肌で感じられる。助手席の優衣が「右手に見えるのは烏帽子岳」「左手の谷は千曲川」「ほら、左の谷の後ろで雲から頭を出しているのは蓼科山よ」などと風景のポイントを指差しながら教えてくれた。

広大な裾野の最深部には千曲川が這い、その背後は蓼科山へと続く連山が幾層もの影を雲間に霞ませている。自動車道のはるか正面には小高い山肌が続き、その後方には、頂に残雪を抱いた北アルプスの峰が玲瓏とした紺青の姿を幻想的に浮き上がらせていた。

上田市は戦国武将・真田幸村で有名な真田氏の城下町として栄えた都市である。平成十年の長野冬季オリンピックを機に、長野新幹線や長野自動車が相次いで開通し、かつて田畑や山林だった郊外にも商工業エリアが拡がり、人口も十六万を超える規模に発展している。二十年前に開校した中央芸術文化大学はそうした郊外の新興商業地の山ぎわ、小高い丘を丸ごとキャンパスにしたような深い新緑のなかにあった。

教務課の窓口で面会の旨を告げると、しばらく待たされてから、「学長は接客中ですので、ゲストルームでお待ちいただくようにとのことです」と、その位置を教えられた。

三階のゲストルームは広いオープンな空間で、上田盆地が木々の新緑の間に見え隠れする大きな窓を配した明るい部屋だった。左手奥の重厚な扉には『学長室』と書かれたゴールドのプレートが、誇らしげに輝いている。

　小太郎は優衣とならんで応接ソファに腰をおろした。

「けっこういい場所にあるんだね」

「上田市には他にも信州大学や長野大学もあるけど、敷地の広さはここが一番ね」

「どれくらい待たされるのかな？」

　そうつぶやいたときである。突然、学長室から争うような声が起こった。

　思わず腰を引いて声の方角に身構えたとき、学長室の扉が乱暴に開き、二人の男が押し合いながら出てきた。内部から押している男はスーツ姿で、押し出されたのはずんぐりしたジャケット姿の、髪を無造作に伸ばした中年男である。

　スーツ姿が「キミ、失礼じゃないか！」と怒鳴る。ジャケット姿が「ちょっと待ってください。ボクはただ正直な感想をお聞きしたいだけですよ」と抵抗する。

「とにかくお引き取りください！」

「わかりました！　どうも失礼しました！」

　吐き捨てるように言ったジャケット男はソファの小太郎と優衣を一瞥し、舌打ちしながら通路へ消えた。

「どうも申しわけありません」

残ったスーツ男が慇懃に腰を折った。

「学長も有名人ですのでマスコミの取材も多いんですが、なかには、ああいったゴロツキみたいな手あいもいまして……お見苦しいところをお見せしました。私は文化人類学部の赤松と申します」

呆気にとられたまま名刺を受け取る。名刺には文化人類学部助教授・赤松誠一とある。

《へえ、この若さで助教授か》

小太郎は黒ブチメガネの優男をまじまじと見た。

《若づくりしてるけど三十代後半ぐらいはいってそうだな》

そんなことを考えながら、助教授のあとについて室内へ入る。

「やあ、どうもお待たせしまして」

奥の机から立ったのは、健康そうに日焼けした初老の男だった。

「細川さんの姪御さんだそうですな。どうぞお座りください。そちらのお若い方は？」

「私は彼女の職場の同僚で、沢田と申します」

「それは、それは」と恵比寿顔でソファを勧める足利学長は、小太郎が想像していた『穏やかな学者風の老人』とはまるで違っていた。濃くて太い眉、換骨が張ってこけた頬、それが日焼けで黒光りし、さながら土建業の社長といった風貌である。

渡された名刺には足利靖典の名の上に、中央芸術文化大学・学長と、文化人類学博士の肩書きがのっている。

「きょうはどのようなご用事ですかな？」

鷹揚な所作で向かいのソファへ腰を下ろした足利学長が優衣に笑いかけた。

「じつは伯父のことなんですけど……」

「細川さんのこと？」

「はい、伯父が連休中に家を出たまま連絡が取れないんです」

「連休からと言いますと、だいぶ経ちますなぁ」

「それで、きょうの午前中、伯母と一緒に警察へ捜索願いを出しました」

「それは心配ですなぁ。それで私に聞きたいこととは？」

「伯父が出かける前の夜、学長から電話があったと伯母から聞いたものですから……」

一瞬、「前の夜？」とつぶやいて眉をしかめた学長は、すぐに「ああ」と気づき、

「たしか四日の晩だったかな、細川さんに電話しました。いや、特別な用事ではなく、いつものご機嫌うかがいですがね」

「そうですか……」

言葉を失った優位に代わり、小太郎は肝心なことを聞いた。

「学長はアミダクジやカクという言葉に覚えはありませんか？」

「アミダクジ？」

「ええ、細川氏が電話で話しているのを奥さんが聞いたというものですから」

学長は「ふ〜ん」と鼻息をつき、

「本当に奥さんが聞いたんですか？」

「はい、そう話していました」

「それは……在家信者の総代選びのことかな。たしかそんな話をしたのを覚えてますよ」

「在家信者？」

「磐（いわれ）教という教団をご存知ですか？」

「ええ、知っていますけど……」

「それなら話が早い。細川さんは在家信者の総代をしてましてね、総代の選出は二年に一度ですが、たぶんその選出方法のことで、そんな話があったような気もするが……」

「アミダクジなんかで総代を決めるんですか？」

「いやいや方法はいろいろですがね。細川さんが冗談でアミダクジなんかを持ち出したんじゃなかったかな」

「失礼ですが学長も在家信者なんですか？」

学長は「え!?」と目をむき、そのあと「アッハッハ」と豪快に笑った。

「私は教育者ですから宗教団体には入りません。あの教団は神武天皇をご神体に仰ぐ教団で、私も専門外ではありますが、わが国の古代史を研究していましてね。その関係で、求められれば研究資料などを提供することはありますよ」

そのとき優衣が思いつめた口調で聞いた。

「あの……学長さんは伯父の行き先について心当たりはないでしょうか？」

「私は何も聞いてませんが……赤松君、キミは思い当たることはないかね？」

学長の背後で畏（かしこ）まっていた助教授は、「いえ私なんかが……」と大袈裟に手を振った。

優衣は足利学長に視線を据えた。

「学長は、磐教の教祖のことはご存知ですよね？」

「伊波礼華さんのことですか、もちろん知ってますよ」

「伯父とはどのような関係だったかご存知ですか？」

今度は学長が優衣を凝視した。

「私の口からは言えませんな。細川さんが戻ったら直接お聞きになるほうがいいでしょう。そろそろ出かける時間なので、このあたりでよろしいですか」

横柄に言った学長は隣の赤松助教授に「時間だ」と声をかけ、ゆっくり立ち上がった。

＊

足利学長からは何も得るものがなかった。

軽井沢の家で待っていた静子も、小太郎の報告に落胆してうなだれた。

「伯母ちゃん、大丈夫よ。伯父ちゃん、これまでだって何度も連絡もしないで家をあけたことあるんだから、そのうちに涼しい顔して戻って来るわ」

優衣のはげましに、静子はいくらか安堵を浮かべ、

「そうね、さっき脇屋さんから電話があって同じこと言われた……」

「脇屋さんって？」

「優衣ちゃんは知らなかったかしらね。主人が勤め人だった頃の部下で、今は佐久で工務店を経営している人。偶然私の高校の同級生でね、そんな関係でこの家を建てるときも設計をお願いしたのよ。主人が磐教と関係を持つようになってからは疎遠になったけど……」

細川に関してどんな些細な情報でもほしいと思った小太郎は、

「電話は細川さんへの用事だったんですか？」

「いえ、夏までにキッチンリフォームしようと思って連休前に私から連絡したんですけど、その返事の電話です」

「脇屋さんは細川さんと親しかったんですか？」

「磐教に入るまでは……」

「それなら何かを知ってるかもしれないなぁ。優衣ちゃん、その人に会ってみようか？」

「そうね。伯母ちゃん、脇屋さんにお願いしてくれる？」

静子の連絡で夜の八時過ぎのアポイントがとれた。佐久市で工務店を営む脇屋の家へは車で三十分ほどの距離である。小太郎と優衣は夕食を早めにすませ、静子の車を借りて夜の国道を走った。電話番号から検索したカーナビは、長野新幹線・佐久平駅の近くを示している。

軽井沢の街を抜けると道は急に暗くなり、夕餉の時刻とは思えない静寂が、黒く沈んだ沿道の木々をおおっていた。

「佐久市って優衣ちゃんの実家があるところだろう？」

「でも私の実家は臼田だからずっと奥の方よ」

位置関係はまるでわからなかったが、優衣の故郷だと思うと、寂寞たる土地にも親しみが湧く。

やがてカーナビは国道から地方道へと案内し、『脇屋工務店』の袖看板がある三階建ての建物へ誘導した。道に面した一階には明かりが灯り、窓越しに二人の男が見えた。

「あの人、昼間見た人じゃないかしら？」

優衣が怪訝につぶやいた。なるほど白髪頭の男と向き合っているのは、昼間の学長室で見た顔である。薄茶のジャケットにも見覚えがあった。

車に気づいた白髪頭の男が立ち上がり、内側から扉を開いた。作業服の胸元には脇屋工務店の文字が刺繍されている。

「はじめまして。細川の姪で楠木優衣といいます」

「静子さんから聞いてます。先客がおるけど、入ってください」

もう一人の中年男は、どうやら客のようである。学長室での悶着を思い浮かべながら室内に入ると、その中年男が「あれ？」と目を開いた。

「たしか足利学長のところでお目にかかりましたね。大学関係の方ですか？」

悪びれた様子もなく、人なつっこい面持ちで、頬にかかった髪を両手で掻きあげる。

「則尾（のりお）さん、そうじゃねえですよ。この人は私の同級生の姪御さんで、その……」

脇屋は困ったように優衣を見た。

「あ、楠木と申します。東京の法律事務所に勤めています。こちらは同僚の沢田さん。法科大学院生です」

「あれ、弁護士さんの卵でしたか。こりゃあどうも」

バカていねいに白髪頭を下げる脇屋に、あわてて「沢田と申します」とあいさつを返す。ジャケットの男も椅子から立ち上がり名刺を出した。

「ボク、則尾（のりお）といいます。脇屋さんに聞きたいことがあってアポなしでお邪魔したんです」

名刺には則尾操一（のりおそういち）という名があり、旅行作家の肩書きがのっている。

「旅行作家ですか」

「いやぁ、まだ一冊しか著書を出してないんで、お恥ずかしいんですけどね」

照れるように髪をかき上げた則尾の横で、脇屋が椅子をすすめた。

「則尾さんは、古代史のことを聞きにみえたんですよ。オレが古代史に関する研究会の県の支部長を勧めてるもんだから」

照れ笑いをこぼした脇屋は、すぐに表情を曇らせた。

「静子さんから聞いたけど、細川さんが戻らないんだって？」

「ええ……」

「出かけてからもう一週間近くになるずら」

「それで、私たちが東京から来たんです。きょう捜索願いを届けてきたんですけど……」

「そりゃあいけねえな。静子さんも心当たりがねえようだし……」

腕組みをした脇屋の背後で、則尾が「ん？」と眉をひそめた。

「失礼ですが、お二人が足利学長の所へ行ったのは、その関係だったんですか？」

「えっ!?」と身を引いた優衣は、

「ええ……伯父が出かける前の晩、学長から電話があったと聞いたものですから……そのとき、アミダクジとかカクとか話していたのを伯母が聞いたらしいんです。それで、もしかしたら学長が伯父の行き先を知ってるんじゃないかと思って……」

「アミダ!?」

則尾がすっとんきょうな声を発した。

「本当にアミダと言ってたんですか！」

「あ、はい……」

硬直した優衣を無視し、則尾は、唖然と口をあける脇屋を見た。

「脇屋さん、やっぱり学長はあの件に関係してたんですよ」

脇屋も「こりゃあ……」と絶句する。意外な反応に小太郎は戸惑ってしまった。

「ちょっと待ってください。お二人ともアミダクジに心当たりがあるんですか？」

すると脇屋が「ふう〜」と大きく息を吐いた。

「心当たりもなにも、則尾さんがみえたのもそのことですよ」

今度は小太郎が仰天した。

「え〜！？　磐教の在家信者総代を決めることですか？」

しかし脇屋は怪訝に顔をゆがめ、

「そりゃあ何のことだい？」

「足利学長は、在家信者の総代を決めるためのアミダクジの話だと言ってましたけど」

すると則尾が「ふん！　あのタヌキオヤジめ」と悪態をついた。

「沢田くん、ボクが学長の所へ行ったのもその件だよ。でもあのタヌキオヤジ、いきなり興奮して、あとはキミ達が見た通りさ」

「アミダクジって何ですか？」

「アミダクジじゃなくて、阿弥陀仏（あみだぶつ）のアミダ。それに、カクっていうのは間違いなくカクムソウことだ。クジってのは、よくわからないけど、たぶん時間のことじゃないかな」

「カクムソウ？」

「字で書けばこうだよ」

則尾は内ポケットからペンを出し、テーブルにあったメモ用紙に『郭務悰』と書いた。

「その阿弥陀仏や郭務悰と、細川さんの失踪がどう関係するんですか？」

「沢田くんは古代史の分野は詳しい？」

「大学受験は日本史でしたけど、あまり記憶には残ってないです」

「それじゃあ基本的なことから話さなきゃならないな」

思案するように腕を組んだ則尾の横から脇屋が、

「よかったら母屋へ行きませんか？　話が長くなりそうだから、お茶でも用意させますよ」

と言いながら、事務所の裏手の母屋へ三人を案内した。

＊

「まず、郭務悰の阿弥陀仏という話の背景には日本書紀の記述がある。二人とも、現在の古代史が日本書紀と古事記のふたつの書物に基づいていることは知ってるかい？」

緑茶で喉を潤した則尾は、神妙な視線を投げかけてきた。小太郎はぴんとこなかったが、優衣はすぐに反応した。

「でも日本書紀の記述は第十代の崇神天皇ぐらいまではほとんどが創作で、二十六代の継体天皇以前の記述は正確さが保証できないって聞いてますけど……」

「ほぉ～よく知ってるね」

「私、史学科を出てますから、戦前の皇国史観と戦後の津田史学の基本程度は……」

《へえ、優衣ちゃんは史学科だったんだ。どおりで神武天皇のことも詳しいはずだ》

隣の優衣をちらっと見たとき、則尾がじろりと小太郎を睨んだ。

「沢田くんは、このへんの話は不得手？」

「あまり詳しくはないですけど」

「でも大化の改新とか壬申の乱とか、中学校で習うレベルならわかるだろう？　今回の話はそのへんの年代のことなんだ」

則尾はノートに簡単な皇統図を書き、それをペン先で示しながら語った。その内容は次のようなものだった。

日本書紀の持統紀に、『復、大唐の大使郭務悰が、御近江大津宮天皇（天智天皇）の為に造れる阿弥陀像上送れ』という一文がある。筑紫大宰率河内王等に対する持統天皇の詔で、日付は持統六年（六九二年）五月十五日になっている。しかし、この一文は謎に満ちており、この記事の前後に類する記述は一切なく、この一文だけが突如として現われ、前後の記述内容から浮いているのである。

持統天皇は天智天皇の娘であり、次の天武天皇の皇后である。天武天皇は天智天皇の弟だが、大海人皇子と呼ばれた皇子時代の西暦六七二年、天智天皇の子である大友皇子を壬申の乱で滅ぼし、皇位についた。つまり天武天皇は甥を殺し、姪と結婚したことになる。また郭務悰とは、六六三年に倭国と百済の連合軍が、唐と新羅の連合軍と戦って敗戦した『白村江の戦い』のあと、戦勝国・唐の占領司令官として倭国に来た朝散大夫（長官）ということである。

37代
斉明天皇（女帝）
白村江の戦い
（663年）

38代
天智天皇（中大兄皇子）

40代
天武天皇（大海人皇子）

婚姻

41代
持統天皇（女帝）

39代
弘文天皇（大友皇子）

43代
元明天皇

舎人親王
（日本書紀の編纂）

草壁王子

44代
元正天皇

42代
文武天皇

持統紀の謎の一文を平たく訳せば、『唐の占領司令長官の郭務悰が、（父である）天智天皇の（病気平癒祈願の）ために造らせた阿弥陀像を（京に居る自分のもとへ）送れと、筑紫（北九州）を治めていた（部下の）河内王に命令した』というものである。

郭務悰の阿弥陀とは、日本書紀に突如として現われるこの一文に由来している。

ここまで話すと、則尾は「だいたいの構図はこんなところかな」と、ひと息いれた。

小太郎は話の先を急かせた。

「それが細川さんとどう関係しているんですか？」

「ここからがちょっと複雑なんだ。問題はふたつある。ひとつは郭務悰がなぜ北九州の大宰府近在に駐留したか、もうひとつは大宰府にいる郭務悰に誰が阿弥陀像づくりの依頼を伝えたかってことだ。このあたりの話は脇屋さんの領分だな」

話を振られた脇屋は、「はぁ……」とうなずき、小太郎と優衣と交互に見た。

「お二人は多元古代史観というのをご存知ですか？」

小太郎は何を聞かれたのか理解できなかった。しかし優衣は思い当たるふしがあるらしく、「たしか……」と学生時代の記憶を探り、

「大和朝廷一元説に対する多元的な古代史観ですよね」

「さすがにご存知ですな。オレはそういったことを研究するサークルに所属してるんだよ」

「ちょっと待ってください。オレにはさっぱりわからないんですが……」

話題からおいていかれそうになった小太郎は慌てて割り込んだ。

「ははは、今から説明するよ」

脇屋はお茶をひとくち飲み、おもむろに話しはじめた。

彼が所属する古代史探求連盟とは、四十年ぐらい前、それまでの大和朝廷一元史観とはまったく

違う古代史学説が世に登場し、それに啓発された人々が結成した愛好者サークルということである。そのサークルが研究対象にする新説の原点は、奈良時代の以前、西暦七〇〇年ごろまでは日本各地に王朝があり、中国地方以西は倭と呼ばれる筑紫（北九州）の王朝が治めていたという説である。つまり古代中国の史書にある倭国とは、初代天皇の神武天皇以来、奈良・京都など近畿地方に都をおいた大和朝廷ではなく、北九州、つまり現在の福岡市を中心とする筑紫と呼ばれる地にあった筑紫王朝と呼ぶべき王朝だった。大和朝廷は神武の時代に筑紫王朝の一派として近畿地方に攻め入り、奈良の橿原に拠点を築いた分派豪族に過ぎなかったが、本家の倭国が西暦六六三年の白村江の戦いで唐軍に敗れたあと、神武系の子孫首領である天智天皇が、唐軍の意を受けた日本国の盟主として、この国を治めるようになったというものである。

日本書紀によれば、白村江の戦いの前に百済から救援の要請を受けた倭国の天皇は女帝の斉明天皇で、実質的な権力はその子の中大兄皇子、つまり後の天智天皇が握っていた。ところが九州まで出兵したとき斉明天皇が急死したため、中大兄皇子はその喪を理由に兵を引き上げてしまった。

国の存亡をかけた戦いに、倭国軍の最高司令官と主力部隊が参加しないなどということは、あり得ない。そのことからも天智天皇は白村江の戦いの前から、親唐派として唐と通じていたため、筑紫王朝を中心とした倭国軍の戦いに参加しなかったという推測が成り立つ。つまり六六三年には筑紫王朝があり、天智天皇の大和朝廷はその支配下にあったということである。

この新説は、従来の日本書紀や古事記の記述に従う大和朝廷一元説、つまり、現在の天皇家の祖先が天照大御神の神話のころから、一元的にこの国を治めていたとする一元史観に対し、国の元になった王朝は全国各地にあったという立場から『多元史観』と呼ばれ、それを支持する人々が全国に数万人はいるという。これらの人々が、それぞれの主張に合わせていくつもの古代史研究団体を結成しており、脇屋が属する古代史探求連盟も、そうした全国規模のサークルのひとつで、小さいながらも地域ごとに支部をおいている。

　そのうちの長野県地区の支部長を務めるのが脇屋である。

　脇屋の話を聞きながら、かつて学んだ内容とはまるで違う歴史観に、小太郎は困惑した。

「それじゃあ脇屋さんたちは、教科書にある古代史は間違いだと考えてるんですか？」

　脇屋はにべもなく否定した。

「ああ、間違っている。少なくとも西暦七〇〇年以前の古代史はだめだ。日本書紀と古事記の記述に沿ったもんだからな。日本書紀の編纂を命じたのは舎人親王だとされるが、これは六七二年の壬申の乱で皇位についた天武天皇の皇子だ。つまり日本書紀は、あくまで勝者の論理で、勝者に都合よく書かれた史書だってことだ」

　しかし小太郎は納得できなかった。そのしかめっ面を見た脇屋は表情を和らげた。

「沢田さん、先の太平洋戦争で連合国最高司令官のマッカーサーはどこにＧＨＱ（連合国軍最高司令官総司令部）の本部をおいたか知ってるずら？　占領軍は占領国の首都に本部をおくのが当然のことだ。でも白村江の戦いに勝利した唐軍の最高司令官の郭務悰は筑紫の大宰府近在に占領拠点をおいた。これが何を意味するかわかるずら？」

「北九州が日本の首都だったってことでしょう？」

「そう、つまり倭国とは北九州に首都がある王朝だってことだ。七〇〇年以前の首都が北九州だとしたら、西暦二三〇年ごろの首都もその辺りにあったはずだろう？」

謎かけのような言葉に優衣が反応した。

「それって邪馬台国のことですよね！」

「ご名答！　魏志倭人伝に記された国名は『邪馬壹国』だけどな。邪馬台と読ませたほうが日本書紀や古事記に書かれた大和という音に似ているから、江戸時代に松下見林が書いた『異称日本史』のなかで『邪馬壹国は、邪馬臺国の誤り』としたのを受けて、それ以後は『臺』の字を台風の台という字に書き換えて邪馬台国と呼ぶようになったんだよ」

「それじゃあ、近畿か九州かで論争になっている邪馬台国は、郭務悰が駐留した大宰府近辺にあったということでしょうか？」

「そういうことになる。だけど問題は、北九州にいた郭務悰に誰が天智天皇の病気平癒の阿弥陀像づくりを頼んだかということだ。占領軍の最高司令官に謁見して頼むには、それ相当の人物でなけりゃならない。そこでクローズアップされるのが天智天皇の弟の大海人皇子、つまり、のちの天武天皇というわけだ」

「でも大海人皇子は、天智天皇が病気のとき、自ら吉野にくだって仏門にはいったんじゃなかったかしら？」

優衣が小首をかしげたとき、則尾がやきもきした表情で口をはさんだ。

「その『吉野』が問題なんだ。現在の学説では奈良県の吉野とされているけど、日本書紀の天武記などには、それと矛盾する記述がいっぱいある。それに、歴史に残る壬申の乱も、本当にあったのかどうかも疑わしい……脇屋さん、そうですよね？」

「その通り。大海人皇子が下ったとされる吉野は、奈良の吉野じゃなくて北九州の吉野という説もある。ほら、いまでも吉野ヶ里(よしのがり)なんて地名が残っているだろう？　つまり大海人皇子は、倭国の首都である大宰府へ占領本部を置いた郭務悰に、今後の日本を治めるのは自分だと、その承認を取りに行き、そのとき親唐派である天智天皇の病気平癒の阿弥陀像づくりを依頼したんだよ」

小太郎には、歴史的な経緯や事実はちんぷんかんぷんだったが、郭務悰と阿弥陀像の関係は何となく理解できた。

「つまり郭務悰の阿弥陀像は、天武天皇の依頼で製作されたってわけですね？」

「そういうことになる。もしそれが事実だと証明されれば、日本書紀や古事記を基にした大和朝廷一元史観は崩れるずら？」

「どうやってそれを証明するんですか？」

そのとき則尾がもどかしそうに声を上げた。

「だからぁ、それが郭務悰の阿弥陀像さ。もし阿弥陀像が発見され、その台座かどこかに、『大海人皇子の依頼で製作する』という意味の文字などが見つかったら大変なことになる」

「でも発見されなけりゃ意味ないですよね」

「だから、それが発見されたんだよ。ねえ脇屋さん」

脇屋は「ああ」とうなずき、

「中国で発見され、長安北嶺大学の人が日本に持って来てるって噂が流れてる」

「ボクが足利氏のところに行ったのもその件だよ。彼は熱烈な大和朝廷一元史観論者で、筑紫王朝なんて絶対に認めない人だからね。ボクが郭務悰の阿弥陀像のことを質問したら、そんなデマを真に受けてるようじゃあキミも三流だなんて鼻で笑うもんだから、こっちもつい感情的になってさ。結局、つまみだされたけどね。それで古代史探求連盟でも熱心に筑紫王朝を研究している脇屋さんのところへ裏取りに来たってわけだよ」

するとは脇屋は恥ずかしそうに頭をかいて、

「いやぁ、オレなんかはそれほど筑紫王朝に詳しいわけじゃないんだよ。初代の県支部長だった氷見(ひみ)さんだったら、それに関する論文を書くほど研究してたけど……でも、もう亡くなっちまってるしな」

「でも脇屋さん、細川氏との電話の一件で、足利氏が郭務悰の阿弥陀像のことを気にしてたことだけはたしかになりましたね」

「ああ、もしかしたら学長は細川さんに買わせようとしてたのかな？　細川さんなら五千万ぐらいは用意できそうだし」

それを聞いた優衣が弾かれたように顔を上げた。

「伯父は阿弥陀像を買おうとしてたんですか？」

「学長と細川さんの関係からすれば、考えられなくもねえなぁ」

脇屋の説明を聞きながら、小太郎には腑に落ちないことがあった。

「脇屋さん、その阿弥陀像って、もし本当にあったとしたら国宝級のものですよね。それが売りに出されているんですか？」

「そのあたりの事情はわかんねえけど、そんな噂ずら」

すると則尾が口もとを冷ややかにゆがめた。

「日本では国宝でも中国にとってはどうかな。日本書紀に一行書かれているだけだし、それほど重要視はしないんじゃないかな」

「五千万円っていう価格もついてるんですか？」

「値段についてはボクも脇屋さんに聞いて初めて知った。問題は中国から持ち込んだやつの素性だよ。もし事実なら日本の歴史が変わる可能性もあるし、ボクもそのへんに興味を持って調べてるんだ」

「いずれにしても、売りに出てるってのがマユツバもんずら」

脇屋はさめた口調で言い、タバコに火をつけた。時刻はすでに十一時をまわっている。則尾はち

らっと腕時計を気にし、

「脇屋さん、ボクはそろそろおいとましますけど、郭務悰の阿弥陀像を国内に持ちこんだ人物の連絡先はわかるんですか？」

「東京本部からのメールがあります。ちょっと待ってください」

脇屋は奥の部屋からメールのプリントを持ってきた。それをメモしながら則尾が聞く。

「この情報はどうやって仕入れたんですか？」

「先月のはじめに本部宛てのメールで届いたって聞いてるけどな」

「じゃあ足利学長にも同じ方法で連絡が行ってるのかな？」

「それはわからねえけど、学長が知ってたってことは、そうなんだろうな」

「脇屋さんのサークルでも話題になってるんですか？」

脇屋は「まあ……」といいよどみ、

「人によってかな。売りに出てるってのがどうも気にくわねえ」

その表情から察するに、脇屋はこの情報に関しては否定派のようだった。

＊

脇屋の家を辞し、市内のビジネスホテルに帰るという則尾を車に同乗させた。

「ところで、沢田くんは楠木さんの彼氏なの？」

後の席に乗った則尾が、のんびりした口調で聞いてくる。

「そういうわけじゃなくて、つまり、その……」

うろたえる小太郎を見て、助手席の優衣がくすっと笑った。

「事務所の所長が私のサポート役にって、頼んでくれたんですよ」

「なるほど。いい体してるものな。法律事務所か……場所は東京のどこ？」

「靖国神社の前にあります。今西法律事務所っていうんですけど、則尾さんも困ったことがあったらぜひご利用ください」

さすがに優衣は事務所の宣伝を忘れない。

「今西法律事務所？　弁護士の名前はなんていうの？」

「所長は今西春樹ですけど」

「もしかしたら××大学の出身で四十なかばの、ちょっと男前の人じゃない？」

「所長を知ってらっしゃるんですか？」

「そうか今西さんかぁ！　こりゃあ奇遇だ。ボクも××大学なんだ。学部は文学部だけどね。たしか部活の二年先輩に今西春樹って法学部の学生がいたよ」

二人のやりとりを聞いていた小太郎は、今西が大学時代に少林寺拳法部に入っていたと聞いたのを思い出した。

「じゃあ則尾さんも少林寺拳法をやっていたんですか？」

「学生時代はね。あれ？　沢田くんは所長の学生時代のことまで知ってるんだ」

「オレ、今西所長のはとこなんです」

「親戚だったのか。ますます奇遇だなぁ。そうだ、今度、則尾が顔を出すって所長に伝えておいてくれないか？」

「わかりました。でも則尾さん、オレたち、もう一度足利学長を訪ねた方がいいんでしょうか？　それと、警察には今夜の話の内容を知らせなくていいんでしょうか？」

「両方ともやめた方がいい。とくに警察にとっては突飛な話だから、伝えるのは難しそうだし……とりあえずボクが動いてみるよ。ところで東京へはいつ戻るの？」

小太郎は「はぁ」と助手席の優衣に視線を送った。すると彼女は、

「私は、もうしばらく伯母についていてやりたいんだけど、沢田さんは大学院の講義もあるから、一旦戻ったほうがいいわ」

あっさり言われ、小太郎は戸惑った。

「私なら大丈夫よ。もし何かあっても軽井沢なら一時間ちょっとで来られるじゃない」

「そうだけど……」

小太郎はルームミラーで後席の則尾をうかがった。街灯の明かりで見え隠れする顔が笑っている。少林寺拳法部だったと知ったとたん、ずんぐりした体が妙にたくましく見えるから不思議である。

則尾を市内のビジネスホテルで降ろし、優衣と二人で深夜の国道を走っていると、ふいに不吉な予感が走った。

《優衣ちゃんの伯父さんは、やっぱり何かのトラブルに巻きこまれたのかも……》
思わず助手席を見る。優衣はヘッドレストに左頬をのせ、眠りに堕ちていた。その横顔を見ているうちに、《オレが守ってやる！》と使命感のようなものが湧き上がった。

三

翌日の午後、優衣を残して東京へ戻った小太郎は、その足で事務所に行き、信州で得た情報や則尾との出会いを伝えた。

今西は、郭務悰や阿彌陀像のことは、理解に苦しむといった感じで顔をしかめていたが、話が終わると「ふ〜ん」とため息をつき、ソファの背に頭をのせた。

「則尾か……旅行作家になっていたのか。こんな偶然もあるんだなぁ。あいつ学生時代には関東大会じゃあ敵なしの猛者だったよ」

「そんなに強いんですか？」

「なめてかかるとえらい目にあうぞ。それはそうと楠木は大丈夫なのか？」

「彼女、思ったよりしっかりしてますよ。でも伯母さんの方はちょっと心配ですね」

「郭務悰や阿彌陀のことはちゃんと伝えたんだろう？」

「理解はできなかったようです。五千万円の件は細川さんの口座を調べてみるそうです」

「思っていたより根が深そうだな……」

「オレもそんな気がしてます。この件に関しては則尾さんが動いてくれるそうですから、とりあえず結果待ちですね」

その則尾が今西法律事務所に顔を出したのは二日後の夕刻だった。いつものように講義のあと事務所へ顔を出すと、則尾の人なつこい顔が所長室のソファで笑っていた。

「則尾さん、よくここがわかりましたね」

「電話帳で調べればすぐわかるよ。信州ではお世話になったね」

「こちらこそお世話になりました」

「小太郎、ちょうど則尾から郭務悰や阿彌陀仏の話を聞いていたところだ。おまえの話はあまり要領を得なかったからな」

「どうもすみません。それで何か新しい事実はわかったんですか？」

「うん。沢田くんたちと別れた翌日、ボクはもう一度脇屋さんの所へ行って詳しい話を聞いたんだ。あの晩は楠木さんがいたので、あまり立ち入った話ができなかったそうだけど、やっぱり脇屋さんは相当な情報を持っていたよ」

則尾が聞き出した情報とは、細川城一郎に関することだった。

細川と磐教の教祖・伊波礼華との関係は、その筋では知られた話だという。磐教団はもともと千葉県の田舎にあった小さな宗教団体だったが、二十年ほど前に佐久市の郊外に教団本部を移設・新築し、急速に入信者を増やしていった。現在では教団本部に数十名の幹部職員が常駐し、在家信者は千葉県や長野県および隣接県の広範にわたり、その数は二千名とも三千名とも言われている。

そこまで話すと則尾は小さく吐息し、口もとをゆがませた。

「問題は、信者のなかに右翼団体のような組織があるってことだ」

「凱旋車で音楽を流しながらパレードしている、アレですか？」

「そこまで派手な行動はしていないようだけど、脇屋さんの言葉を借りれば磐教の活動部隊ってところかな」

「暴力団みたいなもんですか？」

「それとも違うようだ。磐教は神武天皇をご神体に仰ぐ教団だから、狂信的な国粋主義の人間たちと志を共にしやすいんだろうな」

「細川さんはそういう連中とも交友があったんですか？」

「詳しいことは脇屋さんにもわからないようだけど……面白いのはここからなんだ」

いたずらを企む子供のように、則尾は昂然と目を輝かせた。

「細川さんは、以前は古代史探求連盟の会員だったんだよ」

「本当ですか!?」

「あの晩も脇屋さんの話にあったけど、初代の県支部長だった氷見(ひみ)っていう名前、覚えてるだろう？その氷見氏と細川さんは高校の同期生で、氷見氏が支部長をしていたころは細川さんも会員だったらしい。それほど熱心な会員じゃなかったようだけどね」

「だったら、どうして磐教になんか入信しんですか？」

「そこで足利学長が登場するんだ。最初の原因は支部長のポストをめぐる氷見氏と細川さんの確執だったようだ」

細川城一郎が古代史探求連盟を脱会し、磐教団に入信した経緯は次のようなものだった。

連盟の長野県支部ができたのは二十七、八年前であるが、設立の当初から支部長のポストをめぐって氷見氏と細川氏の確執があった。細川氏は自分の支持者を増やそうと躍起になって金をばらまいたらしいが、軍配は、平生から秀でた研究成果を発表している氷見氏に上がった。

支部ができて四、五年した頃、ある地方王朝の存在説の真偽をめぐり、多元史観派と大和朝廷一元説派との軋轢（あつれき）が生じた。当初はご当地範囲の小さな火種だったが、次第に中央の古代史学会を巻きこみ、大きな真偽論争へと延焼した。結局は従来学派の権威に圧され、地方王朝の存在は偽説という鎮火をみたが、真偽論争の火炎のダメージは多元史観派に大きく、多くの同士が脱落していった。当然、古代史探求連盟の内部にも亀裂が生じ、全国の支部で半数近い会員が辞めていったという。細川城一郎もその一人だった。

ちょうどその頃、上田市に中央芸術文化大学設立の話が持ち上がり、細川氏は学長候補だった足利靖典教授に接近した。足利学長の専門は文化人類学だが、古代史の研究者としても著名であり、大和朝廷一元史観の有力な支持者でもあった。

つまり足利学長は、多元史観派からすれば敵の存在である。脱会したとはいえ、それまで多元史観を支持していた細川氏が、なぜ反対派の先鋒である足利氏と手を結んだか、その真意は不明だが、風説では大学設立時に莫大な資産の一部を提供したらしい。その証拠に、細川氏は中央芸術文化大学の理事に名を連ねている。

磐教が佐久市の郊外に本部を建てたのは、その三年後のことである。本部建設がはじまる以前から細川氏は教祖の伊波礼華と関係があり、教団本部の建設資金もかなりの額を援助したと、脇屋氏のまわりでは、まことしやかに囁(ささや)かれているという。

「これまでの話は、確証があっての話じゃなくて、噂ってレベルだけどね」

則尾はひと息つくと、最後につけ加えた。

「細川氏が脱会した二年後、氷見氏が突然亡くなって、脇屋さんの一代前の人が支部長を継いだらしい。そのころは会員数もずいぶん減って、活動も地味になっていたようだけど」

それまで黙って聞いていた今西が口をひらいた。

「足利学長は細川氏の名誉欲をあおり、女教祖は色仕掛けでたらしこんだってことか」

「そんなところですね」

「教祖の女ってそんなに魅力的なのか？」

「これを見ればわかります。脇屋さんからもらった磐教の配布物ですけど、教祖の写真が載ってます」

則尾はバッグからパンフレットのようなものを取り出した。A4判の見開きになった紙面の冒頭に伊波礼華の写真があった。それほど大きい写真ではないが、目鼻立ちがはっきりしていて妖艶な色香を漂わせる女性である。

「冒頭の部分に、伊波礼華は天照大御神の生まれ変わりで、予知能力があるようなことが書いてあります。写真で見る限り、造られた美人って感じですね。四十近い歳らしいけど、脇屋氏によれば三十そこそこにしか見えないってことです」

パンフを遠目にかざした今西は、目を細めて首をかしげた。

「伊波礼華か……偽名くさいな」

「まったくの偽名ですよ。神武天皇からのパクリですからね」

則尾はパンフの余白に『神日本磐余彦尊＝日本書紀』『神倭伊波礼毘古命＝古事記』と書いた。

「神武天皇の正式名は、カム・ヤ・マ・ト・イ・ワ・レ・ノ・ヒ・コ・ノ・ミ・コ・トというんですが、日本書紀と古事記とでは表記が異なっているんです。教団名の磐は日本書紀の表記から、伊波礼華の伊波と礼華の礼は古事記の表記からのパクリですよ」

「ほぉ、詳しいな」

「ボクは以前、沖縄問題に興味を持って調べたんですけど、沖縄には伊波という苗字や城名があるんです。一三二二年に北山王となる羽地按司（はにしあんじ）に滅ぼされた今帰仁（なきじん）城主の子孫だということなんですが、沖縄には神武天皇系の熊野神社の呪いの伝承があり、その関係を調べていて、神武天皇の古事記の表記に『伊波』の文字を発見したんです。まあ、このあたりの謎に関しては、いずれ紀行文で書こうと思ってるんですけどね。だから教祖の名前が伊波礼華と知ったとき、沖縄出身かと思ったくらいですよ」

「さすがに旅行作家だけのことはあるなぁ」

感心する今西に、「それほどでも」と照れ笑いを返した則尾は、ふいに真顔に戻り、

「気になるのは右翼団体のような組織です。その件は脇屋氏もあまり把握してないようです。教団本部が建った頃はあまり目立たなかったようだけど、十年くらい前に本部の隣に倉庫がある運送業者と土地の境界で揉め、そのとき強面(こわおもて)の連中が運送業の社長を威圧したって話です。結局、教団の都合で境界線をずらされたんですけど、今では教祖の親衛隊のように数人が傍に仕えているそうです。やばい連中だということだけはたしかですね」

「しかし細川氏は磐教の在家信者の総代で年間一千万以上の浄財をしてるんだろう？　いくらその連中がやばくても大切なスポンサーをどうこうするとは考えにくいな」

「ストレートに考えればそうなりますけどね。いちばん怪しいのは阿彌陀像を日本に持ち込んだやつらですよ」

「どんな素性の人間なんだ？」

「わかりません。阿弥陀像の出所元は中国の長安北嶺大学ということですけど、明日にでもアポを取ってみるつもりです。細川氏の失踪とも関わりがありそうですしね」

小太郎の脳裏に優衣の顔が浮かんだ。

「則尾さん、会うときはオレも一緒に連れてってください！」

「どうして？」

「オレ、優衣ちゃんから伯父さんのことを頼まれてますから……」

「と言ってもなぁ」

則尾が迷っていると、今西が思わせぶりな言い方で小太郎を擁護した。

「連れていってやれよ。則尾なら独りでも大丈夫だとは思うけど、小太郎も楠木から頼られている手前があるからなぁ」

「そうかぁ、楠木さんに頼まれているんじゃ、がんばらないわけにはいかないよなぁ」

則尾はからかうように、へらへらと笑った。

その夜、小太郎の携帯電話に優衣から連絡が入った。伯母の心痛はひどい状態らしい。その日の昼間、伯父の取引銀行に行き、金の動きを調べようとしたが、やんわり断られたという。

――伯父さんは三つの銀行に口座があるんだけど、どの銀行も本人以外には教えられないってことなの。伯母ちゃんが捜索願いを出したって泣いて頼んでもだめだった。

「銀行には預金者の守秘義務があるから、しかるべき筋からの要請がないとだめだろうな。それなら伯父さんの預金通帳で記帳してみたらどうだい？」

――通帳や印鑑は金庫にあるんだけど、ロック番号を知ってるのは伯父さんだけだし、鍵も伯父さんが持ってるからあけられないのよ。

「打つ手なしか……あ、そうそう、きょう則尾さんが事務所に来たよ」

——何かわかったことあった？

小太郎は一瞬ためらったが、昼間の話はまだ伝えない方がいいと思った。

「だいたいはオレたちが脇屋さんの所で聞いた話と同じだけど……それより、則尾さんが阿彌陀像を持ち込んだ人に会うときオレも一緒に行くことになった」

——沢田さんが？　大丈夫なの？

「どうして？」

——だって伯父の失踪に関わっているかもしれない人でしょう？

「だからこそオレが行くんだよ。則尾さんは純然たる古代史への興味なんだから、伯父さんの件を聞き出すのはオレの役割だ。心配ないさ。則尾さんは少林寺拳法の達人らしいし、オレだってテニスで鍛えてるから多少自信もあるし」

——気をつけてね。

「大丈夫さ。とにかく優衣ちゃんは伯母さんのケアに専念しろよ。こっちはまかせておけ」

——うん、ありがとう……。

泣きそうな優衣の声が、電話を切ったあとも三半規管に響いていた。

《オレ、優衣ちゃんのこと好きなのかな》

小太郎は脳裏の面影に向かって《オレがなんとかしてやる！》と覇気を躍らせた。

翌日の昼過ぎ、則尾からアポが取れたと連絡が入った。時間は明日の金曜日の午後七時、場所は千葉市の港湾地区にあるシティホテルということである。

――沢田くんは学校があるから、夜の方がいいと思って、その時間にしたんだ。

「ありがとうございます。あしたは四時に講義が終わりますから、その足で行きます」

――それならもっと早い時間のアポでもよかったな。まあいいや、時間があるなら少し早めに待ち合わせよう。六時ごろに××ホテルのカフェラウンジってのはどう？　それから、沢田くんも身分を示すものを持ってた方がいいな。

「学生証か免許証ぐらいしかないですよ」

――今西先輩に頼んで名刺を用意してもらえよ。数枚でいいんだからパソコンでつくればいいじゃないか。それぐらいできるだろう？

「じゃあ所長に聞いてみます」

その日の夕刻、いつものように事務所へ顔を出し、今西に名刺のことを話すと、

「それだったら恩田女史に頼め。数枚だったら街の名刺屋に行くまでもないだろう」

今西の指示で恩田女史はすぐにパソコンを操作した。

「小太郎くん、肩書きは『助手』でいいの？　助手の頭に『弁護士』ってつけておこうか？　そのほうがかっこいいじゃない」

「まだ司法試験に受かってないですから」

「だから弁護士の助手って意味でいいんじゃない。来年はこの『助手』が無くなる予定なんでしょう?」

恩田女史は楽しそうにキーボードをたたき、プリントした厚紙を小太郎に渡した。A4の用紙には十面の名刺が印刷されている。事務所のロゴと一緒に自分の名前がある名刺を見て、くすぐったいような気持ちになった。

*

指定されたホテルは千葉ポートタワーを望む港街の一角にあった。

千葉市の港湾部は最近になって再開発が進み、京葉線・千葉みなと駅の海側エリアにはマンションやホテル、あるいは遊戯施設や商業施設など新しい建物が林立している。千葉みなと駅のホームに降りたとき、雑駁な建物の狭間を縫って斜陽に染まる千葉港の海が見えた。夕凪の時刻なのだろうか、べったりしたオレンジ色の海面に大小の船が静寂な影を刻んでいた。

指定されたホテルまで歩き、ロビー脇のカフェラウンジで則尾を探した。ラウンジには団体客がたむろしており、中央の付近のテーブルを占拠した一群は、家族連れや若いカップルに老人が混じった奇妙な構成で、皆一様にディズニーキャラクターの袋を脇においている。その一群の背後の席に、手をあげる則尾の姿があった。

「こんな所に泊まって、ディズニーリゾートへ行く団体もあるんですね。ここから舞浜駅だと快速でも三十分ぐらいかかるのに」

「中国の団体のようだ。以前、中国人観光客といえば、ほとんどが台湾人だったけど、最近は中国本土からの観光客も増えてるようだな」

ウエイトレスにブレンドコーヒーを注文する。則尾は「お代わりをください」と空(から)のカップを差し出した。

「中華人民共和国と日本が国交を回復したと同時に台湾との国交を断絶しただろう? でも、その後も台湾の便は羽田に入っていたんだ。成田空港ができて中国本土の航空会社が乗り入れたとき、同じ空港に台湾の航空会社を入れないよう要請したって話で、最近まで台湾の航空会社は羽田発着だったんだぜ」

「子供のケンカみたいですね」

「政治も経済もそのレベルの幼稚な考えや思惑で動いているってことだよ」

「でも国と国のことでしょう?」

「中国は台湾を国なんて認めてないさ。ほら、日本のメーカーが中国の工場で作った地球儀の台湾の表記を台湾島って書き直させたニュースがあったじゃないか。それに中国がコソボの独立に反対したのだって、台湾やチベットをはじめとする国内五十三の少数民族の独立を牽制してのことだしね。大国のエゴというか、国民の数%しかいない共産党の幹部がすべてを牛耳ってる国だからな」

「則尾さんは政治や経済にも詳しいんですか?」

「それほど詳しいわけじゃないけど、中国本土の人間が阿弥陀像を日本へ持ち込んだことには疑問を感じている。あの国は文化財の国外持ち出しなんて許さないからね。だから、もしかしたら台湾人じゃないかって気もするし、日本人の可能性もあると思っている」

「でも中国の大学の人でしょう？」

「ネットで調べたら、長安北嶺大学は存在するんだけど、連絡相手の名前を見る限り日本人か日本人の親を持った女性だよ」

「女性？」

「知らなかったの？　脇屋さんの所でメールを見たじゃないか」

「見ましたけど……」

「ははは、あのときは古代史の話で頭が混乱してたってわけか。ほら、この名前だよ」

則尾がポケットから出した紙片には『李明日香』と書いてある。

「苗字はリーと読むんだろう。中国じゃあポピュラーな姓だ。でも明日香というのは中国名じゃなくて日本人の名前だよ。ボクが連絡したときも流暢な日本語で応えたしね」

「則尾さん、古代史のことだけじゃなくて細川さんの件も確認してくださいね」

小太郎が釘を刺したときコーヒーが運ばれて来た。則尾は新しいコーヒーに何杯も砂糖を入れながら、「当然、細川さんのことも聞くさ」としたり顔を向けた。

「則尾さんは、その女性が細川氏失踪に関係してると思いますか？」

「今のところ重要参考人であることはたしかだな」

「細川さんの資産が目あてなんでしょうか？」

「それはわからないけど、この情報に関しては阿弥陀像が本物なのか偽物なのかが重要な鍵だ。たしかなのは阿弥陀像がまだ細川さんの手に渡ってないってことだよ」

「え！？　細川さんはここには来なかったんですか？」

「来たか来なかったか、それが第二の鍵さ。でも連中がこのホテルにいるってことはまだ阿弥陀像を持っていることの証明じゃないか。真偽はともかく、もし売れたのならこんなに長く滞在する必要はないからね。それから考えられるのは、細川さんがここへ来なかったか、もしくは来たけれど交渉が決裂したという想定だ。そうなると細川さんの失踪は持参したかもしれない五千万円を巡ってという線もある」

「怪しいのは、細川さんがここへ来た事実を知っている足利学長ということですか？」

「それだけじゃあない。これから会う李という女性が金を奪ったあと細川氏を葬(ほうむ)って、さらに次の獲物を狙っているという可能性だってあるよ」

「だとしたら、きょうの会見もやばそうですね」

　脳裏へ鬼の形相をした女のイメージが浮かぶ。小太郎は武者震いをして、その幻像を払いのけた。

「会ってみればわかるよ」

　則尾は平然と言い、砂糖がどっさりはいったコーヒーを旨そうに飲んだ。

四

七時十分前に、フロントで李明日香という宿泊客への面会を打診してもらう。電話で確認したフロントマンが「××号室です。エレベータでどうぞ」と、ロビーの右手を示した。

「鬼が出るか、蛇が出るかって心境だな」

エレベータに乗り、教えられた階のボタンを押した則尾が鷹揚に笑う。しかし小太郎は、音もなく上昇する密室で、魔女の巣窟へ連れていかれるような不安と息苦しさを覚えた。

エレベータを降り、市松模様のカーペットの通路を歩く。教えられた部屋番号の前で歩みを止めた則尾は、「ここだな」とつぶやき、ひと呼吸してチャイムを押した。

すぐに扉が内側に開く。半開きの扉の向こうに、小太郎よりも長身の男が現われ、「則尾さんですね？」と訛りのある日本語で確認した。女性が迎えるものと思っていた小太郎は、予想外の展開に身を硬くした。しかしスーツ姿の若い男はソフトな声で「ちょうど今、先のお客様が帰ります。すこしお待ちください」と扉を内側に全開し、背後にいた男を外へ送り出した。

室内から出てきたのは五十年配の紳士だった。大男に軽く頭を下げた紳士は、二人に胡乱な視線を送り、エレベータホールへ歩き去った。

「どうぞお入りください」

すぐに大男が二人を室内へ招き入れる。部屋は二十畳ほどの広さがあった。ベッドは見当たらず、右手の壁に一間幅の扉がある。扉は閉じていたが、おそらく二間続きのスイートルームであろう。広い窓を背景にロココ調の応接セットがあり、その前で六十代半ばに見えるスーツ姿の男と、赤っぽいチャイナ服に身を包んだ小柄な女性が静かに目礼した。

「こちらが李(りー)です。もう一人は李(りー)のアドバイザーの高(こ)、そして私は趙(ちょん)と言います」

若い男がたどたどしい日本語で紹介する。

則尾に続き、生まれて初めての名刺交換をする。相手の顔すらまともに見られない緊張感のなか、

「李明日香(りーあすか)です」という澄んだ吐息のような声が心地よく響いた。

年配男の名前の発音はよく聞き取れなかった。名刺には『高　在重』とあり、併記されたローマ字から判断するに『コ、ジェジュン』と読むらしい。

示された椅子に座り、ようやく女性の顔を見る余裕ができた。

《ホントに人間なの？》

それが第一印象だった。

細面の顔は、声のイメージそのままの透明感があり、華奢な肩の前後に分かれたストレートの黒髪が底光りしている。筆で描いたような切れ長の眼や、すっと通った鼻筋、そして、透き通るような白肌に、上品な口角を描く薄いピンクの唇が鮮やかに映えている。肌の白さはメイクの色ではなく地肌の自然な透明感だった。しかし、その冷たい透明感のためか、まるでガラス細工の人形のように、人間のにおいや体温、あるいは生命感といったものが感じられないのである。

則尾も同じ衝撃を受けたらしく、最初の言葉を喉に詰まらせ、あわてて咳払いをしたあと、ふーっと肩から力を抜いて言い直した。

「お時間をつくっていただいてありがとうございます。今回おうかがいしたのは……」

則尾が次の言葉を思案したとき、李の口もとが微動した。

「郭務悰の阿弥陀像のことですね」

自己紹介と同じ吐息のような声だった。則尾は「そうなんですが……」と口ごもり、

「ボクたちは購入の交渉ではなく、その……お聞きしたいことがあってうかがったんです」

李の隣から高在重（こじぇじゅん）という初老の男が「その前に……」と、しわがれた声で応えた。日本人かと錯覚するほど違和感のない発音だった。

「あなた方はどこで阿弥陀像のことをお知りになりましたか？」

「そちらが発信したメールですけど……」

「名刺を拝見した限りでは、古代史学会や骨董業界の方ではないようですが、お二人は多元史観を支持する団体のメンバーですか」

「メンバーじゃありませんけど……」

則尾は、古代史探求連盟の長野県支部長から情報を得たことを簡単に説明した。それを聞いた高は、うんうんと数回うなずき、

「そんな経緯で情報が伝わることもあるんですね。わかりました。それでお聞きになりたいことと

は？」

「単刀直入に言いますと、細川という人がこちらに来たかどうかをお聞きしたいのです」

高が訝しげな目で則尾を見つめた。

「お二人は、どういう素性の方ですか？」

「けっして怪しい者じゃありません。それに警察関係でもありません。私たちは名刺にある通りの身分ですが、じつは細川氏のご親族に頼まれ、その行方を探しているんです」

則尾は細川城一郎が電話で話していた郭務悰と阿彌陀の一件や、忽然と行方がわからなくなったことなどをざっと話し、

「それで、細川さんがあなた方にコンタクトを取ったのではないかと思いまして……」

高は一瞬、思案するように視線をはずしたが、すぐに不敵な笑みを浮かべた。

「細川という人はたしかに来ました。十日前の夜、時間は夜の九時です」

《アミダクジのクジは時間のことだったんだ！》

そう思って則尾を見ると、彼もこちらを目配せして軽くうなずき、

「細川さんが来たのは、阿弥陀像を購入するための交渉ですよね」

「そうです」

「交渉は成立したんですか？」

「成立はしませんでした」

「価格が折り合わなかったんですか？」

「そうではありません。細川さんは阿弥陀像の現物が見たいとおっしゃるのですが、阿弥陀像はしかるべき場所に保管してありますのでここにはありません。写真と鑑定書をお見せしましたが、それでは満足なさらなかったようです」

「細川さんはそのまま帰ったんですか？」

「三十分ほどでお帰りになりました」

「変なことを聞くようですが、細川さんは本当に購入するつもりだったんでしょうか？」

「真意はわかりませんが、バッグに手付金として半金の二千五百万円を持っていらしたようです」

「現金で？　小切手じゃないんですか？」

「バッグを開いて現金をお見せになりました。正直、我々も驚きましたが、細川さんという方は、現金の力を信じていらっしゃるようですね」

「現金で二千五百円ですか……ところで細川さんは一人で来たんですか？　それとも同行者がいたんですか？」

「この部屋へはお一人で来られました」

「この部屋へは？」

「はい、この部屋へ来たのは細川さん一人だけです」

則尾はわざとらしく息を吐いた。

「この部屋に来るまでは同行者がいたという意味ですね？」

返答をためらった高は隣の李明日香を一瞥した。その視線に応えて李がうなずく。承認を得た高は、「それでは趙に見たままを話させましょう」と、ソファの脇で衛兵のように立っていた若者に目で合図を送った。

彼は両手を前で軽く握ったままの姿勢で顔だけをこちらに向けた。

「細川さんがここ来る前から、私はずっとロビーでいました。細川さんは、若い男の人と一緒に来て、そして、一人でエレベータに乗りました。若い男はラウンジで待っていました。そして、細川さんが帰るとき、一緒に帰りました」

たどたどしい日本語だったが意味は理解できた。

「若い男？」と則尾が聞き返す。趙は則尾に視線を注ぎ、

「はい、あなたより少し若い男、見えました」

「そうですか……」

則尾はしばらく神妙な顔をしていたが、ふいに姿勢を正して李明日香に向き直った。

「李さん、あなた方の本当の目的はなんですか？」

「それはどういう意味ですか？」

吐息のような声が返ってくる。

「正直言いましてボクにはいろんな疑問があるのです。まず郭務悰の阿弥陀像が実在するのかとい

う疑問、それに日本人でもほとんど知らない古代史の謎の部分を、どうして中国の人が知っているのかという疑問、さらにあなた方が本当に中国の人かという疑問です。そうした疑問が重なると、あなた方の目的がわからなくなるんです」

《則尾さん、そんなこと言ったらやばいよ！》

小太郎は顔を伏せた姿勢のまま心で叫んだ。

沈黙が流れる。十秒ほどの静寂だったが、息を止めた小太郎にはひどく長く感じられた。

「お答えしましょう」

澄んだ吐息が静寂を破った。

「まず、郭務悰の阿弥陀像ですが、それは実在します。次に私たちの国籍ですが、私たちは中国人です。しかし私には半分日本人の血が流れています。また高は十年以上日本で暮らしました。もちろん日本の大学で古代史を学びました。これがお答えです」

「わかりました。最後にもうひとつ、これが一番お聞きしたかったことですが、阿弥陀像を発見し、日本の古代史の謎を解き明かしたいのなら、なぜそれを日本のしかるべき大学や古代史研究者に託さないのですか？　ボクは売るという話を聞いてがっかりしてるんです。本来は国宝級のモノですよ。もし闇のルートに流れたら二度と表舞台に出ない可能性もあるじゃないですか。それと、ついでにお聞きしますが、先ほどもボクたちと入れ違いに訪問者があったようですが、細川さんのほかにも交渉に来る人がいるんですか？」

すると李明日香は「ふふ……」と含み笑いをした。

「それではお聞きしますが、誰に託せばいいのでしょうか？　日本書紀のイデオロギーを疑わない古代史学会の学者ですか？　それとも多元史観論者ですか？　でも多元史観の学説がこの国で市民権を得ていますか？」

「それは……まあ……」

しどろもどろになった則尾に、高が追い討ちをかける。

「日本の古代史学の現状はひどいものです。明治維新後、皇国史観に染められ、朝鮮侵略へとなだれこんだ時代は、まさに日本書紀というイデオロギーに縛られた時代でした。しかし戦後、それが変わりましたか？　現状の古代史学会はどうです？　日本書紀や古事記の天孫降臨神話や神武東征などはすべて七世紀の宮廷仕官の創り話とされているじゃありませんか。それに六世紀以前の日本書紀の記述は信用できないが、それ以降は信用できるとして、相変わらず大和朝廷一元史観のままではないのですか？」

高に睨まれ、則尾は弱々しくうなずいた。

「則尾さん、私は大学までを日本で学びました。そのころから日本の古代史に関する曖昧さに疑問を持っていました。中国へ戻り、外から日本を見るようになって、さらに強く感じるようになったのです。いま中国では日本人の歴史認識、とくに日中戦争の事実認識への強い批判が起こっています。それは、天安門事件以後の反日教育の成果であるとも言えますが、そうした批判を浴びる日本の歴史認識の深淵を探れば、日本という国の成り立ち、つまり国家のルーツに対する認識の曖昧さにまで行きつくと、私は思うのです。それが、ひいては現代の日本人の曖昧さ、つまり精神の礎が無い脆弱な国民性として露見しているとも言えるでしょう。正しい歴史認識がない限り、日本人の精神の基礎は築けません」

「しかし……」

則尾がようやく反撃の気配をみせた。

「売るというのは……」

すると高はいくらか表情を和ませ、

「お気持ちはわかります。でも現実的には、我々も阿弥陀像を入手するのに相当な出費をしていますし、我々の活動資金も必要です。ですから売却という手段をとったのです。それに、ネットで阿弥陀像の売却を報せることで、より多くの日本人に歴史の真実を考える機会が与えられると判断したのです」

「なるほど、ひとつの有効な手段ではありますね」

「それと、ほかからのオファーはなかったかとお聞きになりましたね。正直に言いますと、打診してきた人は何人かいます」

「やっぱり」

「ただし、ここまでおこしになった方は、現在のところお二人です。細川さんと、もうひと方は先ほどの方です。先ほどの方は、たまたま今夜の商談をご希望されましたので、こちらで時間を調整させてもらいました」

「たったそれだけですか？」

身を乗り出した則尾に、高は口もとをゆがめて不敵な笑みをもらした。

「打診のほとんどは阿弥陀像を見せてくれというリクエストでした。しかしどなたも現物がここにないと知って、あなたが先ほどご指摘したと同じように、非難されました」

「売るってことですか？」

「はい、打診してきたどなたも、それを嘆いておられました。しかし見解の相違ですね」

「あなた方の論理からすれば、そうなんでしょうね」

則尾の皮肉に、高は一瞬、悲しそうに目を伏せたが、すぐに視線を戻した。

「則尾さん、反対にお聞きしますが、あなたの本当の目的はなんですか？」

「ボクの？」

「そうです。旅行作家のあなたが郭務悰の阿弥陀像に執着する本当の理由です」

「まあ、いろいろとありますけど……」

言葉をにごした則尾を、李明日香がじっと見つめる。すべてを見透かすような鋭さと優しさを秘めた不思議なまなざしだった。やがて、李の口から澄んだ吐息がもれた。

「万葉集にも関係がありますね？」

則尾が弾かれたように上体を起こす。

「え！？　どうして……」

その反応を見て、高が愉快そうに笑った。

「ははは、やはりそうでしたか。則尾さん、論理的に考えればすぐにわかります。郭務悰の阿弥陀像だけでは、多くの日本人にインパクトを与えられませんからね」

「まあ……そうですね。それじゃあ、あなた方の意図もそこにあるのですか？」

すると李明日香の切れ長の目が、強靭なオーラを放つように見開かれた。

「そうではありません。私たちは純粋な中日国交史の研究者として、歴史的な大発見を日本の心ある皆さんにご提供したいだけです」

「信じていいんですね？」

「はい。それに細川さんのことも。私たちがお話したことはすべて真実です」

シャンデリアの明かりを映じた漆黒の瞳が、怪しく輝いていた。

＊

会見を終えて一階のロビーまで降りたとき、フロント前のソファにいた男が立ち上がり、二人に会釈した。先刻、扉の前ですれ違った紳士である。

「あの、すみませんが……」

二人の前へおずおずと歩み寄った紳士は、

「私、高橋と申しますが……あなた方は例の阿弥陀の件で交渉にみえたんですよね？」

「いや、交渉じゃありませんよ」

すると男はあからさまに安堵を浮かべ、

「そうでしたか。あ、こりゃあ不躾にすみませんでした」

自嘲するように笑み、そそくさと名刺を出した。名刺には高橋礼次郎の名と古代史研究家の肩書きがあり、住所は福岡県春日市だった。

「私も郭務悰の阿弥陀が出たって話を聞いたものですから、ぜひそれを見たいと思ってわざわざ来てみたんですよ」

「福岡県からですか？」

「はあ、私は春日市で不動産関係の仕事をしておりますが、若い時分から古代史に興味がありましてね。私の住んでいる春日市は弥生時代の遺跡の宝庫で、古代史では重要な位置づけにあったとです。まあ、私も多少は道楽に使える金があるので、阿弥陀仏のことも何とか一千万程度にまけてもらえんかと思って交渉ばしよっとですが、現物もないし……なかなか」

「はあ」

「高橋さんも阿弥陀仏に魅せられた口ってわけですね」

一見では気難しそうな感じだが、案外と素朴で気さくな人柄のようである。

「あ、ちょっとお茶でもいかがですか？」

高橋がどぎまぎとラウンジへ誘った。

「いや、ボクたちは……」

「お忙しいですか？」

「そういうわけでもないですけど……」

「じゃあ付き合ってください。私もせっかく福岡から出てきたのに、何の成果もなしで帰るのは辛かけん」

結局、この人のよい紳士の誘いに乗せられ、それから小一時間もラウンジで話し込んでしまった。

高橋は熱心な古代史ファンで、知識も豊富だった。もちろん脇屋が所属する古代史探求連盟のことも知っており、一元史観との争点などを熱く語った。最初はしぶしぶだった則尾も、だんだん高橋の巧みな話術に引き込まれていく。

話が一段落したところで高橋が切り出した。

「私は千葉駅の近くのホテルに泊まってますが、明日の朝一番で戻らにゃならんとです。よかったら夕食ば付き合ってくれませんか。お近づきのお礼にご馳走しますから」

すると則尾は小太郎の都合も聞かず、曖昧に了解してしまった。

タクシーで連れていかれたのはJR千葉駅の裏手にある和風レストランだった。

「昨夜もここで食べたとですよ」

高橋は二人を案内し、けっこう高いメニューをご馳走してくれた。食事の間も古代史の話題で盛

り上がる。やがて店を出る段になると、

「お二人と話せてよかったとです。正直に言えば、阿弥陀の件で気落ちしていたもんで、こんな気分のまま一人で飯ば食っとったら、ますます落ち込んでました。お二人とも福岡へ来る機会があったら気軽に連絡してください。あっちの旨かもんばご馳走します。名刺の携帯番号にかけてくれればよかです。自宅や事務所にも電話はあるとですが……」

高橋はにやっとして、おもむろに小指を立てた。

「女房がね、私の道楽にゃあ、これで……」

そのまま両手の人差し指を立て、こめかみで角をつくる。

「お恥ずかしい話、女房の方が宅建と不動産鑑定士の資格ば持っとりまして、私は髪結いの亭主状態なんですわ」

あけすけに言い、深々と頭を下げた。

＊

「沢田くん、キミはどこまで帰るの？」

高橋と別れ、千葉駅の構内まで歩いたとき則尾が聞いてきた。

「用賀ですけど」

「世田谷区のはずれか」

則尾は腕時計を確認した。

「この時間じゃあ地下鉄の終電にはきついな。ボクは船橋だから、よかったらボクの家へ来ない？　明日は土曜だから休みだろう？」

「でもご家族がいるんじゃないですか？」

「ボクは独身だよ」

へらへら笑った則尾は、

「船橋だったら総武線で一本だし、快速なら三十分もかからないよ」

たしかに都内の地下鉄には危うい時刻である。精神的にも電車を乗り継いで帰るのは辛い気がしていたため、その誘いは渡りに船だった。

則尾の住まいは、船橋駅から歩いて十五分ぐらいの、ちょっとした高台に建つ大きなマンションだった。独身と聞いて小さなコーポのような建物を思い描いていた小太郎は驚いてしまった。

則尾の部屋は最上階の角部屋だった。２ＬＤＫの間取りでリビングの窓からは市街の明かりが一望でき、その背後にぼうっと明るんだ東京湾の輪郭が見えた。

「広い所に住んでるんですね。家賃も高いんじゃないですか？」

「親から貰ったマンションさ。必要なのは管理費と光熱費、それに固定資産税ぐらいだよ」

「こんな物件をくれるなんて則尾さんの家は資産家なんですね」

「別に資産家ってわけじゃあないよ」

冷蔵庫からビールを出した則尾は２つのグラスに注いだ。

「こう見えても以前は所帯持ちだったのさ。結婚したときに親から貰ったんだ。兄貴が家を継いだからボクへの財産分与だよ。そのあたりはキミの方が詳しいんじゃない？　でも結婚して五年目に破局、つまりはバツイチってわけ」

「お子さんはいなかったんですか？」

「ははは、親権だとか養育費だとか考えてるんだろう？　幸いに子供はいなかったし、円満離婚だったから慰謝料もなしさ」

乾いた声で笑った則尾は、喉を鳴らしてビールを飲むと、そのままコップを両手で握り、じっと窓の外を見た。半開きの窓から低い車の音が響いてくる。夜景の底から湧く風がカーテンを小刻みに揺らしている。やがて則尾は、つぶやくように言った。

「地方には熱心な古代史研究家がいるんだな」

「でも知識が豊富ですね。オレにはさっぱりわかりませんでした」

「邪馬台国の論争でもわかるけど、古代史に関するアカデミズムの曖昧さが原因だよ。明確な批判もなく、徒弟制度のなかで親分の説を持ち上げているだけだから、とどのつまり何もわからないって結果になる。その曖昧さが一般の古代史ファンにとって格好の遊び場になっているのさ。高橋さんのような古代史ファンは、古代史ロマンの幸せな消費者だよ」

そのあと則尾は、ふいに昂然(こうぜん)と目を輝かせた。

「それはそうとさ、李明日香には驚いたなぁ、沢田くんもまいっただろう？」

その言葉のニュアンスが手に取るように理解できた。

「ええ、まいりましたね」

「だろう？　でもさ、あんな女性もいるんだなぁ」

「最初に見たとき、本当に人間なのかって思いました」

「なるほど、そりゃあいい表現だ。そのニュアンス、わかるよ。やっぱり大陸の清浄な水と空気で育つと違うのかな。それよりさ、ボクは変な想像しちゃったよ」

目の周辺がほんのり赤らんでいる。それほどアルコールに強い体質ではないらしい。彼はその目に下卑た笑いを浮かべた。

「もしもあんな女性と一緒に暮らしたらどうなるんだろうってさ」

「やばいですよね」

「かなりやばい。毎日さ、あんな女が家にいるって想像してみなよ。ほら、落語のネタにあるじゃないか、美人過ぎる女房をもらうと長生きできないってさ」

「たしかに、長生きできそうもないですね」

「やっぱり？　中年も青年もその点じゃあ大差ないんだな」

則尾は大口をあけて笑い、その勢いのまま「ところでさぁ、楠木さんとはどうなの？」と、いきなり急所を突いてきた。

「どうって言われても……」

「好きなんだろう？　隠さなくたっていいよ。キミの態度を見てればわかるさ」

「まだそんなに見てないでしょう」

「ははは、キミは正直なんだなぁ。その反応がそのまま答えになってるよ。来年こそは司法試験に受かってプロポーズしなきゃあな。彼女、いい奥さんになるぜ」

「それと司法試験とは関係ないですよ。でもマジメな話、彼女は億万長者の養女になるかもしれないんです」

「もしかして細川さんの養女ってこと？」

「そんな話があるらしいですよ」

「そうか、そうなるとちょっとややっこしくなるな」

「細川さん、どうなったんですかね。きょうの会見でも失踪の理由はわからなかったし」

則尾が急に真顔になった。

「ボクは信じてないよ。あの連中は隠していることがいっぱいある」

「何を隠してるんですか？」

「ひとつは本当の目的だ。中日国交史の研究者だなんて言ってたけど、怪しいよ。それと、連中が郭務悰の阿弥陀の情報をメールで流した先が気になる。あまりにもピンポイントだから何か意図があってのことだって気がする。それに万葉集のことも……」

「そうだ、李明日香が言ってた万葉集ってどういう意味ですか？」

「あれ？　沢田くんは万葉集を知らないの？」

「知ってますよ。八世紀の後半に大伴家持（おおとものやかもち）の手でまとめられた、わが国最古の歌集でしょ。でも万葉集と郭務悰の阿弥陀像がどう関係するんですか？」

「どこから話せばいいのかな……」

則尾はしばらく宙を見据えていたが、ふいに「柿本人麻呂（かきのもとのひとまろ）っていう歌人を知ってる？」と小太郎に向き直った。

「知ってますよ。三十六歌仙の一人で、山部赤人（やまべのあかひと）と共に歌聖って言われる歌人でしょ？」

「けっこう詳しいじゃないか」

則尾は感心したよう赤らんだ目を細めた。

「柿本人麻呂は万葉集でも第一級の歌人で、長歌十九首、短歌七十五首が万葉集に載っているんだ。天武とか持統とか、飛鳥朝の天皇に仕えた宮廷歌人とされているんだけど、不思議なことに日本書紀や古事記などの史書にはまったく名前が登場しない。そのため謎の歌人とも言われているんだよ」

「へえ、百人一首にも載っているのに？」

「でも事実はそうなんだ。人麻呂が活躍した時代は七世紀後半だけど、日本書紀の天智記、天武紀、持統紀と、その年代の天皇の記述にはまったく人麻呂の名は登場しない。ところが同時代の万葉集になるといきなり人麻呂が登場するんだ。それも第一級の宮廷歌人として天武天皇や持統天皇の皇子や皇女たちのために生前歌や挽歌（ばんか）をたくさん詠んでるんだ」

則尾はコップにビールをつぎ足し、あふれそうになった泡をあわてて口で受けた。

「しかも人麻呂は万葉集のなかで壬申の乱に関する長歌を詠んでいる。壬申の乱って、知ってるだろう？」

「ええ、佐久市の脇屋さんの所でも聞きましたよ。大海人皇子、つまり後の天武天皇が皇子の時代に、正当な皇位継承者である甥の大友皇子から皇位を奪った戦いですよね。でも、皇子で死んだはずの大友皇子が、どうして天武天皇の一代前の三十九代・弘文天皇になってるんですか？」

「なるほど、いい質問だねぇ」

則尾は薄笑いを浮かべ、鷹揚にうなずいた。

「実のところ、日本書紀には弘文天皇即位の記録はないんだ。でも明治三年、つまり一八七〇年になって、初めて弘文天皇として歴代天皇に加えられたんだ。そこに明治政府の意図があったかどうかは不明だけど……まあ、それはそれとして、問題は柿本人麻呂が詠んだ万葉集の壬申の乱の長歌の件だけど、その分量は全万葉集でも最大で、とても詳しく書かれていてね。研究者の多くはこの長歌を参考にしているくらいだ。天武天皇の意志を受けて書かれた日本書紀に、天武朝の原点となった壬申の乱をあれほど精細に詠んだ人麻呂の名がないなんておかしいよね。でも、この人麻呂の長歌を微細に分析すると日本書紀に記された壬申の乱の記述と矛盾する点が多いらしいんだ」

「万葉集と日本書紀のどっちかが間違えた記述だっていうことですか？」

「間違えというより、人麻呂の長歌は壬申の乱を詠んだものじゃないっていう説もあるし、人麻呂の万葉集歌に出てくる『吉野』の地名が、奈良県の吉野じゃなくて、北九州の吉野だっていう説だってあるんだ」

「脇屋さんのところで聞いた多元史観の考え方に関係あるんですか？」

「そうだよ。その説によると、万葉集の白眉ともいえる壬申の乱を詠んだ人麻呂長歌は、その少し前に朝鮮半島で起こった倭国と百済の連合軍が新羅と唐の連合軍と戦った白村江の戦いに先立つ内陸戦、つまり百済の『州柔城の戦い』を詠んだ歌だっていうことなんだ」

「でも、万葉集には壬申の乱の歌だって注釈があるんでしょう？」

「多元史観説では、そこに大和朝廷の政治的な意図があるらしい。大和朝廷は日本書紀や古事記のなかで自分たちの王朝に先行する筑紫王朝の存在を歴史的に抹殺する意図があった……つまり自分たちの王朝が神話の時代からこの国の正当な王朝だっていう歴史認識を、ときの人民に植えつけたかったんだろう。だから筑紫王朝の宮廷歌人だった人麻呂の歌を大和朝廷の天皇のために詠んだ歌だとこじつけて万葉集に掲載しているってことだよ」

「それなら最初から載せなければいい話じゃないですか」

「万葉集は宮廷人の遊びや余興のような部分から発生したものだから、それほど政治的な重要性が高くなかったせいだろうな。それに人麻呂は、ときの宮廷人や人民から天才として崇められてたから、歌集から名前を抹殺するのは難しいって判断したのかもしれない。それを暗示しているのが、肝心の日本書紀に柿本人麻呂の記述が一切ないって謎や、万葉集に見られる柿本人麻呂の歌の内容的なちぐはぐさだよ。筑紫で詠んだ歌を無理やり大和で詠んだ歌だってこじつけてるから、いろいろな矛盾が生じるらしいんだけど……」

則尾はビールをぐっと飲んだ。

「ボクが書こうと思っている紀行文は、日本のルーツ、つまり日本の古代史を知る時空の旅なんだ。五年くらい前にもこのテーマに興味を持って天孫降臨（てんそんこうりん）とか神話の世界をいろいろ調べたんだ。沢田くんは天孫降臨って知ってる？」

「天照大御神の孫の瓊瓊杵尊（ににぎのみこと）が日向（ひゅうが）の国に天降（あまくだ）ったという神話でしょう？」

「うん。でも天降ったとされる候補地が宮崎県の北と南の2ヵ所あるんだ。北が高千穂（たかちほ）峡で南が高千穂の峰だよ。戦前までは、その2ヵ所が本家争いをしていたけど、今はその問題には触れず、『神話のお話ですから』といった感じでうやむやになっている。そこでボクはこのふたつの地を巡る紀行文を考えたんだけどね」

「面白そうな紀行文になりそうですね」

「ところが調べていくうちに、まったく違う説にぶつかったのさ。瓊瓊杵尊が天降ったのは日向（ひゅうが）じゃなくて日向（ひなた）、それは北九州の玄海灘（げんかいなだ）に沿った土地だという多元史観の考え方さ。板付（いたづけ）遺跡とか菜畑（なばたけ）遺跡とか縄文時代の水田跡が発見された付近だよ。で、そこから筑紫王朝が築かれたって説なんだ。つまり中国や朝鮮の史書に登場する倭国だよ。ほら、郭務悰の阿弥陀像の問題もつきつめれば倭国の首都がどこにあったかっていうことだろう？」

「つまり万葉集の柿本人麻呂の歌が筑紫を詠んだ歌だとすれば、七世紀後半まで北九州に倭国の首都があったって証明にもなるってことですね」

「そうだよ。ボクもその件をいろいろ調べていて、万葉集の人麻呂の歌の矛盾に遭遇したんだ。でも、情報の公平性を期すために、多元史観については古代史探求連盟の東京本部、大和朝廷一元史観については中央芸術文化大学の足利学長の両方に取材しようと思った。それで東京本部へ取材に行ったとき、偶然、郭務悰の阿弥陀像の情報を入手したんだけど、そのとき、中央芸術文化大学へ行く予定だと言ったら、それなら長野県支部に寄ってみなさいと脇屋さんを紹介されたんだ」

ここまで話した則尾は、「それで、肝心の万葉集のことなんだけど……」と、おっくうそうに背後の棚からメモ用紙を取り、何かを書き込んだ。

「万葉集にこんな歌があるんだ」

メモには『皇者 神二四座者 天雲之 雷之上尓 廬為流鴨／おほきみは、神にしませば、天雲の、雷の上に、いほらせるかも』とある。

「この歌はね、一説には持統天皇のことを詠んだ歌とされている。『天皇は神でいらっしるので、雷が鳴る雲の上に仮宮をお造りになっていらっしゃる』という意味で、歌の前書きでは奈良県の明日香村にある雷の丘で詠んだと書かれているんだけど、実際の雷の丘は二十メートルもない山なんだ。変だろう？ カミナリ鳴る雲の上に造ったと詠んでいるのにさ。ところが多元史観ではこの歌を北九州、つまり筑紫の雷山ていう場所だとしている。確かにそう解釈すればこの歌の意味が生きてくるんだ。雷山は千メートル近い山で、縄文信仰の聖地とされている山だよ。人麻呂の歌には、ほかにもこんな例がいくつもあるんだ」

「筑紫の吉野を、奈良の吉野にすり替えたってことと同じですよね」

「そのとおり。沢田くんは現人神(あらひとがみ)って言葉を聞いたことある?」

「明治憲法で天皇を敬(うやま)って呼んだ言葉でしょう? たしか、大日本帝国憲法の第三条に『天皇は神聖にして侵すべからず』ってあり、そこから現人神(あらひとがみ)なんて言われるようになったんじゃないですか?」

「その論拠のひとつが柿本人麻呂のこの歌なのさ。でも、この歌の作歌場所が筑紫で、筑紫王朝の王を詠んだ歌だとしたら、まったくの皮肉としか言いようがない。だって帝国憲法の第一条は『大日本帝国は万世一系(ばんせいいっけい)の天皇、これを統治す』だよ。その第一条を、第三条の論拠が否定しているんだからね」

則尾はコップのビールをひと息に飲み干した。

「この観点からとらえると、日本最古の歌集として国家の歴史的遺産と言われる万葉集は、一面で大和朝廷の一元説を否定する歌集だというわけさ。それで、万葉集の件と郭務悰の阿弥陀の件を話したら、大和朝廷一元説を支持している足利学長なんか、真っ赤になって怒っていたもんな」

「だから赤松助教授と揉めてたんですね」

「まあね」

うなだれた則尾は、ようやくといった感じで顔を上げた。

「ただね、ボクが知る限り、従来の一元史観支持者は、多元史観を否定はしても、その論拠を示したことがないらしいんだ」

その手からグラスが落ちた。カーペットがクッションになり、グラスは割れずに床を転がった。

「則尾さん、もう寝ましょう」

声をかけると、則尾は「うん……」とだらしなくうなずき、

「沢田くん、その押し入れにフトンがあるからね。もし風呂に入るんならタオルはそのへんにあるのを適当に使ってくれ……」

そう言い残し、よろよろと自室のドアに姿を消した。

万葉集の話は、にわかには信じ難い内容である。『お話』としては面白いが、大日本帝国憲法の矛盾にまでおよぶ万葉集の歌の由縁がどうであれ、小太郎にはそれほど切実には感じられなかった。興味の違いという気もするが、それよりも、ホテルの会見ですっかり消耗し、飽和状態になった頭では、自分が則尾の部屋にいるという事実さえ夢のなかにいるように現実味がない。

《優衣ちゃん、どうしてるかな》

窓から訪れる五月の夜風を頬に感じ、遠くの闇に浮かぶ東京湾の輪郭を呆然と見ているうちに、新緑の軽井沢にいる優衣への思慕が募ってきた。

五

遠くで優衣が手を振っている。

カラマツの新緑に溶け込みそうな優衣に向かって歩こうとしたとき、彼女は古い洋館へ吸い込まれるように消えてしまった。後を追って扉をあけると、暗い部屋の奥に李明日香の透明な姿があった。思わず身を硬くした小太郎の耳に、聞き慣れた着ウタが響いた。

《どこから聞こえてくるんだろう?》

不安な気持ちであたりを見まわしたとき目が覚めた。

枕もとで携帯電話が鳴っている。夢うつつで手を伸ばし、相手を確かめると、優衣の名前が表示されていた。とっさに掛け布団をはねのけ、ONボタンを押した瞬間、切迫した声が飛び込んできた。

――沢田さん! さっき千葉の警察から電話があった!

細川城一郎に関する身元確認の依頼が入ったという報せだった。千葉市内の病院へ搬送されたということだが、身元確認のニュアンスは死の影を引きずっている。県警が千葉駅まで迎えに来てくれるので、すぐに伯母を連れて新幹線に乗るとのことだった。

小太郎は自分が船橋にいることを伝え、JR千葉駅で合流する約束をして電話を切った。

「則尾さん、大変です! 細川さんらしい遺体が発見されたって!」

大声で叫び、通路をはさんだ部屋の扉をたたく。なかでドタドタと音がし、髪を爆発させた則尾がはれぼったい顔をのぞかせた。

「遺体って……どこで発見されたの」

「軽井沢の家に千葉県警から連絡があったらしいんです」

「千葉県警？　じゃあ千葉県のどこかで発見されたってこと？」

「詳しいことは言わなかったみたいですけど、千葉市内の病院に搬送されているそうです」

「じゃあ現場は市内かな？」

その言葉で市内のホテルにいる李の面影が浮かぶ。つい先ほどの夢が何かを暗示しているように感じ、小太郎は慄然とした。

「ボクも一緒に行くよ。ここからなら三十分程度だから、シャワーを浴びてから出ても、途中でメシを食う余裕がある」

すでに昼近い時刻で、カーテンの隙間からは初夏の光が射し込んでいる。小太郎はゆっくりと呼吸し、脳裏にこびりついた不穏な幻想を払いのけた。

＊

千葉駅で合流した優衣たちは傍目（はため）でもわかるほど憔悴の色を浮かべていた。ことに伯母の状態はひどく、茫然と優衣にすがり、ようやく立っている有様である。

県警の車で連れて行かれたのは市内の海沿いにある病院だった。薄暗い霊安室で遺体と対面した伯母は、低い悲鳴を発したまま意識を失い、担架で運ばれてしまった。

遺体の身元が判明したため、県警本部で事情聴取が行われることになり、伯母を除いた三人が本部へ案内された。しかし事情聴取の部屋へ入れたのは親族である優衣だけだった。「お二人はここでお待ちください」

案内した若い刑事が、慇懃に通路のソファを示したが、それから一分もせず、部屋から顔を出し、小太郎に入るよう要請した。どうやら優衣だけでは正確な情報が得られず、彼女の希望で小太郎を事情聴取に立ち合わせることにしたようである。

がらんとした室内では優衣と年配の刑事が会議テーブルを挟んで向き合っていた。年配の刑事は、「ごくろうさまです」とていねいに言いながらも、苦々しい表情で小太郎を迎え入れたが、小太郎の名刺を見たとたん、「弁護士さんでしたか……」と居ずまいを正した。

「いいえ、まだ法科大学院の学生です」

「そうでしたか、私は千葉県警の宮崎です。あちらは加藤刑事です」

年配の刑事が差し出した名刺には刑事部捜査第一課とある。階級は警部補だった。宮崎警部補は小太郎にイスをすすめると、やや緊張した面持ちで「司法解剖後でなければ正確には言えませんが」と前置きし、遺体の発見状況と鑑識所見を説明した。

細川城一郎の死亡推定時刻は昨夜の二時から四時の間、発見場所は美浜区の東京湾沿いにある検見川浜の突堤近くの海面で、きょうの午前十時頃、釣り人によって発見され、所持していた免許証から軽井沢の家に連絡したということである。発見時の鑑識所見では目立った外傷もなく、突堤からあやまって転落し、溺死した可能性もあると慎重に言い、そのあと自殺と犯罪の可能性も仄めかせた。

「現在、所持品を捜索中ですが、何か所持していたものをご存知ありませんか？」

《どこまで話したらいいんだろう……》

小太郎はためらったが、犯罪としての捜査を期待し、思い切って言った。

「細川さんは二千五百万円の現金を持っていたかもしれません」

「本当ですか！？」

思惑どおり警部補の表情が変わった。慌てて小太郎の名刺を再確認し、

「沢田さんでしたね、なぜそれをご存知なんですか？」

「ある阿弥陀像を買うために用意したと聞きました」

「阿弥陀像？　それはどこでお聞きになったんですか？」

小太郎は、細川城一郎が失踪する前の晩、足利学長と電話で話していたこと、そして昨夜の李明日香たちとの会見など、言葉を選びながら話した。古代史にまつわる事情は話がややこしくなると思い、中国で発見された貴重な阿弥陀像と説明した。また、伊波礼華との関係など不確実な内容も控えた。

「それじゃあ仏さんは、家を出た日の夜九時頃に××ホテルで中国人と会った。そのとき二千五百万円の現金が入ったバッグを携帯していた。しかし阿弥陀像は買わずに同行者と帰った。

行き先は不明、ということですね？」

「私が聞いた話では、そうです」

「××ホテルの李明日香、間違いないですね」

加藤という若い刑事が手帳に書きとめ、慌ただしく部屋を飛び出した。

＊

李明日香の一行が、その日の朝にチェックアウトしてしまったことを聞いたのは、それから三時間後、優衣の伯母が入院する病室の通路だった。

報告に来た加藤刑事は、「入管に確認を入れ、空港にも手配しました」と力なく言い、李明日香たちの特徴などを聞いたあと司法解剖の結果を述べた。

司法解剖で判明したのは、細川城一郎の死因は溺死、外傷は擦過傷程度だが、血液中からアルコールと睡眠導入剤の成分が検出されたため、朦朧とした状態で海に落ちた可能性があること、また死亡推定時刻は鑑識所見よりも一時間せばまり、昨夜の二時から三時の間ということだった。バッグなどの遺留品はまだ発見されていないようである。

刑事が引き上げたあと病室の伯母を見舞った。すでに意識を回復した静子は、ベッドで茫然と宙を見上げ、脇のイスでうなだれていた優衣が泣きはらした目で二人を迎えた。

「どうだった？」

「例の中国人はチェックアウトした後だったそうだ。それと細川さんの死因は溺死らしい。所持品はまだ発見されないって……」

「じゃあ手がかりがないのね……」

優衣が顔を伏せたとき伯母が低い声を発した。

「あの女に決まってるわ……」

「伯母ちゃん、今は何も考えないで」

「伊波礼華よ……あの女が主人を殺したのよ！」

手で顔をおおった静子に優衣がハンカチを渡す。その目からも涙がこぼれていた。

「沢田くん、ちょっと……」

則尾が背後のドアを指で示し、外へ出ようと合図をよこした。そして優衣に向かって、

「明日になったら刑事が伯母さんへも事情聴取に来ると思うけど、楠木さんはずっと付き添ってるだろう？」

「ええ……」

「ボクもいろいろ調べようと思うんだけど、沢田くんを借りてもいいかな。手伝ってもらいたいことがあるんだ。彼も楠木さんと伯母さんを残していくのは気がかりだろうけど」

優衣が返答に困っていると、

「沢田さん、お願いします……ほんとにお願いします」

ハンカチで顔をおおった静子が嗚咽をかみしめて、声を絞り出した。

病室を出た則尾は、待合室を素通りして病院の外へ出た。

「則尾さん、これからどうするんですか？」

「もうすぐ先輩が来るはずだから、とりあえずここで待とう。県警を出るときに伝えておいたんだ」

正面玄関から正門までの間には広い緑地があり、椎の巨木が数本、等間隔でそびえている。若葉を吹き出した枝の下には簡素なベンチが備えてあった。まだ青味を残して暮れなずむ空とは対照的に、椎の木陰には湿った闇が佇んでいた。

ベンチに座った則尾はぼんやりと空を見上げた。

「沢田くん、細川氏の同行者って誰だと思う？」

「わかるわけないですよ」

「そうかな、失踪前夜の電話の件でボクには見当がつくけど」

「足利学長ですか？」

「違うよ。ホテルで聞いたとき、趙はボクよりも若い男だって言ってたじゃないか」

「あの連中の言うことが事実だと仮定しての話でしょう？」

「もちろんそうさ、でもボクは事実だと思っている。その根拠は、まず細川氏がホテルに来たことを正直に言ってることだ。もし彼らが殺害を企てたなら、来なかったとしらをきればいいだけだ。それに現金の件を話したのも彼らには不利な条件となる。最初から知らないと言えばいいことだからね」

「じゃあ同行者は磐教の信者ですか？　例のやばい連中とか」

「もっと適任者がいるじゃあないか。ほら、キミだって学長室で会ってるだろう？」

「赤松助教授？」

「ボクには何となくそんな予感がする。あいつは足利学長の腰ぎんちゃくだから、足利の命令なら何でも聞くはずだよ。ただ根拠が見つからない」

「根拠って？」

「殺害する根拠さ。やつらにとって細川氏は大切な金づるだよ。それは磐教にとっても同じだ。年間一千万の浄財があるんだから、二千五百万のために細川氏を殺害したんじゃあ金の卵を産む鶏を殺すようなもんだ。問題は金なのか、それ以外か、だな」

椎の梢がざわざわと騒いだ。

「風が出てきたな」

則尾がジャケットの前をつぼめたとき視界をタクシーが通過し、正面玄関に横づけした。車から降りたのは今西だった。

「あ、先輩だよ。お〜い、せんぱ〜い！」

その声に気づいた今西は大股でこちらに歩いてきた。

「大変だったな、その後は何か進展はあったのか？」

「さっき刑事から聞いた話では、ホテルの中国人には逃げられたらしいですね。それと司法解剖の結果では、死因は溺死、酔った上に睡眠薬も飲んでいたようです」

「所持品や金は出てこないのか？」

「まだ発見されていないようです」

「伯母さんの様子は？」

「意識は回復してますけど……」

「とにかく様子を見てくる。話はそれからだ。何号室だ？」

今西は病室を確認すると、そそくさと院内へ向かった。

＊

三十分ほど今西を待ち、それから三人で千葉駅近くの和風レストランへ入った。

「楠木には、伯母さんが落ち着くまで一緒にいてやれと言っておいた。それから小太郎のこと、伯母さんはずいぶん頼りにしてるみたいだな。沢田先生にぜひお願いしますって泣きつかれたよ」

「楠木さんが沢田くんのことを頼りにしてるからですよ」

則尾の言葉に、表情を和らげた今西は、「それはあるかもな」と意味ありげな視線を小太郎に向け、

「県警は殺人も視野に入れて調べるだろうし、明日にも伯母さんに事情聴取し、その足で信州へも行くはずだ。明日からが大変だぞ」

小太郎は思わず相槌を打った。

「そうですね、忙しくなりそうですね」

「あれ？　小太郎は信州までついてくつもりなのか？」

「そういうわけじゃないですけど……」

するど横にいた則尾が口をもぐもぐさせながら、

「大丈夫。沢田くんはボクが借り受ける許可を取ってありますから」

「なんだ楠木の許可つきか」

茶化すように言った今西は、

「ところで則尾はこれからどうするつもりだ？」

「ひとまず信州へ行きます」

「信州？　中央芸術文化大学へか？」

「気になるやつがいるんです。足利学長の腰ぎんちゃくで赤松っていう助教授です。それに伊波礼華にも会おうと思ってます」

「細川氏殺害は、阿弥陀像を持ち込んだ連中のしわざじゃないと思っているのか？」

「わかりません。やつらが細川氏の持参金に目がくらんで奪ったのかもしれません。タイミングよくホテルを引き払ってますし、関係ありと考えた方が自然ですけど……ただ、どちらに視点をおいても動機が希薄なんです。それで、まずは接触できそうな方から情報収集をはじめようと思ってるんです」

「こんなことに首を突っ込んでいて、仕事は大丈夫なのか？」

「ボクはフリーランスですから、この自由さがメリットですよ」

「則尾さん、オレも信州へ一緒に行きます！」

勇んで身を乗り出した小太郎を見て、今西は軽い口吻をもらした。

「ここ数日のうちに細川氏の遺体も返され、軽井沢で葬儀があるはずだ。おそらく警察も立ち合うよ。さっき病室で、軽井沢の地元の葬儀屋に手配しておけと楠木に伝えておいた」

それを聞いた則尾は口に運びかけた刺身の箸をとめた。

「警察が信州へ行くのは、足利学長や細川氏の関係者への事情聴取ですよね？」

「それは当然だが、そんなものは明日にでも出張(でば)るはずだ。葬儀以後も警察が現地で粘るのには重要な意味がある。小太郎にはその意味がわかるよな？」

今西の謎かけにぴんとくるものがあった。

「保険金と遺産相続ですか？」

「そのとおり。細川氏は資産家だ。相当な額の生命保険にも入っている。オレが確認しただけでも一億円はある。保険金目的の殺人を視野に置くのは捜査の常套手段だからな」

すると則尾は口をもぐもぐと動かしながら怪訝に目をゆがめた。

「先輩は、もう保険金のことまで調べたんですか？」

「病室で伯母さんから聞いたのさ。彼女が知っているだけでも一億円だ。調べればもっとあるかもしれない。たとえば伊波礼華や足利学長を受取人にした生命保険なんかもな」

「だとしたら動機はかなり絞られてきますね」

「まだわからんが、楠木の伯母も重要参考人の一人であることはたしかだ。オレは病室でそのことを伝えた。あんな状況で残酷だとは思ったが、すぐにわかることだからな」

「伯母さん、どうでした？」

「ショックだったようだ。それで、今後の対応も含めて顧問弁護士になってくれと頼まれた。とりあえず則尾には事件の背後関係の調査を事務所から改めて依頼するよ。これで資金的な心配はなくなっただろう？」

「それを早く言ってくださいよ！　いやぁ、それはありがたいな。それだったら、動きやすいように今西法律事務所の調査員って名刺をつくってくださいよ」

　ほっとした顔でビールを口にする則尾を見て、今西は含み笑いをもらした。

「すぐにつくっておくよ。それと小太郎、学校の方は一週間ぐらい休んでも大丈夫か？」

「一、二週間なら問題ありません」

「それなら楠木のサポーターをしてもらえないか？　伯母さんの話だと、すぐに養子縁組みをする感じだったからな。亭主にこんな形で死なれたんじゃあ心痛や不安も大きいだろうし、楠木に傍にいてほしいんだろうが、楠木一人じゃあ心配だからな」

「相続人になったら彼女も狙われる危険性があるってことですか？」

「もちろんその危険性も無視できない。でも、小太郎にやってほしいのは楠木のボディガードだけじゃなくて、細川家の資産状況を調べてほしいんだ。金額次第では相続税も莫大になるからな。事前にある程度把握できれば善後策もたてられる」

「わかりました。オレがサポートします！」

武者震いのように緊張が湧き上がった。

「その意気だ。頼んだぞ！」

今西は満足そうにビールを飲み干した。

*

伯母への事情聴取が終わり、城一郎の遺体が実家へ返されたのは二日後だった。

翌日に行われた葬儀では、警察の意向もあって表向きは事故死としたが、死亡状況の不可解さがそれとなく伝わっているためか、弔問者の表情は一様に冴えなかった。優衣の両親と兄も駆けつけた。在家信者総代の葬儀ということで弔問客には磐教の信者も多いようである。それらの人々に混じり、千葉県警の二人の刑事が目を光らせていた。

「沢田くん」

弔問者の記帳をぼんやり見ていたとき、背後から則尾に声をかけられた。振り返ると則尾の横に神妙な顔の脇屋がいた。

「則尾さん、いつこっちへ来たんですか？」

「今朝一番の新幹線で来た。細川さんの家の近くにホテルを取ったよ」

「そうでしたか……あ、脇屋さんも、ごくろうさまです」

「えらいことになったなぁ」

脇屋は沈痛な面持ちで白髪頭を下げた。

「それより沢田くん、あの女が伊波礼華だよ」

則尾が顎で示した記帳場には、長い髪をうしろでゆったりと結んだ派手な顔立ちの小柄な女がいた。目もとがくっきり描かれ、頬がふっくらしている。喪服のせいかルージュの赤が際立って見えた。

「楠木さんの伯母さんと揉めなきゃいいんだけどな」

焼香時の心配をする則尾を脇屋が肘で小突いた。

「則尾さん、教祖の右隣にいるのが例の親衛隊のボスだよ」

女教祖の横に憮然と立つ六十年配の大柄な男、がっしりした体躯と黒ずんだ顔、そして短く刈りこんだ髪のせいか威圧感がある。

「土岐源治(どきげんじ)ってやつだ」

「いかにも悪そうな名前ですね、ゲジゲジみたいで……」

「危ねえ連中のボスだからな」

勝手なことをささやく二人をよそに、小太郎は教祖の妖艶な所作に目を奪われていた。

《多くの信者から崇(あが)められていると、あんなにも優雅な雰囲気になるのか》

呆然とする小太郎の肩を則尾が軽くたたいた。

「沢田くん、脇屋さんが面白い人を紹介してくれるっていうんだけど、葬儀が終わったら一緒に会わない？　細川さんや氷見さんの高校の同期生だよ。そうですよね脇屋さん？」

則尾は脇屋に確認する。

「ああ、氷見さんと親しかった人だ。氷見さんが連盟の県支部長をしていたとき、ほんの一時期だけど連盟に所属したこともある」

脇屋がそこまで言ったとき、則尾が「あ！」と何かに気づき、

「ちょっと待ってて！」

葬儀場の外門をめがけて走る後ろ姿の先には、焼香をすませて帰ろうとする足利学長と赤松助教授がいた。赤松助教授を呼びとめた則尾は、食い下がるように何かを話していたが、すぐに苦い顔で戻ってきた。

「則尾さん、何を聞いたんですか？」

「千葉のホテルに細川氏と一緒に行かなかったかってことさ」

「ダイレクトに聞いたんですか？」

「反応が見たかったからね。でも、やつもタヌキだな。笑ってこけにされたよ。頭にきたから四日前の夜のアリバイも聞いてやった」

「刑事もいるんだから、そんなこと聞いちゃまずいですよ」

「やつらはまっ先にマークされてるから、もう事情聴取をされてるよ。『きのう刑事さんからも同

じ質問をされました』って涼しい顔で言いやがった」

「アリバイはあったんですか？」

「その日をはさんだ三日間は、所属する学会の会合で九州へ出張してたらしい。赤松も一緒だってよ。たぶん本当だろう。警察にもそう話したようだから」

「アリバイ成立ですか……」

「まだわからないよ。それより葬儀が終わったら例の件、頼むね」

そう念を押し、則尾と脇屋は斎場の奥に消えた。

＊

則尾が懸念した揉めごとも起こらず、葬儀は終わった。

伊波礼華は、焼香をすませると土岐源治を従えてさっさと帰ってしまったが、彼女が焼香に立ったとき、斎場内の信者からはため息のような声がもれ、会場がどよめいた。しかし茫然自失状態でうつむく伯母の静子には、その異様な空気すら伝わらなかったようである。

弔問者が引き上げはじめたとき則尾が現われ、建物の裏にある駐車場へと小太郎を連れて行った。そこには脇屋とならび、小太りの男が不安そうな面持ちで立っていた。

「こちらは細川さんや氷見さんと高校で同期だった善池(よしいけ)さんだ」

脇屋の紹介に、男は朴訥(ぼくとつ)な戸惑いを浮かべて目礼した。

「善池さん、さっき頼んだ話だけど、ほれ、オレが昔聞いた話さぁ、簡単でいいんだけど、聞かせてもらえねえか？」

「細川と氷見のことか？　そんなこと話していいんかな……」

躊躇（ためら）う善池に、則尾が明るく懇願した。

「ボクらは細川さんの遺族から依頼されている弁護士事務所の人間ですから、どんな情報でもほしいんです。それに情報源は絶対にもらしませんから」

「そんなら話してもいいけどよ、細川も事故か殺されたのかわからねえらしいから、なんだか因縁めいててよぉ」

その因縁とは、城一郎の同級生である氷見啓吾（ひみけいご）の死因にあった。

二十一年前、古代史探求連盟の長野県支部長を務めていた氷見が死んだときも、自殺か事件かで話題になったという。最終的には自殺と断定されたが、氷見氏の周辺では細川氏とのトラブルが噂され、自殺に対しても懐疑的な人が多かったらしい。

小太郎も、連盟の県支部長ポストを巡る二人の確執は知っていたが、善池が言うトラブルとは、それとは別の問題だった。

おりしもバブル絶頂期で、国内が未曾有の好景気に浮かれていた時期である。ところが氷見啓吾が経営する精密部品会社は、バブルの活況に乗り遅れ、慢性的な経営難に陥っていた。氷見は二代目の社長だが、創業者はすでに他界し、五十名ほどの従業員の命運は二代目の手腕にかかっていた。

しかし、大学院まで進んで古代史を研究した氷見は、社長業などとは無縁の学者肌で、会社の経営は古参の重役に任せ、自らは古代史探求連盟の県支部長として好きな古代史にのめり込む状態だった。

経営難の渦中でも氷見は悠々としていたという。その余裕を支えていたのは親から受け継いだ不動産資産だった。利用価値が乏しい荒地でも法外な値で売れた時代である。いよいよとなれば個人の不動産を売却すれば何とかなると、彼は親しい友人に漏らしていたらしい。にもかかわらず、すぐに会社は倒産し、氷見自身も不可解な死を遂げてしまった。

氷見の死は自宅に放火しての焼死だった。ちょうど家族が不在のときで、死亡者は氷見だけだった。現場検証では灯油をまいた跡が確認され、最終的に自殺と断定された。倒産と負債による心神耗弱が有力な状況証拠になったという。

「オレも警察の判断には納得できなかった。倒産するふた月ばかり前、細川に何とかしてもらえそうだって氷見から聞いてたからな……」

「つまり細川さんから融資してもらえるってことですか？」

小太郎は問い返した。すると善池は顔をしかめて首を振った。

「細川の口利きで土地がうまく売れそうだってことだった。だから倒産したとき、あの話はどうなったんだって思ったよ……」

一瞬目を伏せた善池は、苦々しい表情に変わった。

「こんなこと言っちゃあ仏に申しわけねえけどよ、細川は昔から油断がならねえやつだったから、氷見は騙されたのかも知れねえな」

「でも細川さんは資産家だから、お金には執着しないでしょう？」

「だからオレも不思議だったんだよ……」

そのあと急によそよそしい顔つきに変わり、腕時計をちらっと見た。おどおど動く目には自分の言葉への後悔がにじんでいる。

「まあ、こんなところでいいかな？　このあとちょっと用事あるもんで」

「いろいろとありがとうございました」

則尾が嬉しそうな表情で頭を下げた。斎場に戻っても則尾はずっと上機嫌だった。弔問者があらかた引き上げ、がらんとした斎場には、優衣の両親や兄を含めた十人ほどが残り、うなだれる静子を慰めていた。その一群が斎場の出口へと移動しかけたとき、

「沢田くん、ボクはこれから脇屋さんの家へお邪魔するから、あとはよろしく頼むね」

則尾が小太郎に耳打ちし、脇屋を伴っていそいそと駐車場へ行ってしまった。

小太郎も一群から離れ、ゆっくり駐車場へ歩きはじめた。

午後の風が心地よく全身を包む。建物を囲む雑木林の新緑は、ここが葬儀場であることを忘れてしまうほど疼くような生命感を発散し、透明な陽射しに輝いている。その後方には、膨大な量の黒砂をスリ鉢状に盛り上げた山塊が、頂付近に雪を残し、藍色の空へそそり立っている。脇屋の車を見送った小太郎は山を仰ぎながら大きく深呼吸した。

「あれが浅間山よ」

背後から優衣の声がした。

「沢田さん、本当にご苦労さまでした。夕べ東京から来たのも遅かったし、今朝も早かったからあまり寝てないでしょう？」

「ぜんぜん平気さ」

虚勢を張って大きく息を吸いこんだとき、葬儀場の陰で咲き乱れるリラの花の香りが鼻腔の奥をくすぐった。

六

警察の調べで、細川城一郎が家を出る前日、銀行から二千五百万円をおろしている事実が判明した。生命保険については伯母の静子が知る以外には加入している形跡がないということである。警察は当初、静子を受取人にした一億円の生命保険や相続財産を怪しんだが、失踪から死亡日までずっと軽井沢にいたという優衣の証言や、殺害動機の希薄さなどで、すぐに嫌疑は晴れたようである。

葬儀の翌日の午後、小太郎が優衣と伯母の三人で弔問者の記帳を整理していると、携帯電話に千葉県警の宮崎警部補から連絡が入った。

《伯母さんへの事情聴取は終わっているし、どうしてオレの携帯にかけてきたんだ？》

訝りながら携帯電話に出る。

――県警の宮崎です。確認したいことがありまして、これからお時間をいただけませんか？

「はあ、いいですけど」

――細川さんのお宅にいらっしゃいますか？

「そうですけど」

――それでは、すぐにそちらへおうかがいします。

それから一分もしないで玄関の呼び鈴が鳴った。どうやら刑事たちは細川家の近くから電話を入れたようである。玄関に現われたのは宮崎警部補と加藤刑事、それと大柄な三十年配のスーツ姿をまじえた三人の男だった。

「ほんとにすぐですねぇ」

小太郎は皮肉を言ったが、宮崎主任は「職務ですから」とクソ真面目に応え、後ろに控えていた新顔を紹介した。渡された名刺には『刑事部　組織犯罪対策本部国際捜査課　警部補』という長たらしい肩書きに続き、鳥海昭吾（とりうみしょうご）と名前があった。

「組織犯罪対策本部、国際捜査課？」

名刺に目を落としていると、鳥海警部補は内ポケットから折りたたんだ紙を取り出した。

「じつは沢田さんにこれを見ていただきたいと思いまして」

パスポートの一面をプリントアウトしたものである。

《趙だ……》

正面顔の小さな写真だが、鋭い目、こけた頰、厚ぼったい唇など、千葉のホテルで見たままの印象である。

「どうやらご存知のようですね」

小太郎の反応を見た鳥海警部補は表情をこわばらせた。

「これは……どうしたんですか？」

「その前に確認させてください。この写真の人物は細川氏が千葉のホテルで会ったと思われる中国人ですか？」

「たぶんそうだと思います。逮捕されたんですか？」

すると、鳥海警部補の脇から宮崎警部補が応えた。

「昨日の夕方、九十九里浜の片貝海岸付近で遺体が発見されました。拳銃で心臓を撃たれていました。遺体がパスポートを所持してまして、中国国籍の趙建国（ちょんじぇんご）と判明しました。この事件の担当は国際捜査課ですが、千葉のホテルから消えた中国人と関わりがあるのではということで、沢田さんに確認してもらうため、急遽、鳥海警部補が駆けつけたのです」

「それで、ほかの人はどうなったんですか？」

小太郎の問いに鳥海警部補の目が怪訝にゆがむ。

「ほかの人と言いますと？」

「李明日香という女性と、高在重（こじぇじゅん）という男ですけど」

「それについてはまだ報告を受けていません。ところで沢田さん、その人たちはたしかに中国から来たと言っていたんですね？」

「ええ、女性は長安北嶺大学の大学院生だと聞いていますけど……何か不審な点でもあるんですか？　さっきのパスポートも中国の国籍でしょう？」

鳥海警部補は一瞬言葉をためらったが、

「我々が調べたところ、パスポートは精巧に偽造されたものでした。つまり被害者の名前も国籍も実際は不明ということになります。細川氏の事件との関連もありましたし、偽造パスポートということもあり、県警ではまだ事件の発表を控えている状態です。沢田さんも、この件は事実関係がはっきりするまで内密にお願いします」

「わかりました」

そう答えた小太郎は宮崎警部補に向き直り、

「細川さんの足取りについては何かわかったんですか？」

「現在、ホテル周辺の聞きこみを行っていますがまだ判明していません。我々もこれから千葉に戻って捜査に加わりますが、さっきの件、くれぐれも内密に願います」

そう念を押し、刑事たちはそそくさと引きあげた。

小太郎は則尾の携帯電話を呼び出し、趙が殺されたことを告げた。しかし彼は驚いた様子もなく、

――そうかぁ、いよいよやばくなってきたな。

その口ぶりには、どこか事件を楽しんでいるようなニュアンスさえある。

――ところで沢田くん、今日の夕方、磐教の本部を表敬訪問するんだけど一緒に行く？

「教祖に会うんですか？」

――さっき本部に連絡したら、五時なら時間がとれるって言うんだ。

「わかりました、一緒に行きます」

――じゃあ悪いんだけど、伯母さんの車を借りてボクのホテルまで迎えに来てくれないか。三十分ぐらい前がいいな。それと、このことは伯母さんには黙ってたほうがいいよ。

「わかりました、四時三十分ですね」

電話を切って部屋に戻ろうとすると、優衣が廊下に出て不安そうにこちらを見ていた。

「刑事さん、どんな用事だった？」

「細川さんが千葉のホテルで会った中国人のひとりが遺体で発見されたって」

身をすくめた優衣は、すぐに不安げな声で、

「伯父のことと関係あるのかしら？」

「警察では関係あるとみて調べるらしい。でも、このことはまだ関係者以外には漏らさないでほしいってことだった。それから、このことに関して夕方に則尾さんと会うことになったんだけど、伯母さんの車を借りてもいいかな？」

「いいと思うけど……」

優衣はふっ切れない表情で小太郎を見つめた。

＊

磐教の本部は佐久市と関東を結ぶ国道２５４号線を、市街地から峠の方向に五キロほど入った山間にあった。

背後に新緑の山を従えた寝殿造りの白い建物を囲み、山荘のような宿舎と体育館のような建物が並んでいる。敷地はかなりの広さがあり、手前に運送業の看板を掲げた大きな車庫があった。敷地の境には2メートル程の高さの金網フェンスが続いている。

社務所のような窓口で来訪の旨を伝えると、巫女姿の中年女性が神殿まで案内した。神殿は小さな体育館ほどもある畳敷きの空間で、正面の祭壇前にはステージのような板敷きの高床がある。明かり取りの高窓から差し込む外光が深閑とした雰囲気を演出し、赤っぽい照明が当てられた高床が荘厳に浮かび上がっている。

二人が祭壇前の畳に座ると、それを待っていたように大太鼓の連打がはじまり、高床のソデの扉から二人の巫女に先導された伊波礼華が、鮮やかな紫色の衣装を身につけ、滑るように現われた。床に垂れた裾の後ろには、もう一人の巫女が続き、最後尾には、葬儀で見た土岐源治（ときげんじ）と若い男の二人が神官のいでたちで従っている。

「ごたいそうな演出だな」

則尾が耳打ちをする。

伊波礼華が高床中央に用意された分厚い錦紗の座布団に座るのを待って、土岐源治の野太い声が神殿の空間に響きわたった。

「さて、今日はどのようなご用事かな？」

則尾はその雰囲気に臆せず、平然と応えた。

「お聞きしたいことがありまして」

「聞きたいことと？　それはいかがなことか？」

「単刀直入に言いますと、細川氏と教祖の関係です」

《則尾さん、いきなりその質問かよ……》

則尾の無遠慮な質問に小太郎は肝を冷やした。

「細川さんは在家信者総代でした。教義もよく守り、教祖にも敬意を抱いていました」

土岐の答え方は祝詞（のりと）のような口調だった。

「そういう儀礼的なことではなく、お聞きしたいのは特別な関係かどうかです」

「特別な関係とは？」

「まあ……男と女の関係と言いましょうか」

とたんに土岐の声が荒くなった。

「当教団を愚弄（ぐろう）しに見えたのか！」

しかし則尾は土岐の恫喝をものともせず、

「違います。細川氏と教祖の関係は或るスジでは有名な話ですよ。このことは警察もまだつかんでないと思うんですけど、そのうちに教祖にも事情聴取にくるんじゃないですか」

「おまえたち、恐喝に来たのか！」

本性をさらけ出した土岐を、伊波礼華の低い声が制した。

「見苦しいですよ。おやめなさい」

女教祖は笑みを含んだ顔でこちらを見おろした。

「ここは神聖な場所です。そのような邪推はおやめください」

「ボクらはそういった邪推があることをお伝えしに来たんです。教祖の口からちゃんとした弁明がいただければ納得しますけど」

「それはわざわざご苦労様です。細川さんは非常に熱心な信者であり、私も信頼して教団の運営にご助力いただだいていました。教団を運営するには相当の資金が必要です。教祖として、財政面のことなど下世話なことも細川さんにはご相談申していましたが、そんなこともあり、一部の心ない人はそのような中傷をする向きがあるのかもしれません」

「細川氏は、毎年一千万円以上の浄財をしていたと聞きましたが、それは事実ですか？」

「事実です。貧しい教団にとって、ありがたいご寄進でした」

「それと、中央芸術文化大学の足利学長は、この教団とどのような関係ですか？」

「あの方の研究はすばらしい内容です。当教団のご神体である神武天皇の尊厳をしっかりご証明くださるものと期待しています」

「そうですか……ところで、磐教はもともと千葉県で布教活動していたと聞きましたが、千葉のどのへんで活動されてたんですか？」

「それはお答えしかねます」

「なぜですか？」

「どうしてそんなことを、お知りになりたいのですか？」

「個人的な興味ですけど……では質問を変えますが、中央芸術文化大学が創立されたすぐあと、この地に教団本部を建てたようですけど、それは足利学長との関係ですか？」

「足利先生のご助言もありましたが、細川さんをはじめ、いろいろなかたのお助けがあってこの地に導かれました。これも祭神のご神託によるものと思います」

「なるほどね。教団の資料を読ませていただくと、教祖には予知能力があるそうですが、今後この教団はどうなっていくと予知されますか？」

則尾の意地悪な質問に、伊波礼華は「おほほ」と高い声で笑った。

「教団の命運はご神託次第。わたくしが見通せるのは下々のことのみ」

毅然と言い、そのあと小太郎を見据えた。

「たとえばそちらのお方」

小太郎は慄然と背筋を伸ばした。

「もっと近くにお寄りください」

戸惑っていると、巫女の一人が立ち上がり、「教祖様のお言葉がいただけます。こちらまでお近づきください」と祭壇前へ手招きした。

「でも……」

思わず則尾に助けを仰いだが、則尾はにやにやしながら『行けよ』と言わんばかりに顎で祭壇を示した。

《ひとごとだと思って……》

渋々立ち上がり、おずおずと祭壇の前に近寄る。すると伊波礼華も腰を浮かせて祭壇の縁まで歩み寄った。大仰に手繰(たく)る裾が空気を動かし、それに乗って伽羅(きゃら)にも似た怪しい芳香が、高床の床を這って小太郎の鼻腔を包んだ。

「お目をお閉じになって」

低い声を発した教祖は、まっすぐ伸ばした両手を小太郎の額の当たりにかざし、口のなかで何かを唱えはじめた。小太郎は棒立ち状態で言われるままに目を閉じる。

「わかりました」

小さな声でひとこと、伊波礼華はかざした手を戻し、穏やかな表情で小太郎を見つめた。

「あなたの魂はとても清廉(せいれん)です。あなたはきっとこの教団と心を共にするでしょう。ご祭神の意思があなたの魂と響き合っています」

くっきりと描かれた目から、不思議な輝きを帯びた視線が、こちらの意識を貫くように注がれる。

小太郎は妖艶な瞳に飲み込まれそうな錯覚すら抱いた。そのとき、どこからともなく大太鼓の連打が聞こえ、伊波礼華は滑るようにもとの位置に戻った。

「お時間です」

土岐の声が響き、巫女たちに続いて伊波礼華が腰を浮かせた。

＊

「女教祖に魅入られたようだな。呆然って感じだったぜ」

帰りの車で則尾が愉快そうに揶揄した。

「そんなことないですよ。ビックリしただけです」

「ああいった霊的な演出は宗教団体の常套手段だ。懐柔しやすい方に的を絞ったんだよ」

「オレのことですか？」

「そうだよ。ボクの方は言いくるめられないと踏んだんだろうな。それでキミを取り込もうとしたのさ」

「そうですかね……」

「まんざらでもないような口ぶりだね」

「やめてくださいよ。いきなりだったからちょっとパニクっただけです。でも、あんな調子じゃあ何かを聞きだすのは難しいですね」

「いや収穫はあった。教団が本部を構えたことに足利学長が絡んでることがはっきりしたよ。それに千葉時代のことを隠したがっていることもね……次に攻めるのは赤松だな」

「助教授にも会いに行くんですか？」

「当然さ。千葉のホテルに同行したのは間違いなくやつだからね」

「でもタヌキなんでしょう？」

「だからプレッシャーをかけるんだ。タヌキだから、そのうちに尻尾を出すさ」

「危ないですよ」

「多少の危険は覚悟のうえさ。それに、あの教団が千葉のどこにあったかも調べる。とりあえず、きょうの件はボクから今西先輩に報告しておくよ」

小太郎には則尾の精神的な強さを羨んだ。

ここ一週間で二人の人間が死んでいる。李明日香たちの行方も不明のままである。まだ正式な捜査本部は設置されていないようだが、宮崎主任の口振りでは警察もその二つの殺人の関連を視野に入れて初動捜査を開始するに違いない。のん気に構える則尾にくらべ、得体の知れぬ恐ろしい敵を描き、どうすることもできずにビビっている自分が情けなくて、小太郎は心でため息をついた。

その夜、伊波礼華が夢に現われた。『ほほほ』と妖艶に笑いながら巨大化し、おおいかぶさってくる。大声をあげて身をかたくしたとき、遠くの闇の一点に光が射し、その中心に李明日香の姿が浮いた。

その方向へ体が吸い寄せられて宙を滑る。ふいに耳の奥で伊波礼華の笑い声が響き、伽羅の芳香が鼻腔を満たす。ぶつかり合う李明日香と伊波礼華の妖気から逃れようと、懸命に手足を動かそうとしたが力が入らない。もがきながら助けを求めていると、どこからともなく自分を呼ぶ優衣の声がした。全身に力を込めて声の方角を見定めようとしたとき、優衣の声が突然リアルになった。

目をあけると、座敷の障子をあけて優衣が心配そうにのぞきこんでいた。

「ああ、優衣ちゃん……」

「所長から電話があって、それで沢田さんを起こそうと思って廊下まで来たら、うなされてるような声がしたから……」

「ちょっと妙な夢を見ていたんだ……所長からの用事って、どんなこと？」

「資産状況がわかったらすぐに連絡してくれって」

廊下から忍び込む涼気にのって、ほんのりと優衣の化粧の香りがした。朦朧とした脳裏にへばりつく恐怖感を、その現実的な香りが和らげてくれるような気がした。

＊

細川家の資産状況は、その日のうちに大枠がつかめた。

所有不動産は軽井沢の自宅を除いて五ヵ所、上田市と佐久市にテナントビルが三棟あり、市の郊外に住居用マンションが二棟ある。また株券や国債などの有価証券は四千万円ほどあった。不動産の数は予想より少なかったが、それでも家賃収入は年間で五千万円近くになる。さらに不動産としての純資産も公示価格で換算すると六億円に迫る。これだけの資産を相続するとなれば、相続税だけでも数億円になるだろう。有価証券などの動産はすぐに現金化できるが、あとは不動産を現物で納めるか、もしくは売却して納めるかになる。

夕刻、小太郎の報告を聞いた今西は、

——いずれにしても会計士と相談する必要があるな。それに関してはオレの方で何とかする。それから細川氏の件だが、警察にそれとなく聞いてみたが、まだ足取りがつかめないようだ。それと、則尾から磐教の本部に行った件の報告があって、磐教の千葉時代のことを調べるって息巻いていた。あまり首を突っこむとやばいから自重しろと言っておいたが、小太郎も則尾に会ったら慎重に行動しろと注意してくれ。

「わかりました、明日にでも則尾さんに連絡してみます」

しかし、それから三十分もしないうちに則尾の方から連絡が入った。

「則尾さん、所長が慎重に行動しろって心配してましたよ」

——ボクも釘をさされた。それよりさぁ、きょうの昼過ぎに上田の大学へ行ったよ。いきなり訪ねた方がボロを出しやすいと思ってアポなしで行ったんだけど赤松には会えなかった。教務課で確認したら休みだっていうんだ。文化人類学の研究室へも行ってみたけど、そこでもわからないってことだし、赤松の講義も全部休講だった。

「大学の先生って、自分の都合で講義を休みますからね」

――こうなったら、会えるまで押しかけるしかないな。

「くれぐれも慎重にやってくださいよ」

――わかってるって、心配するなよ。

則尾はのん気に言って電話を切った。

＊

上田市から県の中央部（中信）の松本市へ行くには、上田市のある東信と中信を阻む山脈を越えねばならない。かつては青木峠と呼ばれるカーブの多い峠道の国道１４３号線が最短の道だったが、昭和五十一年、国道２５４号に美ヶ原高原の山塊をくり貫く三才山トンネルが開通してからは、そちらに幹線道の座を奪われ、交通量は激減した。そのため整備も進まず、崖に面した急なカーブや狭道がそのまま放置されている。峠にある２ヵ所のトネンルは峠道が開通した明治後期の建設であり、道幅も狭く舗装の痛みも激しい。

その青木峠の上田市側のトンネル入り口付近の崖下数十メートルの谷底で赤松助教授の車が発見された。助教授は即死の状態だった。夕方の地方版ニュースによると、夜半に松本市方面から峠を抜け、トンネルを出た直後の大きなカーブを曲がりきれずに転落した模様ということである。営林署員の巡回車によって発見されたのは、その日の午前九時頃、検死の結果、血液中に高濃度のアルコールが検出され、飲酒運転での事故死と報じられた。

「やられたな……」

細川邸に駆けつけた則尾は、夕刻の地域版ニュースを見ながら、悔しそうにつぶやいた。

「則尾さんは事故じゃないと思うんですか？」

「タイミングがよすぎるよ。赤松は消されたんだ」

「誰がこんなことを……」

「まだ考えがまとまらないけど、趙を殺された恨みで、李明日香たちが殺ったのかもしれないし、細川さんを手にかけたやつらが……」

そこまで言って則尾は言葉を引いた。コーヒーカップをのせた盆を抱えた優衣と共に、静子が応接室へ入って来たからである。心の傷はだいぶ癒えてはいるようだが、静子に対して城一郎の名はまだ禁句である。

「則尾さん、今お夕食の用意をしていますから今夜は泊まっていってくださいね。お部屋は沢田先生と同じでいいかしら？」

法律事務所の調査員という触れ込みのせいか、静子は則尾に万全の信頼をおいている。則尾は恵比須顔に豹変した。

「お手数をかけてすみません。沢田先生と一緒でけっこうです」

紅茶を置いた静子が行ってしまうと、彼は「沢田先生はこれからどうするつもり？」と、先生の部分にイントネーションを込めた。小太郎の隣で優衣がくすっと笑う。

「皮肉はよしてくださいよ。それより則尾さんこそどうするんですか？」

「一旦東京に戻って、磐教の前身に関して情報を集めてみようと思うんだ」

「オレはどうしたらいいんですか？」

「沢田くんはこっちにいた方がいいんじゃないか？」

「でも所長から言われたことはもう完了してますけど」

「それは資産調べの件だろう？　楠木さんや伯母さんのガードはどうするの？　関係者が三人も殺されてるんだぜ」

「そうですね……」

「あ、でも、すぐにどうこうってことはないと思うよ。この事件はどれも突発的な強行犯罪じゃなくて、緻密な計算があってのことだって気がするからね」

優衣の不安そうな表情に気づいてか、則尾はあわてて弁解した。

その夜、風呂からあがった則尾は、細川邸の設備にご満悦の様子だった。

「ここの風呂は最高だね。広いし、ジェットバスだし、テレビは付いているし、高級ホテルのスイートのようだ」

布団の上へ気持ちよさそうに寝転び、ふう〜っと一息、バスタイムの安楽を吐き出すと、ふいに神妙な顔で天井を見つめた。

「ちょっと気になることがあるんだけど……」

「気になることって？」

「一連の事件の根は二十年前にあるんじゃないかなって気がするんだ」

細川城一郎の葬儀で、高校時代の友人の話を聞いて以来、小太郎にも因果の根に対する漠然とした想像はあった。

「オレも氷見氏のことを聞いてからは何となく感じてますけど」

「じつはさぁ、葬儀のあと脇屋さんのところで氷見さんが遺した資料を探してもらったんだけど、古代史探求連盟が定期的に発行している会報誌のバックナンバーで、氷見さんの研究論文が載っているのを一冊見つけたんだ」

則尾は「よっこらしょ」と億劫そうに立ち上がり、脇のバッグから古びた小冊子を抜き出し、目次を開いて小太郎の前においた。何人かの研究論文が掲載されている表題のなかに、氷見啓吾の名で『天武（てんむ）の暗号』とある。

小太郎は論文に目を通した。

『天武の暗号』には、天武天皇（大海人皇子（おおあまのみこ））の万葉歌のひとつに着目し、それが『壬申の乱』という天武朝が政権を握った日本書紀の記述の裏を読み解く暗号だと述べてある。

十ページにおよぶ氷見論文の要点は、次のようなものだった。

万葉集の『(天武) 天皇の吉野の宮に幸せる時によみませる御製歌』と頭書きされた歌に、『淑（よ）き人の、良（よ）しと吉（よ）く見て、好（よ）しと言ひし、芳野（よしの）吉く見よ、良（よ）き人よく見』という歌がある。これは『よ』という音を五七五七七の頭に配した遊び歌とされるが、多元史観では、そこに登場する『芳野』、すなわち『吉野』は、天武が皇子時代に出家したとされる奈良県の吉野ではなく、北九州の吉野であり、その論証のキーは、歌の原文『淑人乃　良跡吉見而　好常言師　芳野吉見與　良人四來三』にあると言われている。

多元史観の研究によると、句頭の『淑き人』は、天武天皇（大海人皇子）よりも目上の人を指している。天皇より目上となれば、当時、白村江の戦いで敗戦した『筑紫王朝（倭国）』を占領統治した唐軍最高指揮官『郭務悰』以外にはありえない。その郭務悰が、白村江の戦い以前から倭国内の親唐政権（内通政権）であった大和朝廷に対し、筑紫王朝（倭国）に代わって日本国の正式な王朝になることを認めたというのが、次に続く『良しと吉く見て、好しと言ひし』の下の句に秘められた何かの暗号かも知れぬとされている。

そして私は、ついに従来の多元史観論の通説とは異なる視点から、ひとつの暗号を発見した。それは、結句の『良人四來三』にある。多元史観論では、この良人の『良』に関し、直前句末尾の『與』を『多』もしくは『太』の字として、有明海沿岸に残る『多良』もしくは『太良』の地名から多良人・太良人とみなす向きもあるが、これでは原文に忠実な解釈とは言い難い。私はむしろ原文を重んじ、そこに秘められた暗号に行き着いた。

まず、この『良人』とは何を指しているのか？　少なくとも2つの示唆を読みとることができる。ひとつは、地名としての『良人』である。古代地名を解説する『和名類聚抄』には、『怡土郡（現在の福岡県糸島半島・前原市エリア）』の地名に、『飽田・託社・長野・大野・雲須・良人・石田・

海部』とあり、このうちの『良人』という地名との符合は、天武（大海人皇子）が唐の占領軍司令官である郭務悰と会合した場所を暗示すると思われる。怡土郡とは魏志倭人伝において、帯方郡(古代中国が朝鮮半島中西部に置いた軍事・政治・経済の地方拠点）から邪馬壹国（従来説・邪馬台国）に至る里程行程のうち、倭国内行程地名にあった伊都国を指すこと論をまたない。

三国志・魏志倭人伝における伊都国の説明として、【東南陸行五百里　至伊都国。官曰爾支　副曰泄謨觚・柄渠觚有千余戸　世有王皆統属女王國　郡使往来常所駐】（現代語読み）【(末盧国から)東南へ陸を五百里行くと　伊都国に到る。そこの長官を爾支といい、副官は泄謨觚・柄渠觚という。千余戸の家があり、代々王がいるが、代々女王國の統治に属してきた。帯方郡の使者が来倭するとき、常にここにとどまる】とあり、すでに西暦二〇〇年代には、来倭した使者の滞在拠点であることが示されているからである。

もうひとつは、『良き人』の意味である。これは冒頭の『淑人＝淑き人』との対比で用いられていると考えるべきである。つまり、冒頭の淑人が自分より格上の郭務悰を指しているのに対し、結句の『良き人』は、文字通り『一般的に身分の高い人』として用いられていると解釈せざるを得ない。

では、天武天皇が示唆した身分の高い人とは誰か……それは、続く『四來三』によってあきらかになる。この語句の解釈として、従来説では『よく見』と訳され、『見』はおそらく命令形であり、『見よ』の『よ』を省いたものとされているが、なぜ天武が、そのような文法に悖る表現を用いたか……その変則的な使い方に、ある暗号を秘めたからであると私は考えた。

日本書記の天智記には、白村江の戦いの後、郭務悰が倭国へ派遣されるくだりに関し、次の記述がある。

【天智十年(六七一)、十一月の甲午の朔葵卯(十日)に、対馬国司、使を筑紫大宰府に遣わして言さく、「月生ちて二日に、沙門道久・筑紫君薩野馬・韓嶋勝娑婆・布師首磐、四人、唐より来たりて曰はく、唐国の使人《郭務悰》等……中略……総合べて二千人、船四十七隻に乗りて……中略……曰はく「吾輩（郭務悰）が人船、数衆し、忽然に彼（筑紫）に至らば、恐るらくは彼（筑紫）の防人、驚き駭みて射戦はむといふ。乃ち道久等を遣わして、預め稍に来朝る意を抜き陳さしむ」とまうす】

この一文は、『郭務悰が二千人の軍勢と四十七隻の船団で筑紫に上陸すれば、防人達は驚いてパニックになるのは必至とみて、まず、筑紫君薩野馬(さちやま)ら四名を使いとして送り、筑紫大宰府に、唐軍が（占領軍として）来倭する旨を事前に告げた』というものである。

薩野馬とは、筑紫の君と呼ばれた九州王朝の王・薩夜麻を卑(いや)しめようとした卑字であろうが、卑字を用いたところに大和朝廷の意図がある。すなわち白村江の戦いの当事国である倭国の君、それが薩夜麻であり、倭国から日本(ひのもと)と国名を変えた七〇〇年代において、前王朝である倭国の君主を卑しめることによって、倭国そのものを卑しい王朝とし、『(それに比べて)現在の大和朝廷はすばらしい』とアピールする意図があったに相違ない。しかし問題は、そのような大和朝廷の意図ではなく、『四來三(よくみ)』の謎である。

対馬(つしま)に停泊した郭務悰の占領軍が筑紫に上陸するとき、筑紫防人(さきもり)との摩擦がないよう、あらかじめ使わした四名の使者は、白村江の戦いで唐軍の捕虜となった倭国の司令官、つまり国の重鎮（身分の高い人）である。この先、天武の大和朝廷が国を治める王朝になるにあたり、これら倭国重鎮の了承があれば政権移譲は非常に円滑に運ぶ。すなわち『四來三』には沙門道久・筑紫君薩野馬・韓嶋勝娑婆・布師首磐という（唐軍捕虜の）倭国重鎮四人が唐軍の使いとして筑紫に来たが、内三人が天武の意図を了承したことを暗示する暗号である。現代の分数の古代的表記を思わせる『四来三（四分の三）』、つまり四人の内の三人であるから、数の論理からすれば天武の意図は了承されたと見るべきである。つまり天武朝（大和朝廷）の日本国統治に関し、上句で『郭務悰（唐軍）の了承』を、下句で『倭国重鎮の了承』を暗示した歌、それが万葉集に残る天武天皇の『謎の歌』の暗号だった。

では四人のうち、天武の統治を了承しなかった一人とは誰であろうか……それは筑紫王朝の王・薩夜麻と考えられる。おそらく彼はその場で了承をせず、或る条件を附したに相違ない。それは『自分の存命中は、自分が王であることを認めよ』という条件であろう。

唐軍の郭務悰も、敗戦後の倭国統治には倭国民の精神の礎（いしずえ）である倭国王・薩夜麻を『政治力なき国の王』として据えた方が人心の混乱が少なかろうと、その条件を認めた。それが、天武天皇崩御を理由に、六八六年の『朱鳥（しゅちょう）』から七〇一年の『大宝（だいほう）』まで、大和朝廷の元号が使われなかったという歴史の謎の真相でもあろう。

そして、郭務悰が倭国王・薩夜麻を生かしたまま『カタチだけの王＝象徴』として据えた故事、それは約一二〇〇余年を経た太平洋戦争での敗戦後、連合国軍最高司令官総司令部（ＧＨＱ）の日本統治政策において、奇しくもよみがえった。すなわち、ＧＨＱ主導のもとに制定された日本国憲法の第一条、『国民の象徴』という表現として……。

すべての話がまとまると、天武は郭務悰に或ることを願った。それは「兄である天智天皇の病気平癒のための阿彌陀像を製作してもらうこと」であろう。

それを示す日本書紀の記述がある。

持統紀に、持統六年（六九二年）五月十五日　筑紫大宰率河内王等に対する、持統天皇の詔として『復、大唐の大使郭務悰が、御近江大津宮天皇（天智天皇）の為に造れる阿弥陀像上送れ』という一文がある。現代語に訳せば『唐の占領司令長官の郭務悰が、（自分の父である）天智天皇の（病気平癒祈願の）ために造らせた阿弥陀像を（京に居る自分のもとへ）送れと、筑紫の河内王に命令した』というものだ。しかし問題は北九州にいた郭務悰に、誰が天智天皇の病気平癒の阿弥陀像づくりを頼んだかということである。占領軍の最高司令官に謁見して頼むには、それ相当の人物でなければならない。ここまで考えれば答えは自ずとあきらかだ。その『誰か』は持統天皇と深い関係にある人物であり、同時に郭務悰と深い信頼関係を結んだ人物である。並みの人物ではありえない。この人物こそ大海人皇子、つまり後の天武天皇なのである。

*

「けっこう面白い論文だろう？」

則尾が意味あり気な視線をよこした。

「この論文のせいで、足利学長や細川さんは阿弥陀像の入手に躍起になったんでしょうか？」

「彼らの動きが氷見さんの研究と無関係なはずがない。ただ、どうしてもそれを紐解く何かが足りないんだよな、何かが……」

「足利学長と磐教との関係や、細川さんとの関係を解明するのがとりあえずの鍵ですね。そう考えると、磐教の千葉時代のことを探ろうというのは正解かもしれませんね」

「だろう？　赤松が消されたとすれば、細川氏の失踪当日の同行者は間違いなくやつだよ。ボクが葬儀のとき、赤松にそのことを問い詰めたことが殺害の動機なのかもしれない……」

「警察でも細川氏の失踪と絡めて、足利学長にも事情聴取をしてるじゃないですか。やつらだって警察の手が忍び寄っているのを感じてたはずですよ」

「まあね。とくに足利学長はキミが細川さんへの電話の件を話したから警察でもマークしたと思うけど」

「じゃあ今回の件で怪しいのは足利学長ということですね」

「それがね、足利学長は二日前から青森へ出張してるんだ。赤松の事故死のことで学内が大騒ぎのときも姿を見せなかった」

「もし足利学長の意思が働いているとしたら、実行犯は別にいるってことですか？」

「足利学長が絡んでいるとすればね。でも赤松の事件が殺人だとしたら、一番怪しいのは李明日香たちだよ」

「趙殺害の報復ですか？」

「そう考えるのがスジだけど、赤松が趙を直接殺したとは思えないから、論理的には報復の線は考えにくい。仮にそうだとしても、どうやって赤松の素性や動向を知り得たかという謎が残る」

「何かやばいものが動いてますね」

「ああ動いている。ここまで人が死んでるんだから、もうボクらの手ではどうしようもないかもしれない」

「でも警察はこの情報を知らないでしょう？」

「たぶんね。赤松の死には、禍根は早いうちに断つという残忍さが見える。でも李明日香たちも雲隠れしたままだし、郭務悰の阿弥陀像の売却にしても連絡先が不明じゃあビジネスにならないだろう？　どうするつもりなのかな」

則尾は天井を見上げたまま考えこんだ。

「則尾さん、オレも気になることがあるから、もう一日か二日、こっちで調べてみます」

小太郎はタオルを手にして立ち上がった。

「おいおい危ないまねはするなよ。行動は慎むように」

のん気な声が返ってくる。

「大丈夫。オレには揚々とした前途がありますからね、無茶はしませんよ」

小太郎が皮肉を返すと、則尾はへらへらと笑い、「それに楠木さんもいるしなぁ」と、優衣が眠る二階の部屋まで聞こえるような大声で応戦した。

七

則尾が東京へ戻った日の午後、思わぬ相手から連絡があった。細川邸の居間のソファに座り、一人でコーヒーを飲みながらテレビを見ているときである。

テーブルに置いた携帯電話のバイブが震え、非通知で着ウタが鳴った。

《誰だろう？》

テレビを消して恐る恐る「はい……」と電話に出る。一瞬の間をおき、吐息のような女性の声が、『沢田さんですか？』と確認する。携帯電話特有の金属幕を通したような響きだが、その透明感のある高音を聞いた瞬間、背筋に冷たい緊張が走り、意識を混乱させた。

《まさか！？》

小太郎は半ばパニック状態で「そうですけど……」と返した。

——李明日香です。覚えていらっしゃいます？

「はい……」

——近くに誰かいますか？

「いえ……オレ……いや、私だけですけど……」

――あなたにお伝えしたいことがあります。

「な、何でしょうか？」

――電話ではなく、直接お会いしてお話ししたいのですが。

「でも……あの、私は今……長野県の軽井沢にいまして……」

――存じています。これからお会いしたいのですが、ご都合いかがですか？

「それは……あの、大丈夫ですけど……なんで……」

現実感がないまま、宙をふらふらと彷徨いはじめた意識を、冷徹な言葉が貫いた。

――一度しか言いません。お会いできるチャンスも一度だけです。今から四十分後、鬼押出し園の駐車場でお会いします。一人で来てください。絶対に危害は加えません。

「鬼押出し園？」

――そこからなら車で四十分ほどで着けるはずです。それでは。

「ちょ、ちょっと待って……」

すでに電話は切れていた。

唖然とした脳みそに焦りが渦巻く。

「優衣ちゃーん！」

小太郎はダイニングに向かって叫びながら廊下を走った。

「どうしたの？」

「鬼押出し園って知ってる!?」

「知ってるけど……」

「ここからだと四十分で行ける？」

「車ならそのくらいかしら……でも、どうして？」

「説明してる暇はないんだ。伯母さんの車を借りるよ！」

「どうしたっていうのよ！　沢田さん、待ってよ！」

追いすがる優衣の声を振り切り、玄関にあった車のキーをつかんで駐車場へ走る。エンジンをかけ、カーナビの観光地メニューで『鬼押出し園』を見つけてセットした。

カーナビは山の方角に向かうカラマツ林の道へ案内した。

典型的な軽井沢の高級別荘地を感じさせる、なだらかな登り道だった。辻の標識に『三笠(みかさ)通り』とある。延々と続くカラマツ林の芽吹きの色の背後に、広大な敷地を持った別荘風の建物が誇らしげに息づいている。

その道を数キロ、『白糸(しらいと)ハイランドウェイ』の標識を越えたあたりからは、なだらかな斜面に密集した広葉樹林を縫う九十九折(つづらお)れの林間道へと変わる。ようやく訪れた春陽の季節を謳歌するように、新緑を透過した柔らかい光が、疼くような生命感を放散する道だった。しかし小太郎には風景を楽しむゆとりなどない。

途中、ほったて小屋のような料金所があり、そこから十分足らずで『白糸の滝』の案内看板が現われ、それを過ぎるとカーブが緩やかになり、前方の木立の上に、残雪を抱く浅間山の威容が立ちはだかる。そのあたりから勾配がなだらかになり、ハンドルを握る手に余裕が生まれた。

《そうだ、所長に連絡しておかなけりゃあ！》

小太郎は違反を承知で今西の携帯電話を呼び出した。すぐにのんびりした声が応える。

――おう小太郎か、どうした？

「いま鬼押出し園って所へ向かっています！」

――鬼押出し園？　観光か？

「ついさっき李明日香から電話があって、そこへ来いって言われたんです。オレに話があるようなことを言ってました」

今西の声が緊張する。

――例の中国人か？

「はい」

――則尾と一緒か？

「いえ、則尾さんは午前中に東京へ戻りましたから……」

――まさか、おまえ一人じゃないだろうな！

「とりあえずオレ一人で向かってます」

ふいに今西の声が荒くなった。

――バカ！　やめるんだ！

「でも、会えるチャンスは一度きりだって言われましたし、このチャンスを逃したらあとがないと思って……大丈夫です、危害は加えないって言ってましたから」

携帯電話の向こうで焦燥したため息と舌打ちの音がした。

――どうしても行くのか？

「行ってみます」

今西はウ～ンと絶望的な唸り声を発し、

――それじゃあ相手と話す前に、オレの携帯を呼び出して通話状態にしておけ。それから、いくら相手が誘っても鬼押出し園以外の場所に行くんじゃないぞ、わかったか！

「わかりました！」

前方に料金所が現われる。チケットを見せて通過すると、すぐに浅間白根火山ルートのゲートがあった。

そこから先は、砂利質の土をむき出した火山特有の傾斜地を、直線的に横切るハイウェイだった。

視界の先には、溶岩をそのまま固めたような巨大な岩の隆起が何層にも連なり、左手には砂と岩だけを神秘的なパワーで盛り上げた浅間山の斜面が迫る。あらゆる生命を拒むように、紺青の空に黒くそそり立つ姿は、マグマの蠢動を感じずにはおれない不気味なオーラを放ち、人が踏み入ってはならない大自然の境界線を越えてしまったような恐怖感すら抱かせる。
家を出てから三十分が経過していた。カーナビの目的地距離は残り四キロを示している。
《なんとか間に合いそうだな》
胸をなでおろしたとき、忽然と不安に襲われた。
《オレが軽井沢にいることをなぜ知っていたんだ？》
すると、あとを追って疑念が噴出する。
《電話での指示はオレの在所を前提にしているし……》
《オレが車を使えることも知っていた》
《まさか則尾さんが東京に帰ったことも……》
ずっと監視されていたのでは……という不安と、一人で来たことへの後悔が一気に爆発し、李明日香の面影に吸いよせられる意識にブレーキがかかった。
《やめようか……》
思わずアクセルから足を離したとき、躊躇いを嘲るように、『目的地付近に到着しました。音声案内を終了します』とカーナビが伝えた。
溶岩石の巨大な隆起が連なる奇怪な光景のなかに、神殿を髣髴とさせる朱塗りの建物が見える。その建物と道路をはさんだ反対側には広い駐車場があり、売店を兼ねた大きな施設がある。駐車場には数台の観光バスがならび、土産物店には人が群れている。

鬼押出し園は、想像していたよりはるかにメジャーな観光地だった。その賑わいが、単独で来たことへの後悔を和らげた。

駐車場に車を入れ、李たちを探す。しかし、それらしい姿は発見できなかった。小太郎は車両が多いところを選んで車を停め、今西の携帯をコールした。

──着いたのか？

「着きました」

──連中は？

「まだ見つかりません」

──それじゃあ、携帯はこのままの状態でポケットにでも入れておけ。

「はい」

スラックスのポケットに携帯を入れようと尻を上げたとき、すぐ横に白いＳＵＶ車が止まった。助手席から降りた男がこちらの車内をのぞき込む。

《高だ！》

灰色のブルゾンを着た高在重だった。彼は小太郎の車の正面に立ち、笑顔で手招きした。

緊張して車を出ると、ＳＵＶ車の後部座席のドアがあき、白いワンピース姿の李明日香と、Ｔシャツ姿の若い男が降りた。運転席にはサングラスの男が待機している。相手は李と高の二人という先入観があったため、見知らぬ男たちの出現に小太郎は愕然となった。

「よく来てくれましたね」

高と若い男に両脇をガードされた李明日香が、澄んだ声で言う。小太郎はツバを呑み込んで彼女を見つめた。ふたたび李の口が動く。

「驚かせてすみませんでした。私たちも慎重に行動しなければならないものですから、このような手段をとらせていただきました」

「オレが軽井沢にいることを知っていたんですか？」

「はい」

「細川さんが死んだことも？」

「はい」

「あなた方がやったんじゃ、ないですよね？」

「私たちではありません」

「趙さんのこと、千葉県警から聞いてます」

「悲しいことでした」

「あなた方は何者なんですか？　何が目的なんですか？」

しかし李明日香は黙ったまま二つ折りの紙片を差し出した。紙片を開くと『土岐』『畠山』『皇国磐生会(ばんせいかい)』『千葉県茂原市×××』という文字がある。

「これは？」

「細川氏と趙を殺害した犯人の名と組織です」

「土岐って、磐教の土岐源治のことですか？」

「そうです。畠山は趙を殺害した実行犯の名で、組織の本拠はそこにある通りです」

「どうしてオレに？」

「あなたは弁護士事務所にいます。警察を動かして調べてください」

「あなたから直接警察に伝えた方がいいんじゃないですか？」

「私たちはこの国では表だった行動ができません。だからあなたにお願いするのです」

「趙さんのパスポートは偽造だと聞きましたけど……」

「詳しくは話せません。でも、そこに書いてあることは事実です。ただし千葉のホテルから帰る細川を趙が尾行したことについては話していませんでしたね」

「細川さんの同行者は赤松助教授だったんですね？」

「はい、千葉市のはずれまでは赤松の車で行き、そこで皇国磐生会の車に乗り換え、組織の本部へ連れて行かれたのです。細川はそこに監禁され、殺害されました」

「趙さんはそのことを調べていて、その……殺されたんですか？」

「はい」

そのときSUV車のエンジンが始動した。

「それではお願いします」

李明日香は若い男にガードされて車へ戻った。最後に乗った高が助手席のドアをしめたとたん、SUV車は勢いよく発車し、軽井沢と反対方向へ走り去ってしまった。

小太郎は唖然としたまま、そのあとを目で追った。

太もものあたりに微妙な感触がする。はっと気づいて携帯電話を引っぱり出す。

――小太郎！　おい小太郎！

今西が金属質の大声を張り上げていた。

「はい！」

――中国人はどうした!?

「帰りました」

――車種と色は？　ナンバーは？

「白いSUV車です。ナンバーは……多摩ナンバーの×××だったと思うけど」

――頼りにならんなぁ。とにかく無事でよかった。

今西はすぐに、『多摩×××のSUV車、色は白！』と叫んだ。

「所長、誰かいるんですか？」

――恩田女史だ。軽井沢署へ連絡している。うまくいけば李たちを逮捕できるからな。

「さすがに手まわしがいいですね」

――小太郎から電話があってから、すぐにおまえを保護してくれるよう軽井沢署に連絡を入れた。

事情を説明するのに手間取ったけどな。

「軽井沢署は動いてくれたんですか？」

――管轄内の白バイやパトカーに中国人の車を検挙する手配だけはしてくれるようだ。

「でも彼女らの車は軽井沢と反対の方向に行きましたけど……」

――バカ！　どうしてそれを早く言わないんだ！

怒鳴った今西は、電話の向こうで『もう一度、軽井沢署にかけてくれ。手配車は軽井沢とは反対方面……群馬県方面に逃走だ！』と恩田女史に指示し、再び受話器に向かった。

――いま地図を広げているが、連中はすべてを計算しているようだな。

「そんな気がします。オレが軽井沢の細川さんの家にいることも知っていましたから」

――鬼押出し園は群馬県か……迂闊（うかつ）だったな。

「ここって群馬なんですか？」

――群馬県に入っている。連中はけっこう頭が切れるな。これから群馬県の警察を動かしていたんじゃ、とても間にあわない。

落胆した今西はすぐに気を取り直し、

――話がよく聞きとれなかったが、李から何か預かったのか？

「細川さんと赤松助教授、それに中国人の趙を殺害した犯人と組織を書いた紙をもらいました。やはり磐教のやばい連中の犯行ですね」

——そうか、危険を冒しただけの成果はあったってわけだな。とにかく、すぐに軽井沢へ戻れ。詳しい話はそれからだ。

「わかりました」

電話を切ったあと小太郎は胸をなでおろした。しかしその安堵は、自分が無事だったことよりも、李明日香たちがうまく逃走できそうだということへの比重が大きかった。

小太郎は、李明日香の残り香を吸い込むように大きく呼吸した。

太陽が浅間山の背後に隠れ、紺碧の空に巨大な影がそそり立っている。山頂から裾へと、なだらかに描かれた美しい稜線が、背後からまわりこむ斜光で虹色に輝いていた。

軽井沢の家に戻ると、車の音を聞きつけた優衣が、泣きそうな顔で玄関から飛び出し、「沢田さん！」と叫びながら胸元にすがりついてきた。

「無事でよかった……」

「ごめん」

恐る恐る優衣の背に手をまわす。

「沢田さんが飛び出したあと、所長から電話があった……私、心配で、心配で……」

「大丈夫だったよ」

優衣と共に家へ入り、今西に鬼押出し園の詳細を伝えた。

——おまえ、ずいぶん李明日香に気にいられたようだな。連中はおまえの動きを監視していたってことだろう？　則尾が東京へ戻ったのをねらって連絡してきたんだから、おまえに会いたがっていたということじゃないか。たぶん連中は軽井沢から鬼押出し園までの間もおまえの車を尾行してたんだろう。

「そうかぁ、そうですよね！」

――バカ！　感心している場合じゃないぞ！　連中がいくら否定しようと細川氏殺害の容疑者であることは変わらないんだからな。それと連中がその周辺の地理に詳しいことも不可解だ。とにかく今回のような軽率な行動は二度とするな。

「了解です」

電話を切ってしばらくすると、たて続けに千葉県警の宮崎警部補と則尾から連絡が入った。今西は手まわしよく両方に連絡を入れておいたようである。

今西に話したことと同じ内容を伝えると、宮崎警部補は『すみませんが、その紙を県警の私宛にFAXしてもらえますか。捜査会議にかけたいものですから』ときびきび言い、反対に則尾はがっかりした様子だった。

――これじゃあ東京に戻った意味がないよ。

「おかげで探す手間がはぶけたじゃないですか」

――土岐たちの組織もそんなに簡単には尻尾を出さないだろう。それに李明日香たちの正体は依然として謎のままか。

「新しい仲間が増えてました」

――どんなやつ？　中国人？

「国籍まではわかりませんけど、二人とも趙と同じぐらいの年齢に見えました」

――やつらも組織的な動きをしてるってことだな。ところで沢田くんはこれからどうする？　何か調べるって言ってたけど。

「氷見氏のことをもう少しくわしく知りたいと思ったんです。もし今回の事件の根が二十年前にあるとしたら、氷見氏のことを探れば何かヒントが見つかるかもしれませんからね」

――それならボクも一緒に調べようか？

「こっちへ来るつもりですか？」

――明日の午後には行くよ。そのときはまた連絡するからね。

嬉しそうな声を残して電話が切れた。

「則尾さん、また軽井沢へ来るの？」

優衣が不安そうな視線を投げかけてきた。

「明日の午後に来るって言ってた」

「沢田さん、もう危険なことしないで」

「心配ないよ。オレだって命は惜しいからね」

優衣は安堵の表情を浮かべ、「うん」とうなずいた。

華奢な肩と温かい背中の感触がてのひらによみがえる。優衣の存在がぐっと近くなったような気がした。

＊

その夜、小太郎の携帯に脇屋から連絡が入った。

――突然すいません。この前、則尾さんに会報誌を渡しておいただけど、さっき則尾さんに連絡したら繋がらなかったもんだから……。

「則尾さんなら東京へ戻りましたよ。何かご用事ですか？」

――特別な用事じゃねえけど、会報誌の感想を聞きたかったもんで。

「あれならオレも拝見しました。面白い内容ですね」

――オレも久々読んだだけど、さすがによく研究してると改めて思っただよ。

小太郎はふと思いついて聞いてみた。

「そちらからの電話で恐縮なんですけど、脇屋さんは氷見さんが存命の頃のことはお詳しいですか？」

――どんなことだ？　家族のこととか……そんなことか？

「ええ、家族のことに限らず、氷見さんの生活とか、何でもいいんです」

――家族だけどなぁ……。

言いよどんだ脇屋は、

――そうさなぁ、オレよっか華岡さんの方が詳しいかもなぁ。

「華岡さん？」

――氷見さんの会社で製造課長をしてた人だけど、その人の娘が氷見さんの娘と同じクラスだって聞いた覚えがある。

「その人はどちらにお住まいなんでしょう？」

――たしか臼田だったかな。

その地名に記憶があった。

「佐久市の臼田ですか？」

――そうだけど。

「その方を紹介してもらえませんか？」

――ああ、いいけど……ちょっと待ってくれよ。

受話器の向こうで紙をめくる音がする。小太郎はテーブルにあった新聞広告を一枚取ってペンを用意した。

――電話番号は０２６７の８２の××××だ。

脇屋は番号を繰り返したあと、

――沢田さんから急に連絡しても面食らっちまうだろうから、まずオレが連絡してみるよ。折り返しそっちへ連絡するからよ。

「わかりました」

受話器をおいた小太郎は、隣のソファで伯母と一緒にお茶を飲んでいる優衣を振り返った。優衣も臼田の地名に反応し、不思議そうにこちらを見ている。

すぐに脇屋からの再コールがあった。華岡氏に事情を話したところ、明日の土曜日の午後なら時間があるらしいとのことで、とりあえず連絡してみてくれという。

小太郎はメモの番号をプッシュした。数回のコール音のあと男の声が出た。

「私は、脇屋さんから紹介された沢田と申しますけど」

――はぁ、今しがた脇屋さんから聞きました。氷見さんのご家族のことでお聞きになりたいとか……。

「そうなんです。突然で申しわけありません。明日の午後ならご都合がつくとお聞きしましたけど、そちらへおうかがいしてもよろしいでしょうか？」

――それは構わんけど、三時から用事があるもんで、一時頃でもいいかね。

「はいけっこうです。では一時におうかがいします」

住所を確認して電話を切ると、緊張感が一気に緩んだ。小太郎がメモした住所をのぞき込んだ優衣が、「へぇ、××団地の近くね」と見当をつける。

「臼田って優衣ちゃんの実家があるところだろう？」

「でもこの住所だと、実家とは小海線を挟んだ反対側だから、あまり近くはないけど……」

そのあとメモから顔を上げ、「私も一緒に行くわ」と笑顔を投げかけてきた。

八

翌日の正午過ぎ、伯母の薦めで軽井沢のフランス菓子の老舗でチョコレート焼菓子を手土産に買い、優衣を乗せて佐久市に向かった。五月晴れの爽やかな休日である。沿道に咲き乱れる花々や道路から望む森や山々の新緑が、初々しい色を微風に揺らめかせている。駅前には県外ナンバーの車が列をなし、歩道には艶やかな衣服に身を包んだ観光客があふれている。ボンネットの反射光を浴びた優衣は目映そうに目を細めた。

「軽井沢はこれからがいい季節だから、週末は観光客が多くなるわ。長野新幹線が開通して、駅の裏にアウトレットができてからは、この季節でも真夏並みの人が来るのよ」

「東京から一時間だからね……」

平然を装いながら車の背後をルームミラーで確認する。監視されているかもしれないという不安が心に巣食い、初夏の軽井沢を味わうゆとりも、優衣が生まれ育った土地へ行くという楽しみも半減してしまう。

佐久市に入ると交通量が少なくなった。先日、則尾と磐教の本部を訪ねたときにも走った道である。しかし今回は国道２５４号線を突っ切り、そのまま『小海・野辺山』と案内板に示された方向へ直進した。

カーナビで検索した華岡の家は、そこから十数分走り、『臼田駅入口』の標識がある交差点の先から、地方道に少し入った住宅地の一角にあった。道路わきの空き地に車を停めた小太郎は、まず尾行車の有無を確認し、それから華岡の家の門をくぐった。

玄関の呼び鈴に応え、丸顔の中年女性が顔を出した。おそらく華岡の妻であろう。

「昨夜お電話した沢田と申しますが」

「聞いてますよ。どうぞおあがりください」

妻は快活な口調で二人を招き入れた。どうやら社交的な性格のようである。小太郎はちょっと安堵し、手土産を渡した。

「あらまあ、こんな心配なさらなくてもよかったのに」

玄関脇の応接間でしばらく待つと、茶器の盆を抱えた妻が、頭の薄くなった初老の男性を伴って現われた。

小太郎の名刺に目を落とした華岡は、「弁護士事務所の方ですか……」と警戒を浮かべ、

「氷見さんの家族のことをお知りになりたいということでしたけど」

「はい、昔のことで恐縮なんですが、華岡さんが知ってらっしゃることを教えてください」

「でもなぁ、あんなことがあったからどこまで話していいのか……」

華岡の表情が曇る。

「氷見さんのご家族の、その後の消息はご存知ですか？」

「詳しくは知りませんが、私が聞いたところでは、お国に帰ったようですよ」

「お国？」

小太郎が聞き返すと、夫の隣で興味しんしんといった顔をしていた妻が、ここぞとばかりに口を開いた。

「氷見さんの奥さんのこと、ご存知じゃなかったんですか？」

「知りませんけど……」

すると妻は、夫と顔を見合わせ、「話してもいいんかや？」とつぶやいた。

「ここだけの話にしますので、ぜひ教えてください」

小太郎の懇願に渋々うなずいた夫を見て、妻の表情が明るくなった。

「氷見さんは会社を継いだとき、お見合いで最初の奥さんを貰ったんですけど……一年もしないうちに交通事故で亡くなって……それで氷見さんは一旦大学へ戻ったんですよ」

「奥さんは亡くなったんですか？」

「ええ、最初の奥さんはね……でもね、それから数年して大学院から戻ったとき、新しい奥さんを連れてきたんですよ。それで、こっちですぐに再婚したんですけど、二度目の奥さんは中国の人で、香港の出身だって聞いてます」

「香港……」

小太郎の動悸が早くなる。

「ええ、氷見さんの大学院の後輩だそうです」

「それで、氷見さんが亡くなったあと、奥さんはどちらへ？」

「氷見さんのお通夜のとき、それとなく聞いたら、お国へ帰るようなことを言ってました」

はやる気持ちを懸命に抑え、小太郎は平静を装った。

「氷見さんには娘さんがいたと聞いてますけど……」

「ああ、明日香ちゃんね。もちろん明日香ちゃんも一緒に帰ったと思うけど」

その名を聞いた瞬間、全身の筋肉が硬直した。

「あの……どうかしました？」

妻が怪訝にのぞき込む。

「い、いや、なんでもありません」

こわばった筋肉が緩み、不思議な感慨が込み上げてきた。

《本名だったんだ！》

脳裏に浮かぶ李明日香の面影のまわりに、あふれた感慨が怒涛となって渦巻く。小太郎はその奔流と必死に戦いながら妻にたずねた。

「お子さんは、娘さん一人ですか？」

「ええ一人です。ウチの娘と仲良しで、よく一緒に遊んでました」

「そのころの写真か何かをお持ちじゃないですか？」

「ありますよ」

陽気に立った妻は数枚の写真を持ってきた。

「ウチの娘と一緒に撮った写真ですけど」

テーブルにおかれた3枚のサービスサイズの写真には、小学生ぐらいの二人の女の子が笑っている。

「こっちが明日香ちゃんです」

妻の説明を待つまでもない。丸顔の女の子の隣で、淋しそうな笑みを浮かべる痩せた少女の面立ちは李明日香のものだった。

小太郎は、少女の哀愁に満ちた白皙（はくせき）の笑顔に意識を奪われ、「沢田さん」と優衣の肘が脇腹を小突くまで、写真に見入ってしまった。

はっと我に返り、あわてて妻の丸顔に視線を戻す。

「香港へ帰ってからの消息は、わかりませんか？」

「くわしくは知りませんけど……」と眉間にしわを寄せた妻は、

「十年ぐらい前でしたか、一度だけ手紙をもらいました。たしか、明日香ちゃんが中国本土の大学に行くようなことが書いてありました。それだけです……」

呆然とする小太郎を怪しんだのか、妻の声が消えるように小さくなった。

「そうですか……」

小太郎はひと呼吸おいて、自らの意識に喝を入れた。

「ご主人にお聞きしますが、氷見さんの会社が倒産する前に、氷見さんが所有していた土地の売却の話はありませんでしたか？」

話を振られた華岡は、横を向いて「ふ〜む」と思案した。

「そんな話もありましたけどね、どうなったのやら……」

「負債額はどれくらいだったんですか？」

「私も経理の者に聞いただけですが、いろいろ合わせて二億円近くあったという話です。ちょうどそのころ、取引先の家電メーカーが中国に製造拠点を新設したってことで、発注が減りましてね。それで氷見さんも、どうにもならなくなって……」

そのとき妻がしんみりとした表情で言った。

「氷見さんが亡くなったときは、奥さんも娘さんも、本当にかわいそうでした」

「聞いたところによると、氷見さんは自殺だったそうですね？」

妻がドングリまなこを見開く。

「いえね、警察の調べではそうですけどね、奥さんの話じゃあ、殺されたって……」

「めったなこと言うもんじゃねえ！」

夫に制され、妻が悄然と肩をすくめる。

「こいつの言うことは気にせんでください」

そのあと華岡は笑みを繕い、弁解気味にいった。

「単なる噂に過ぎませんから……」

「そうですか……氷見さんの娘さんからは、最近は何か連絡がありませんでしたか？」

その質問に妻の目が怪訝にゆがんだ。

「いえ、ありませんけど……」

「ところで、この写真を一枚お借りしてもいいですか？」

「ええ、かまいませんが……」

訝る華岡と妻に礼を述べ、小太郎は優衣を促して華岡邸を辞した。

車に戻ってエンジンをかけたとき、携帯の着ウタが鳴った。これから新幹線に乗るという則尾からの連絡だった。

「則尾さん、李明日香の正体がわかりました」

「え！　どうして？」

「李明日香は、氷見氏の娘ですよ」

「娘？　でも中国人だろう？」

小太郎は華岡の話を手短に伝えた。携帯から新幹線の発車を報せるアナウンスが響く。

「そりゃあ大ヒットだな。詳しい話はそっちについてから聞くよ。じゃあさ、帰る途中に軽井沢の駅でボクをひろってくれない？　駅についたら連絡するよ」

　則尾はあわただしく電話を切った。

＊

　軽井沢駅の近くのカフェで四十分ほど時間をつぶし、則尾の到着を待った。カフェにいても、小太郎は周囲の客が気になり、落ち着いてコーヒーが飲めなかった。

　やがて則尾から到着の連絡があり、駅前へ車をまわす。

「それにしても、李明日香の正体には驚いたな。沢田くんにはそんな予感があったの？」

　車に乗り込んだ則尾は、待ちきれないといった様子で聞いてきた。

「きのうの一件で、李明日香たちはこのへんの土地勘があるって感じたんです。それで、この辺に住んでいた人間じゃないかって思ったんですよ」

「ビンゴだったな。たぶん、やつらは沢田くんをずっと監視してたんだろうな」

「今も監視されてるような気がしてます」

「いや、目的を果たしたんだから、もうないだろう」

「李たちはどうして警察に直接言わないですかね？」

「そりゃあヤブヘビだよ。逮捕してくれって自首するのと一緒さ」

「匿名でタレこむことだってできるじゃないですか」

「匿名のタレこみなんて、よほど捜査が難航しているときぐらいしか相手にしないよ。それに今回の事件に関する裏事情も知らないから、そのまま反故になるのがオチだ」

「なぜオレなんかを監視したのか理解に苦しみますよ」

「沢田くんを、というより、李たちはずっとこの近辺にいて、赤松や土岐らの動きも含めて監視してたんだと思う。その結果、土岐らの犯罪を告発するのに沢田くんが適役だと踏んだんじゃないかな」

「どうしてオレが適役なんですか？」

「そうだなぁ、キミを信用に足る人物だと評価したんだよ、きっと」

則尾は乾いた声で笑った。

伯母の家では夕食の用意ができていた。ショックから立ちなおりかけた静子は、悲しみをまぎらわすように、意識して体を動かすようになっている。優衣や小太郎が傍にいることも心の支えになっているようである。その夜も、懇意の業者から仕入れた特上の牛肉をフレンチ風に仕立て、生野菜と温野菜の二種類のサラダを用意した。

「こりゃあ旨いですね」

おべんちゃらまじりに料理を口に運ぶ則尾の健啖ぶりに、静子は喜んだ。

「則尾さん、ご家族は？」

「一度結婚したんですが、離婚しまして、今は独身です。だからこんな旨い料理はすっかりご無沙汰ですよ」

「まあ、そうでしたか。どうぞ遠慮なさらずにお食べになってくださいね」

「遠慮なくご馳走になります！」

「細川が存命のときも、ほとんど家にはいませんでしたから、こんなに華やか夕食はありませんでした」

そのあと、ふいに淋しそうな表情で「優衣ちゃんが、このままここにいてくれると、いいんだけど……」と、乞うような視線を優衣に投げた。

「あら伯母ちゃん、私、どこへも行かないわよ」

優衣が笑顔を返す。

「でもねぇ、優衣ちゃんだって、いずれいい人と結婚しちゃうんでしょう？」

「そんなの、ずっと先のことじゃない」

それを聞いた則尾が、霜降り肉を頬張ったまま、

「伯母さん、大丈夫ですよ。沢田くんは次男坊ですからね」

《則尾さん！　何てこと言うんだよ！》

あわてて則尾を目で諌める。

「あら、まあ！」

静子が意味ありげな面持ちで小太郎を見る。逃げ場を失ってうろたえる小太郎を、優衣の明るい声が救った。

「則尾さんたら、いつも冗談ばっかりなんだから。沢田さんが困ってるじゃないの」

「ねっ」と小太郎を見た目に、憂いを含んだ光があった。

*

夕食のあと、小太郎は則尾とリビングでコーヒーを飲みながら、華岡邸での顛末を伝えた。則尾は食い入るように写真を見つめ、

「たしかに李明日香だな。これで事件の構図がかなり見えてきた」

「則尾さんはどう考えてるんですか？」

「新幹線のなかでいろいろな可能性を考えてみたんだけど、ヒントはけっこうあるから、あとは、それをどう繋ぐかだ。まず李明日香たちはかなり組織だった動きをしている。それに中国本土じゃなくて台湾に本拠があるらしいことも想像できる」

「でも李明日香は中国の大学の学生だし、彼女が二十年前に母親と帰ったのは香港ですよ」

「そのことなんだけどね。一九九七年に香港が英国の統治から中国へ返還されただろう？　そのとき中国共産党の統治を嫌う香港人、なかでも不動産などを所有する資本家層は、資産を没収されるんじゃないかと不安を抱き、香港を脱出したっていうことだ」

「たしか、香港の返還直後からアジア通貨危機がはじまり、その影響をモロに受けて、香港の不動産は大暴落しましたよね」

「うん。だから返還前から計画的に資産を新天地へ移した資本家は、無傷のまま脱出できたんだ。

そうした先見の明がある資本家たちが、亡命先のひとつに選んだ新天地が自由経済圏の台湾だよ」

「じゃあ李明日香、じゃなくて氷見明日香も、そのとき台湾へ移住したんですね」

「あくまで可能性だ。それに李明日香の母親がどんな素性の人間かもわからない。ただ、日本の大学院に留学できたんだから、かなりの家柄だったことは想定できる」

「だとしたら、氷見氏の会社が倒産するときに、どうして母親の実家が援助しなかったんですか？」

「そこがキーポイントだな。これは怖い想像なんだけど……ボクは、氷見氏は何らかの理由で殺害されたんだと思うんだ」

「氷見氏の同級生もそんなこと言ってましたよね。華岡さんの奥さんの話では、氷見氏の奥さんもそう思っていたようです」

「ボクには、氷見氏が会社の存続にそれほど固執してなかったように思える。むしろ土地を売った資金で会社を清算し、そのあとは個人の研究に没頭しようとしていたんじゃないかな。もちろん同じ大学院で学んだ奥さんも同じ気持ちだったと思うよ。でも氷見氏は殺害されてしまった」

「犯人は磐教の活動部隊ですかね？」

「その可能性もあるけど、磐教と氷見氏は直接的には関係がない。だから、そこに介在した人物がいるはずなんだ」

小太郎の脳裏に不吉な想像が浮かぶ。

「それって……細川……」

則尾はあわてて人差し指を口にあて、静子や優衣がいるキッチンに目配せした。

「断定はできない。伊波礼華も怪しいし、ボクらが知らない誰かがいるかもしれないし」

「いずれにしても、事件の根は氷見氏をめぐる二十年前の真相にあるってことですね」

「李たちの告発では、細川氏も赤松助教授も、土岐たちが実行犯ってことだろう？　もしそうなら、やつらの復讐劇はまだ開演してないってことだよ」

復讐劇という言葉に、明日香をガードする中国人たちの不気味な顔がよみがえる。

「彼女のまわりにいる連中は、どんな人間なんでしょうね？」

「連中の動きから察するとマフィアのような組織じゃないかな。もし李の母方の実家が資産家なら、その金で香港か台湾のマフィアを雇ったとも考えられる。母国が香港だと14Kかもしれないな」

「14Kって何ですか？」

「香港に拠点がある犯罪組織のひとつだ。九〇年代には世界最大の犯罪組織だったようだ」

「でも復讐だとしたら、どうして二十年も間隔をあけたんですか？　もっと早い時期でもよかったはずでしょう？」

「まず李明日香、つまり氷見明日香がまだ幼かったこと、それと彼女が成長した頃、ちょうど香港返還の件が持ち上がり、李の実家も事業を清算して台湾へ脱出するのに精一杯で、復讐にまで手がまわらなかったんじゃないかな」

「じゃあ、ようやく機が熟したので、まずは郭務悰の阿彌陀像で細川氏や足利学長にトラップを仕掛けたんですね」

「そんなところだろうな……でも李たちの言いぶんでは、細川氏は土岐たちに殺されたんだろう？それが事実なら事件の根はもっと複雑なのかもしれない」

「則尾さん、彼女の正体を警察に言わなけりゃまずいですかね？」

「まずいって……沢田くんはどう思う？」

「彼女の言葉を信じれば、この事件の実行犯は磐教の活動部隊、つまり皇国磐生会ですから、李の正体を警察に言っても捜査を混乱させるだけだという気がしますけど」

「じゃあ黙ってたらいいじゃないか。でも今西先輩には報告した方がいいな」

「そうですね」

小太郎は今西の携帯を呼び出し、華岡邸での発見を話した。今西はふんふんと冷静に聞いたあと警察の状況を伝えた。

――鬼押出し園から逃走した車は発見できなかったようだ。ナンバーから割りだせたのは盗難車だってことぐらいかな。それと、きょうの午後、宮崎主任に確認してみたが、例の磐教の土岐と畠山ってやつらの行方はまだつかめないようだ。

「逃げたんですか？」

――教祖の伊波礼華と一緒にどこかへ行ってるらしいが、なにせ相手が宗教団体だから警察も迂闊には手が出せないようだ。

「この程度のタレこみじゃあ警察は動かないんですね」

――状況証拠も物証もないから公権力も使えんしなぁ。それから、例の茂原市に事務所がある皇国磐生会だが、右翼まがいの組織のようだ。磐教の土岐や畠山も、もとはそこの構成員で、土岐は副会頭だったらしい。それと、これは確かな情報じゃないんだが、磐教団の前身もこの組織と深い関係にあったらしい。

「皇国磐生会の本部を捜査すれば、細川さんを監禁した物証が出るんじゃないですか？」

――この程度の情報じゃ、裁判所の家宅捜索令状をとるのは難しいだろう。このまま事件が迷宮入りになりそうならガサ入れがあるかもしれないがな。

「赤松助教授の事故はどうなんですか？」

――あれは長野県警の管轄だ。飲酒運転での事故ということで終了している。宮崎警部補も、細川氏や謎の中国人の殺害と関連して調べようとはしたらしいが、千葉県警の捜査方針がまだ細川氏の足取り捜査に向いているから、あまりスタンドプレーもできないようだ。

「警察って融通の利かない硬直した組織ですね」

――ボヤくなよ。だからこそオレたち弁護士の出る幕があるんだからな。

「李明日香の正体については、まだ伏せておいたほうがいいと思うんですけど……」

――ははは、警察からすれば、その情報の方がはるかに有力なんだが……まあ、証拠隠匿罪(いんとくざい)にならない程度で伏せておくか。

「できればそうしようと思います。それと、二十年前の氷見氏の自殺に関する事件ですけど、則尾さんと詳しく調べてみようと思うんです」

――たとえ殺人の状況証拠が濃厚になっても、すでに時効が成立している事件だぞ。おまえ、刑事訴訟法の公訴時効が十五年だって知らないわけじゃあるまい？

「あれ？　所長の知識はちょっと古いですね。刑事訴訟法第２５０条を見直したほうがいいですよ。平成十七年から死刑に当たる罪の公訴時効期間は25年に延長されてますよ」

今西はちぇっと舌打ちし、

――それが適用されるのは平成十七年以降の事件に関してだ。そんなごたくをならべている暇があったら。早く司法試験にパスしろ！

捨てゼリフのように言うと、

――李明日香たちはまだ国内に潜伏している可能性が高いから、この先も小太郎に接触してくるかもしれんぞ。そのときは絶対に勝手な行動はとるな。

「則尾さんと合流したから大丈夫ですよ」

今西は『則尾もなぁ』とぼやき、『二人とも慎重にな』とクギを刺して電話を切った。

それを待っていたように則尾が聞いてきた。

「先輩は何て言ってた？」

「土岐に関する皇国磐生会や磐教の捜査は難航しているみたいです。それと磐教はもともと皇国磐生会がつくった宗教団体のようです」

「警察ってところは、ある程度の証拠がなけりゃあ動かないからな」

「オレたちで状況証拠や物的証拠を見つけなけりゃだめですね」

「そういうこと」

則尾は再び写真に目を落とし、

「問題は、二十年前の氷見氏の死と、細川氏や磐教、それに皇国磐生会がどう関わっているか、それと細川氏がなぜ殺害されたかということだけど、もし細川氏が磐教の連中に殺害されたとしたら、その動機がどうしても腑に落ちない」

「それに、赤松助教授の事故が仕組まれたものだとすれば、その理由もですね」

「一連の事件がすべて李明日香たちの犯行だと考えればすっきりするんだけどなぁ」

「二十年前の氷見氏殺害の復讐劇っていう相関関係ですか？」

「まあね。よく考えてみれば細川氏や赤松助教授の殺害も、その構図のほうがしっくりするんだ。宗教団体や右翼団体は怪しい団体ってイメージがあるけど、冷静に状況を見つめれば李明日香たちがすべてを仕組んで、それを磐教や皇国磐生会の犯行のように見せかけていると考えた方が自然なんだよ」

「千葉県警もその方向で捜査しているようです」

「それが冷静な判断さ。考えてみれば李たちと実際に会っているのはボクたちだけだ。李の雰囲気のせいで、ボクらは最初から彼女らを好意的に見ているのかもね」

《確かにそうかもしれない》

小太郎は鬼押出し園で抱いた、李たちの無事な逃走への安堵を思い浮かべた。

「でも則尾さん、李たちと会ったのはオレたちだけだからこそ、彼女らの犯行じゃないって仮説がたてられるんじゃないですか？」

するど則尾はあんぐりと口をあけた。

「ははは、たしかにそうだ。ボクたちだからこそ真相が見えるのかもしれない」

「とにかく二十年前に氷見氏が本当に殺されたのか、もし殺されたとするとその理由は何かってことをはっきりさせたいですね」

「沢田くんは、さしあたってどこから手をつけたらいいと思う？」

「そのことですけど、オレは華岡さんから氷見氏の会社の経理担当だった人を紹介してもらって、当時の経理の実情を聞こうと思うんです。うまくいけば氷見氏の土地がどうなったかもわかるし、細川氏との関係も多少はつかめるかもしれないし」

「そうだな……」

則尾は曖昧にうなずいた。

「則尾さんには何かいい手があるんですか？」

「特別な手なんかないけど……」

うわの空でつぶやいた則尾は、

「ちょっと気になることがあるんだけど、李のアドバイザーとか言ってた高在重だけど、年齢的には細川氏と同じくらいだよね？」

小太郎は鬼押出し園での密会で見た高の表情を思い浮かべた。

「たしかに同年輩に見えますね」

「千葉のホテルでさ、大学までは日本にいたって言ってたじゃないか。その頃、細川氏や氷見氏との接点があったんじゃないかな」

「可能性はありますね。でも今回のこととどう関係するんですか？」

「細川氏と氷見氏は高校の同級生だから、高が日本にいるとき、どちらかと接点があったとすれば……たとえば同じ大学とかでね、今回の事件にも無関係だとは思えないんだ」

「細川氏と氷見氏の大学がどこだったか調べてみましょうか」

小太郎と則尾はリビングに行き、伯母の静子に尋ねた。

「主人はたしか大阪のT大学だったと思いますけど……」

静子は突然の質問に戸惑いながら、三十年以上前の記憶を探った。

「そういえば大学では学生運動にのめり込んで、なかなか卒業できなかったみたいですよ。4年生を3回もやったって聞いたことがあります」

すると則尾は「細川さんの年齢からすると……」と頭で計算し、

「六十年代の安保闘争ですか？」

「私にはわかりませんが、ほら、すぐそこで連合赤軍の事件があったじゃないですか、浅間山荘事件ってご存知じゃありません？」

「もちろん知ってますよ」

「その少し前にも、よど号ハイジャック事件というのがありましたでしょ？　主人は、あの事件を起こした連中はオレの学生運動時代の仲間だなんて自慢してました」

遠い昔を懐かしむように目を細めた。

応接間への廊下を戻りながら、則尾は脇屋に連絡を入れた。

「沢田くん、葬儀のとき会った善池さんの電話番号がわかったぜ」

ソファに座るやいなや、則尾は脇屋から教えられた番号をプッシュし、氷見氏の大学を確認した。

「ビンゴだよ！　氷見さんは細川氏と同じ大阪のT大学だった。学部は違うらしいけどね。このあたりに微妙な相関図式がありそうだ。よし、次に高と会うチャンスがあったら、そのことをぶつけてみよう」

「でも細川氏はもう死んでしまったんだから、李明日香たちの復讐も終わったんじゃないですか？だとすると、もう日本を脱出したってことも考えられますね」

「それはないよ。連中がマフィアのような組織だとすれば趙を殺された報復が残っている」

「警察だって目を光らせてるし、難しいんじゃないですか？」

「そんなに甘い連中じゃない。絶対に土岐たちに報復するはずさ」

小太郎の脳裏に、李明日香の透明な面差しと高在重の紳士的な表情が浮かぶ。それは、報復という言葉には似つかわしくないソフトで静寂なイメージに包まれていた。

しかし則尾の懸念はすぐに現実となった。

第二章　君が代の虚実

一

翌日、則尾と二人で朝食をとっている最中に今西から緊迫した連絡が入った。

いきなり『ニュースを見てるか!?』と荒い声を上げ、『テレビをつけろＮＨＫだ！』と急き立てた。

慌ててテレビのスイッチを入れると、『なお遺体が発見された東公園の松林では……』というナレーションと共に、50インチの大画面には、松林の一角に張られたブルーのシートの前で警察官が物々しく立ち並ぶ光景が映し出された。

「所長、これは？」

――畠山の死体が発見されたんだ。

「李明日香のメモにあった畠山ですか？」

――間違いない。佐久にある宗教団体の職員だと報道していた。

「わかりました、このままニュースを見ます！」

キッチンにいた優衣と伯母も、立ち尽くしたまま眉をひそめて画面に見入った。

ニュースが報じたのは次のことである。

今朝六時頃、福岡市の東公園を散歩していた人が、松林のなかに倒れている男を発見した。男は銃で額を撃たれており、すでに死亡していた。警察発表によると死亡推定時刻は昨日の夜半で、現場に争った跡がないことから他で殺害され、昨夜のうちに発見現場へ遺棄されたものとみられている。被害者は、所持していた免許証から長野県佐久市に本部がある宗教団体職員・畠山修（32）と判明。銃器が使用されているため暴力団がらみの抗争事件に巻きこまれた可能性もあるとして福岡県警は捜査を開始したということである。

「やつらが動きはじめたな」

画面を見つめていた則尾が神妙につぶやいた。

「やつらって、李明日香たちのことですか？」

「ああ、間違いなく台湾マフィアのしわざだ」

「磐教か皇国磐生会の内部抗争ということは考えられませんか？」

「李のメモでは畠山は趙と細……殺しの実行犯だ。報復はマフィアの掟だからね」

則尾は優衣と伯母に気を使い、細川の名を口にするのを避けた。

「どうして福岡市なんかに死体を遺棄したんでしょう？」

「わからない。でも遺体を隠す意志がないところをみると一種の警告かもしれない」

「誰に対する警告ですか？」

「土岐源治とか伊波礼華に対する警告だ」

「行方がわからないってことでしたけど、やつらは福岡へ行ってたんじゃないですか？」

「どうかな……」

「じゃあ博多の公園に遺体を遺棄したのはどうしてなんですか。こんなことで連中が警告だなんて気づくとは思えないんですけど」

「これだけの情報じゃ、まだわからないよ」

則尾が顔をしかめて黙ったとき、小太郎の着ウタが響いた。今西からだった。

――小太郎、ニュースを見たか？

「見ました」

――ちょっとやばくなってきたな。小太郎はこの事件をどう思う？

「そのことですけど、則尾さんは趙が殺害された報復として土岐らに警告したんじゃないかって言ってますけど」

――李たちの犯行ということか？

「そう考えているみたいです」

――おまえはどう思うんだ。

「正直言ってわかりません。それより所長、夕べわかったことがあるんです。細川さんと氷見さんは同じ大学に進学しています。二人の確執のもとはその頃からあったのかもしれません」

——同じ高校から同じ大学か、それならお互いのこともよくわかっていたはずだな。とにかく事件が血生臭くなってきたから、おまえたちも軽率な行動は慎めよ。

今西が電話を切ると同時に則尾の携帯電話が鳴った。「あ、脇屋さん」と応えた則尾は、しばらくふんふんと神妙に聞いていたが、電話を切ると嬉しそうな表情に変わった。

「脇屋さんが見つけたらしいよ」

「何を見つけたんですか？」

「氷見さんの論文が載った会報誌だよ」

「え？　この前の会報誌とは違うんですか？」

「違うみたいだ。彼が前の会長の所へ行って探し出したらしい。これから行ってみよう」

則尾は小太郎の返事を待たず、「ごちそうさまでした！」と元気よく立ち上がった。

＊

脇屋はこの前と同じ母屋の座敷へ二人を招き入れると、お茶を載せた盆と一緒に2冊の会報誌を座卓へ置いた。

「ありましたよ。オレの一代前の会長が保管してました」

どちらも一九八七年の発行年が記されている。則尾は会報誌をぺらぺらとめくった。

「二十年以上前のものですね」

「ああ、氷見さんが亡くなる前の年だ」

則尾は春号と書かれた冊子の目次をめくり、「これだな」と指で小太郎に示した。『君が代の真実検証(1)』と題された氷見論文がある。

「君が代って、国歌のことですか?」

小太郎の問いに、脇屋はやや誇らしげな表情で、

「そうです。氷見さんはその年の春夏2回、君が代に関する論文を発表しているだよ。もともとは、多元史観の第一人者である古田武彦という古代史研究家が発見した内容だが、氷見さんの論文は、それを自分の足で確かめ、改めて検証したものだ」

則尾は二人のあいだに冊子をおき、氷見論文のページをめくった。

冒頭から『これはわが国の歴史と現代社会を根底から揺るがす発見である』と衝撃的な文字が並んでいる。その文字に目を奪われてい小太郎に、脇屋が謎かけのように聞いてきた。

「お二人は、どうして『君が代』が国歌になったか知ってるかい?」

「多少ですけど……日本の国歌ですからね。国歌認定の経緯については、いろいろと揉めてますよね。法的な問題も絡んでいるし、オレも多少は関心ありますよ」

小太郎が応えると、脇屋は苦笑し、

「こりゃあオレの聞き方がいけなかったな。少し前に世間でもめた国歌としての認定のことじゃあなくて、君が代の出自の問題だよ」

「出自って、どういうことですか?」

「君が代が、どこで詠まれ、どこをルーツにしているかってことだ」

するとと則尾がぼそっと口をひらいた。

「たしか明治の初期に大山巌元帥の発案で制定されたんじゃなかったですか?」

「制定の経緯はそんなところだけど、そのとき、どこから君が代を持ってきたかが問題だ。一般的には薩摩古歌の琵琶歌で『蓬莱山』という歌の一節からだって言われてるけどな」

「けっこう古いものなんですね」

小太郎の感想に、「え?」と目を丸くした脇屋は、辟易と口をゆがめた。

「だいたいの日本人はそんな認識ずら」

「違うんですか?」

「お二人は山田孝雄という国文学者を知ってるかね? 昭和三十年ぐらいだったと思うけど、『君が代の歴史』という本を書いた国文学でよ、その研究によると君が代の原型は古今集にあるということだ」

脇屋はお茶を口にふくみ、少し間を置いてごくりと飲み込んだ。

「西暦九〇〇年の初頭に、醍醐天皇の勅命で編纂された和歌集で、紀貫之が仮名序を書いてることでも有名な古今集だ。その第七巻は賀歌といって、長寿を祝ったり祈ったりする内容の歌で構成されていて、その冒頭に、君が代の原型になった歌がある。題知らず、読み人知らずって注釈つきでね。誰が何のために詠んだ歌か分からねえってことだが、問題は、古今集がどこからこの歌をとったかってことだ。氷見論文のテーマもそこにある」

　そのあと脇屋は「君が代は千代に八千代にさざれ石の、いわおとなりて苔のむすまで」と節をつけずに口にした。

「則尾さん、これはどこを詠んだ歌だか知ってるかや？」

「どこって……べつに場所なんか詠まれてないじゃないですか」

「それがあるんだよ」

「この歌詞のどこに地名が詠まれてるんですか？」

「まず『さざれ石』って言葉だ」

　それを聞いた小太郎の頭に、四月のはじめ、優衣と一緒に散歩した靖国神社が浮かぶ。

「それなら知ってますよ。細石って書くんでしょう？　事務所の前にある靖国神社にも細石（さざれ）がありますからね」

「たしかに、さざれ石と名づけられた石を境内に祀っている神社は各地にあるけど、そのものズバリの『細石（さざれいし）神社』というのが福岡県の前原（まえばる）市にある。弥生遺跡で有名な三雲（みくも）遺跡の近くだ」

「神社名になってるんですか」

「それだけじゃねえよ」

　脇屋は嬉しそうな面持ちで、茶菓子のカステラを頬張った。

「その細石神社の背後に、イハラという地名やイハラ山ってのがある。井戸の『井』に原っぱの『原』

と書くんだけど、土地の人の発音は『いはら』じゃなくて『いわら』なんだ」

「いわら……ですか？」

「変だと思わねえか？　九州じゃあ原という字はほとんどバルと発音するじゃねえか。ほれ、細石神社の所在地だって前原(まえばる)と読むし」

「西郷隆盛(さいごうたかもり)の薩摩軍と官軍が激突したのも、熊本県の田原坂(たばるざか)って言いましたよね」

「だから井原を『いわら』と読むケースは疑ってかからなけりゃならねえんだ」

脇屋は則尾のメモ帳とペンを借り、『岩羅(いわら)』という文字を書いた。

「縄文時代の巨石信仰の名残がこの地名に変形したようなんだが、井原はもともとは岩羅と書いたんじゃねえかっていう説がある。羅の漢字はともかく語幹が『いわ』であることは間違いねえ」

さらに彼は、岩羅の横に『苔牟須売神』と五文字の漢字を書いた。

「これはコケムスメノカミと読む。君が代のシメの七文字、『苔のむすまで』のコケムスだ。この苔牟須売神(こけむすめのかみ)を祭神に祭る神社が細石神社近くの糸島(いとしま)半島にある。桜谷(さくらだに)神社っていうんだが、若宮(わかみや)大明神とも呼ばれている。どうだ、面白い発見ずら？」

得意気に語る脇屋に、則尾が反発した。

「たしかに面白いけど……偶然のような気もするし、こじつけのような感じもしますね」

「そんじゃあ、これでどうだ？」

脇屋は苔牟須売神の横へ『福岡市、千代(ちよ)』『志賀島(しかのしま)、志賀海(しかうみ)神社』と続けて書いた。

「福岡市の行政の中心地には千代という地名が残っている。こうまで重なると偶然じゃあすまされねえずら？」

「この志賀島と志賀海神社ってのはどう関係するんですか？」

「則尾さんは志賀島をご存知かや？」

「知ってますよ。後漢の光武帝が西暦五十七年に『倭の奴の国王』に贈った金印が出土したことで有名ですよね」

「金印文字の解釈はちょっと違うんだが、まあこの際はいいずら」

脇屋はふたたびお茶で口を湿らせた。

「志賀海神社は志賀島にある神社だ。その神社の春と秋の例祭の一場面で、君が代の歌詞が詠まれているだよ。それも楽曲のある歌じゃなくて祝詞のような口調だ」

「へぇ、そうなんですか」

「君が代に詠まれているのはすべて福岡県の沿岸部、それも福岡市を中心とした狭いエリアに集中している。ここまで完璧だと、もう偶然じゃあ片づけられねえ。君が代は大和朝廷内部の歌なんかじゃなく、筑紫の地で、その地の王を讃えた歌ってわけだ」

脇屋はため息をつくように肩で大きく息をした。

「この氷見論文には、戦前の皇国史観の象徴だと言われてる国歌も、じつは大和朝廷とは無関係な筑紫王朝の歌だっていう多元史観の説にのっとって、それを改めて氷見さん流に実施検証した内容が書かれてるだよ」

にわかには信じがたい内容だった。則尾も面食らったように眉間にしわ寄せている。そんな二人をじっと見た脇屋はふいに深刻な表情で意外なことを言った。

「お二人とも、今朝の事件、知ってるかや？」

「え！？」

二人をじっと見つめる脇屋の目に陰鬱な影がにじむ。

「遺体が発見されたのは福岡市の東公園だ」

「それってもしかしたら……」

則尾が身を乗り出す。脇屋は大きく吐息した。

「君が代に詠まれた千代の場所だよ。昔は千代の松原っていうのがあったらしいが、今はその一部が東公園になってるってことだ」

「畠山殺害の犯人は、君が代の歌にあやかってその場所を選んだってことですか？」

「それはわからねえ。それこそ偶然かもしれねえし……ただ今朝の事件のニュースを見たとき嫌な予感がしたもんだから、則尾さんに連絡しただよ」

「実行犯が李明日香……じゃなくて、氷見さんの娘のグループだとしたら、考えられなくはないですよね？」

「氷見さんの娘？」

脇屋がぎょっと顎を引き、胡乱(うろん)な視線を則尾に浴びせた。

「例の郭務悰の阿彌陀像を日本に持ち込んだ李明日香ですよ。調べていくうちに氷見さんの娘と同一人物だと判明したんです」

「まさか……」

脇屋は絶句し、あらぬ方向に目線を膠着させたが、すぐに正気を取り戻し、おずおずと小太郎を見た。

「華岡さんに会えただか？」

「会いました。それでわかったんです」

「そうか……まさかなぁ……」

恐怖とも感慨ともつかない表情で何度も首を振る脇屋に則尾が声をかけた。

「もし今回の事件の場所が偶然じゃないとしたら、二十年前の氷見さんの死に起因していると仮定できますね」

「そんな恐ろしいこと考えたくねえけどなぁ……じつは、この会報誌を見つけてくれた前の支部長に聞いただけど、二十年ぐらい前に細川さんが古代史探求連盟を脱会した直接の原因は、この君が代の論証研究に関する氷見さんとの対立にあるみたいだよ」

「でも細川氏の脱会は、支部長ポストをめぐる確執だったんじゃないですか？」

「オレもそう思っていたが……君が代に関する北九州説が世の中に出たとき、国歌に関する問題だけに連盟の内部でも支持派と慎重派がいただよ。支部長の氷見さんは独自に研究してこの検証論文を発表するぐらいの積極支持派だったが、反対に細川さんは慎重派の筆頭で……そのせいで、それまでの支部長ポストの確執が、決定的な対立になったと聞いた」

脇屋は茫洋とした目つきで、二十年前の記憶を見つめた。

＊

軽井沢に戻った二人は、借りてきた会報誌に目を通した。

春号の『君が代の真実（1）』は、脇屋から聞いた内容が詳しく書かれていた。氷見は福岡県の志賀島にある志賀海神社の例祭にまで赴（おもむ）き、古式ゆかしい素朴な神事の祝詞の一節で、『君が代』の歌詞が詠まれる事実を詳細に述べていた。

そして秋号の『君が代の真実（2）』では、君が代の歌の源流にまで推論を深め、縄文信仰である巨石信仰をテーマに、石や岩に関する縄文人の崇拝に触れ、『いわおとなりて』『こけのむすまで』の歌詞から、古代、縄文人は石や岩に対する畏敬（いけい）の念を抱き、崇拝の対象にしていたが、君が代の歌の内容も、そうした縄文時代の巨石信仰を深淵としている旨を述べ、その名残として、肥前風土記にも記された縄文時代の信仰遺跡である佐賀県大和町の巨石群落を実地検証した内容が書かれている。

さらに、古事記・日本書紀の神代巻に登場する天孫降臨神話の一場面、天照大御神の孫の瓊瓊杵尊が天降った筑紫の地で結ばれた女神・木花之佐久夜毘売（このはなのさくやひめ）（木花咲耶姫命（このはなさくやひめのみこと））の姉・石長比売（いわなが）（磐長比売）へと論述は進む。

その石長比売は『醜いがために瓊瓊杵尊に拒絶された』と記されているが、その名の『いわ』という音に縄文信仰の名残を見つけ、筑紫地域に残る縄文時代からの巨石信仰・巨石崇拝の象徴が、日本各地の神社に現在も祀られる『石長姫命（いわながひめのみこと）』であり、それこそが君が代の『君』にあたり、かつてこの地を治めた女王の名であると論を展開する。

そして、日本の皇国史観の象徴として大和朝廷一元史観を支えた『君が代』、さらに、戦前の皇国史観をそのまま引きずる歌として、現在も国歌としての認定に反論が根強い『君が代』こそ、大和朝廷一元史観や皇国史観を否定する歌であり、わが国の古代史の真実を、二千余年の時空を超えて現代社会に問い質（ただ）す歌であると、論文の最後をまとめている。

小太郎には不明な語句が多く、（1）と（2）をあわせて四十ページにおよぶ氷見論文を読むのに四苦八苦したが、それでも、おおよそのことは理解できた。

論文を読み終えたのは昼近くだった。

客間にこもった二人に、優衣が昼食の用意ができたことを告げた。ダイニングでは優衣のお手製のカルボナーラがチーズの香りを放っていた。

「沢田くん、ボクは午後の新幹線で東京へ戻るよ」

スパゲッティを食べながら則尾が言い出した。

「急にどうしたんですか？」

「ちょっと調べたいことがあるんだ」

「氷見さんの論文に関することですか？」

「それもあるけど、ちょうど仕事を一本抱えていてね。その締め切りが迫っててさ。じつは、まだぜんぜん書いてないんだよ。だから資料調べも含めて四、五日は部屋で仕事をしなけりゃならなくて」

「けっこうちゃらんぽらんなんですね」

「そう言うなよ。食べ終わったら駅まで車で送ってくれない？　それから例の氷見論文だけど、ボクが持っててもいいかな。仕事の合間にじっくり読んでみたいんだ」

「ええ、構いませんよ」

「サンキュー」

スパゲッティを口に入れたまま、則尾は嬉しそうに笑んだ。

昼食後、小太郎は静子の車を借り、軽井沢の駅まで則尾を送った。

「それにしても、多元史観派の君が代の新説はすごいですね」

小太郎は車を発進させながら言った。

「たしかにすごいけど、その新説で日本の古代史が変わるとは思えないな」

則尾は妙に淡々と返した。

「どうして話題にならないんですか？」

「日本のアカデミズムはそんなもんだよ。要するに真実よりも既得権ってわけさ。これまでの説をひっくり返すような新説の真偽に挑もうなんてやつはいないよ」

「保守的ですね」

「保守的というより、それがこの国の常識なのさ。ほら、戦後からつい最近まで日本の第一党はずっと自民党だったじゃないか。自由主義圏内の国で六十年間も同じ政党が第一党の国なんてほかに例がない。もちろん一時期はそれに対する叛骨だってあったよ。かつて学生運動にのめりこんだ連中は、米国の植民地として資本理論だけが優先される社会常識に反発し、マルクス主義を掲げた闘争を展開したんだ。まさに革命だよ。でも革命は日本国民の保守性に阻まれ、単なる悪役にされちまった。細川さんも学生闘士だったらしいけど、もともとは叛骨精神が旺盛な若者だったんだ」

「だから古代史探求連盟にも入会したんですね」

「ところが莫大な財を得てからは、名誉欲が叛骨精神に勝ったってわけだ」

「ということは氷見さんも学生運動をしてた可能性がありますね」

小太郎の何気ない言葉に、則尾は「あ！」と反応した。

「たしかに言える。その着想は大ヒットかもしれないぜ！」

「ただの思いつきですよ」

そう答えながら、小太郎の頭にしこりのようなものが引っかかっていた。しかし、もやっとした想念の霧にはばまれて形を結ばなかった。

駅で則尾を降ろし、家に戻ったとき今西から連絡が入った。小太郎は則尾が仕事で東京へ帰ったことを伝えた。

——あいつも適当なやつだな。時間が自由なのはフリーの特権なんて言ってたくせに……それはそうと、千葉県警の宮崎警部補に確認したんだが、彼は福岡と千葉の事件の相関性にも注目しているようだ。本部の許可がおりれば福岡へ出張したいと言っていた。それと、土岐と伊波礼華の行方に関してはまだ足取りがつかめないようだ。

「オレはこれからどうしたらいいんですか？」

——楠木と伯母さんのガードとケアに決まってるじゃないか。あと二、三日で相続対策のことや楠木の養子縁組みの件もはっきりするはずだから、そうなったらオレも会計士と一緒にそっちへ行くことになる。

「ここで待機ってわけですね」

——不満か？

「そういうわけじゃないですけど……」

——六法や判例集は持参してるんだろう？　ぼやいている暇があったら勉強しろ！

今西は痛いところを突いてきた。

＊

それから三日間、小太郎は苛立ちと安堵が混じった奇妙な気分で過ごした。

五月の軽井沢は初々しいカラマツの芽吹きが空気を染め、輝きを増した陽光すらもエメラルドの宝石を透過したような淡い拡散光へと染めてしまう。どこからともなくカッコウの声が、エメラルドグリーンの大気を切り裂いて響きわたり、その余韻の深さが、カラマツの森に無限の包容力すら感じさせる。

伯母の静子は、優衣とショッピングに出かけたり、ガーデニングに精を出したり、クッキーやケーキ作りに熱中したりと、快活な時間を過ごしていた。

大量のクッキーやケーキは小太郎のおやつにも供される。もともと甘いものは好物だったし、残すのも悪いような気がして、きれいに食べると、喜んでまたどっさり作る。

「娘と息子がいっぺんにできたみたいだわ！」

静子は口癖のように言う。

「あら、伯母ちゃんだって前より若くなったみたいよ」

二人のやりとりを見るにつけ、小太郎は、夫の死と交換に本来の張りと艶をとり戻した熟年女性のたくましさに尻ごみし、《細川城一郎の存在ってなんだったんだろう》と、位牌に刻まれた戒名をしみじみと見てしまう。夜のテレビで『千の風になって』というヒット曲が流れたときも、「あの夫のお墓の前に行っても涙なんか出ないわ」などと笑えない冗談を真顔で言い、優衣を驚かせた。

「伯母ちゃん、そんなこと言ってると化けて出るわよ」

「あの夫にはずいぶん泣かされたもの……だから千の風になんかならないで、あのままお墓にじっとしていてくれた方がいいのよ」

こうなるとシャレにならない。城一郎の死は静子本来の快活さをよみがえらせただけでなく、この広い家の空間に漂う平和さえも再構築したようだ。

小太郎の心には、明日香たちの動きに対して何もできない自分へのもどかしさがつのっていた。しかし反面で、平和な空間で優衣と家族のように触れる時間はすこぶる居心地がよく安らかである。そのふたつの意識がたえず暗闘し、六法全書や判例集の活字から目を離した瞬間、奇妙な気分に陥ってしまう。

しかし四日目になって事態が急変した。

二

福岡市から国道202号線を唐津方面に十五㎞ほど行くと、玄界灘に突き出た糸島（いとしま）半島の付け根に入る。糸島半島の南部に位置する前原（まえばる）市は、中国の古書・三国志の魏志倭人伝（ぎしわじんでん）に記された邪馬台国への里程行程地名に表われる『伊都（いと）国』の所在地とされている。

古代における糸島半島は、その名の通り『島』であり、伊都国所在地とされる前原市の平野部とは、水道のような海によって隔てられていたと考えられ、現在名の糸島とは、『伊都国＋島』によって成り立ったとされる説が有力である。

前原市街と、背後にそびえる背振山系の連山に至る平野部には、現在も平原遺跡を含む曽根遺跡群や三雲井原遺跡群など、弥生遺跡最古とされる遺跡群が点在している。

その平野部の一角、背振山系から玄界灘に注ぐ瑞梅寺川と川原川の２つの川にはさまれた豊かな水耕地帯である三雲集落の、こんもりと茂った森に細石神社がある。

神社の案内看板には『伊都国の中心部で、祭神は磐長姫と妹の木花開邪姫（日向第一代瓊瓊杵尊の妃）の二柱』と書かれ、神社の東方二百メートルほどのところにある八竜の森は、瓊瓊杵尊と木花開邪姫の子である日向第二代の日子穂穂手見命の生誕地と、この地域の人々によって伝えられている。その細石神社の大鳥居の下で、土岐源治の遺体が発見されたのは、畠山の遺体発見から四日後の朝のことだった。

小太郎が今西からの電話でそれを知ったのは、午前中の勉強を始めようとしていたときである。しかし、電話を取ったときに最初に聞こえてきたのは土岐源治の遺体発見の報せではなかった。

――則尾が病院へ担ぎこまれた！　さっき福岡の前原警察署から事務所に連絡があった。

今西は緊迫した声で告げた。

「則尾さんが？　ちょっと待ってください。則尾さんは自宅で仕事をしているはずですよ」

――オレにもわからん。とにかく前原市内の病院に収容されたと連絡が来た。小太郎、おまえ今朝のニュースを見てないのか？

「何かあったんですか？」

――土岐源治の遺体が見つかった。ニュースのなかで、発見場所の近くに昏睡状態の男がいて、警察では回復を待って事情を聞く予定だと報じていたけど、まさか則尾とはな……

今西の話によると、朝の五時ごろ前原市三雲にある細石神社の大鳥居の下で、参道に頭を向け、うつぶせに倒れている初老の男が発見され、所持していた免許証から磐教の理事・土岐源治であることが判明した。今のところ死因は不明である。さらに現場のすぐ近くにあった車のなかで昏睡状態の則尾が発見され、前原市内の病院へ収容された。所持していた調査員の名刺から、今西法律事務所へ確認の連絡が入ったということである。

「容態はどうなんですか！」

――命には別状ないらしい。全身に打撲痕はあるが、昏睡の原因はそれじゃなくて、強い睡眠薬のようなもので意識を失ったということだ。

「意識は回復してるんですか？」

――ああ、警察の話だとついさっき意識が戻ったらしい。

「誰にやられたんですか？」

――そこまでの報告は受けてないが……

今西はため息とつくと急に声を潜め、

――そんなことより則尾はやばいかもしれんぞ。

「容態がよくないんですか？」

――そうじゃなくて、へたをすれば土岐殺しの容疑者にされかねん。

「容疑者って……そんなばかな！」

――遺体の近くで収容されたんだ。重要参考人であることは間違いない。警察を納得させるだけの理由や状況証拠がなければ、そのまま容疑者に昇格する恐れがある。

「でも土岐の殺害は李明日香たちの犯行に間違いないですよ！」

――警察にとって重要なのは、おまえたちしか面識がない謎の中国人じゃなく、土岐や畠山が所属する磐教や皇国磐生会の内部事情の方だ。おまえだって、オウム真理教の事件を覚えているだろう？　それに、少し前にも長野県の小諸市にある宗教団体でリンチ殺人事件があったじゃないか。磐教団の本部は小諸市の隣の佐久市にあるんだ。警察としては、まずそっちの線からの捜査が本道だ。

たしかに今西の言うとおりである。李明日香たちの組織は、細川氏や趙の殺害事件を管轄する千葉県警では重要な容疑者かもしれないが、中国人組織と磐教や皇国磐生会との関連など、福岡県警にとっては降ってわいたような御伽話に過ぎない。むしろ宗教団体の秘匿された内部実情や、暴力団がらみの抗争を疑うのが捜査の常道であろう。

――オレはきょうのうちに福岡へ飛ぶ。細川家の遺産相続や養子縁組みの件は後まわしだ。

「所長が福岡へ行くんですか？」

――オレが則尾の身元保障と弁護をしなけりゃあ、あいつは拘留期限いっぱい警察で取り調べってことにもなりかねないし、へたをして容疑者にでも格上げされたら厄介なことになる。あいつはウチの事務所の調査員ってことになってるんだからな。

「オレも連れていってください！」

今西は　ふん！と鼻息を吐き、

――言うと思ったよ。現地で面倒臭いこともありそうだから、小太郎に手伝ってもらうしかなさそうだな。夕方四時前の便だが、それまでに羽田へ来られるか？

「大丈夫です！　すぐに用意して向かいます！」

小太郎は優衣と静子に事情を話し、東京へ戻る準備をはじめた。

＊

平日の羽田空港は、ビジネス客でごった返していた。約束の三時四十分に、指定された航空会社のカウンター前に行くと、スーツ姿の今西が渋い顔で立っていた。

羽田空港から夕刻の空を一時間半、今西は離陸直後から高鼾(いびき)をかいて寝てしまった。

福岡空港でレンタカーを手配し、前原市へ向かう。カーナビの表示は福岡市街の海ぎわにある高速1号線を示している。帰宅時刻と重なった高速道路は車があふれていた。

玄界灘が夕陽に染まっている。凪ぎの時刻を迎えた海は、きめ細かい波頭に斜陽を映じ、うつらうつらと眠るように静かだった。

「玄界灘って海が荒いってイメージがありましたけど、静かですね」

ハンドルを握った小太郎は、助手席で目を閉じる今西に声をかけた。今西は「えっ？」と首を起こし、車窓を見た。

「この季節は気圧が安定しているからな。『春の海ひねもすのたりのたりかな』って蕪村の句もあるじゃないか。それにしても……こんな静かな玄界灘を見たのは初めてだ」

「所長はこの辺に来たことがあるんですか？」

「学生のときに1回、それと、いそ弁のときに2回来た」

今西は懐かしそうに目を細め、夕陽の海を見つめた。

やがて高速1号線は海から離れ、拾六町ＩＣから先は国道２０３号線と並行した福岡前原道路になる。そこから病院までは十五分ほどだった。カーナビが案内した病院は前原市街から離れた内陸部にあった。

病院前にはマスコミが群がり、異様な雰囲気に包まれていた。

「思った通りだ。やばいな……」

舌打ちした今西は、陣取ったマスコミの群れをかき分けて院内へ入り、受付で則尾の名前を告げた。そのとたん顔色を変えた事務員は、「少々お待ちください」と狼狽し、電話で確認を入れた。すぐに刑事らしい若い男が現われ、二人を外のマスコミから隠すように三階の病室へ案内した。扉の前には二名の警察官が衛兵のように立っている。

病室は狭い個室だった。カーテンが閉じられた窓辺にベッドがあり、頭に包帯を巻いた則尾がきょとんとした顔で二人を迎えた。脇のイスにいた初老の男がこちらを睨んだ。

今西が名刺を出す。小太郎もあわててそれに続く。年配の刑事は県警の警部補で古賀といい、若い刑事は前原署の刑事で渡辺という名だった。

名刺交換のあと、今西はベッドで顔をしかめる則尾に声をかけた。

「則尾、大丈夫か？」

「何とか生きてますよ」

「まったく……だから慎重に行動しろって言ったんだ」

「すみません。次に書く予定の紀行文の取材でこっちへ来たんですが、夜遅くうろついていて事件に巻きこまれました」

言葉は殊勝だが、目の表情には何かを含んでいる。今西は「ん？」と怪訝に表情をゆがめたが、すぐに則尾の意図を了解した。

「取材もいいけどな、うちの事務所の調査員だってことも忘れるなよ。今回の事情はオレから刑事さんに説明しておくけどな」

わざとらしく言い、二人の刑事を促して病室を出た。

残された小太郎は改めて痛々しい姿の則尾を見た。頭と左腕に白い包帯が巻かれている。

「則尾さん、オレを騙しましたね」

「わるいわるい、そんなつもりじゃなかったんだ。でも、ボクが九州へ行くって言ったら、キミはとめただろう？　今西先輩にチクられても面倒になりそうだし……もっと言えば、キミが一緒に行くって言い出しかねなかったからね」

「いつごろこっちへ来たんですか？」

「軽井沢から帰った次の朝だよ。ほら、千葉のホテルで会った高橋さん、覚えてるだろう？　彼に連絡して最初の一日だけ付き合ってもらったんだ。細かい地理は地元の人に聞くに限るからね」

「旨いもんはご馳走になったんですか？」

「なったなった。アラって魚の料理だよ。ボクらの稼ぎじゃあちょっと食えないぜ」

「オレや所長を騙し、ちゃっかり旨いもんをご馳走になって……その天罰ですよ。それにしても派手にやられたもんですね。少林寺拳法の猛者(もさ)がここまでやられるなんて、相手は相当に強かったんですか？」

「ボクもけっこう抵抗したんだけどね、相手が多過ぎた」

「頭は大丈夫なんですか？」

「ああ、これ？」

則尾は頭の包帯を指さし、

「ただの打撲傷だよ。大げさに巻いてあるだけさ。いちばん辛いのは右足親指の亀裂骨折かな。トイレへ行くのも大変だ」

「昏睡状態で発見されたって聞きましたよ」

「それも正確な表現じゃあない。単に眠っていただけさ」

「睡眠薬でも飲まされたんですか？」

「それも間違っている。飲まされたんじゃなくて注射されたんだ。そのあたりはよく覚えてない。頭に一撃を食らって気が遠くなったことまでは覚えているけど……たぶん、そのあとで睡眠薬を注射されたんだ。午前中に気がついたときは自分の状況がまるで判断できなかった。昼飯を食った頃からようやく状況がつかめるようになったけど……まだ頭の芯がぼーっとしてるよ」

「警察は重要参考人としてみてますよ」

「わかってるさ。さっきの刑事たちからも質問攻めにあったよ。いちいち答えるのも面倒だから、頭が割れそうだって嘘をついてドクターストップにしてもらったんだ」

「則尾さん、細石神社で会ったのは……」

するとと則尾はしーっと目を細め、顎でドアを示すと、わざとらしく声のトーンを上げた。

「細石神社へは取材で行っただけだよ。じつは新しい紀行文を書くために前原地区の天子宮の研究をしていてね、天子宮は七ヵ所ぐらいにあるんだけど、細石神社を東西南北で囲うように配置されているんだ。その七ヵ所をまわったあと、中心にある細石神社に行ったから夜遅くなっちゃったけどね。刑事さんにもちゃんと本当のことを話したよ」

則尾の意図が読めた小太郎は、ウインクしながら声を大きくした。

「じゃあ、たまたま夜遅くに細石神社に行って災難に遭遇したってわけですね？」

「うん、暗くてよくわからなかったけど、相手は五、六人いたかなぁ。突然殴りかかってきたんだ。頭を殴られて気が遠くなったあとは、よく覚えていないなぁ」

「なるほど、そういうことだったんですね」

そのあと、小太郎は則尾の耳もとに顔を寄せ、声を潜めて確認した。

「李……ですか？」

うんと小さくうなずいた則尾は声を殺して、

「李と高のほかにも五人いた」

「あそこでずっと張っていたんですか？」

「行ったのは夜になってからだ。その点は嘘じゃない」

「相手の正体は、まだ警察には話してないんでしょう？　この先も、たまたま現場に居合わせた善意の第三者を押し通すんですか？」

「状況次第ではね……でもボクの予感だと、近いうちに第3の復讐劇がおこる」

「え！？」

「やられるのは伊波礼華だ。あの女教祖や土岐たちは、行方がわからなくなった時点で、中国人グループに拉致されていた可能性がある。むしろ拉致されたから行方がわからなくなったと考える方が正解かな」

「もしかして、次の事件が起きるのは、氷見氏の論文にあった桜谷（さくらだに）神社？」

「その前に『いわお』がある。ただし『いわお』はピンポイントじゃないから、沢田くんの想像が当たっているかもな」

「君が代のこと、所長にも話したほうがいいんじゃないですか？」

「まだダメだ。弁護士がそれを知っていて警察に情報提供しないのはまずいからね。たぶん外で刑事に説明してるのも、ボクが紀行文の取材に来たってことだと思う。次に起こる可能性がある事件の情報を隠していたんじゃあ、弁護士としてはやばいよ」

「でも、情報を提供しないくらいじゃ、刑法一〇三条の犯人隠避罪には抵触しませんよ」

「道義的な問題はあるだろう？　いずれにしても言わぬが華(はな)、知らぬが仏ってところさ。それはともかく、高のことだけど、正体の一部がわかったよ」

「高と話したんですか？」

「やつらもいきなり暴力を振るったわけじゃあないさ、それよりも……」

則尾が言いかけたとき、今西と刑事たちが戻ってきた。まっ先に入ってきた今西は、疲労の浮いた顔に笑みを繕った。

「おおかたの事情は説明したよ。則尾への疑いは何とか解けそうだ」

背後から古賀警部補がしかめっ面(つら)をのぞかせる。

「弁護士さんの説明で事情は了解しました。しかし則尾さんは唯一の目撃者ですので、被害に遭われたときの状況や、犯人グループの様子などを詳しくお聞きします。それと、目撃者に対する犯行グループの再犯を防ぐため、警官は待機させますので」

その顔には重要参考人を失った落胆が浮いている。

「お役に立てなくてすみません」

則尾は頭をちょこんと下げながら、「イテテ」とダメ押しの演技をしてみせた。それを見て「ハァ……」とため息をついた古賀警部補は、

「自分たちは、この件を本部へ報告に行きますが、報告が終わり次第戻りますので、それまでに、被害に遭われたときの状況をもう一度思い出しておいてください」

早口で言い、渡辺刑事を促して退室した。刑事たちの姿が消えたのを見はからい、今西が「ふん！」と荒く吐息した。

「則尾、刑事には、おまえが紀行文の取材で現地に行ったと説明した。それと、おまえは日本中の地域に土地鑑があるから法律事務所のアドアバイザーとして契約してるってことにしておいた……おかげでオレは偽証罪だ」

「でも、それは事実なんだし、弁護士は依頼者に不利なことは言わないんでしょう？」

「おまえ、いつから依頼人になったんだ？」

「この状況じゃ、心情的な依頼人ですよ。それより先輩、足利学長がやばそうです」

「中央芸術文化大学の学長か？」

「ええ、すでに拉致されている可能性もあります」

「その根拠は?」

「警告ですよ。畠山と土岐の殺害は足利学長に対する警告なんです。今のところそれしか考えられません。たぶん近いうちに磐教の教祖が殺されます」

「ちょっと待て。その根拠を説明してくれないか」

則尾は李明日香の正体と、氷見健吾に起こった二十余年前の事件、そして昨晩出くわした面々のこと、さらには過去の事件の黒幕が足利学長であるらしいという推論を伝えた。

「二十年前の事件の相関図に関してはまだ想像の段階ですが、それからすると最終的なターゲットは足利学長です。さっき沢田くんにも言おうとしたけど、高は日本での大学時代、氷見氏や細川氏と同じセクトの学生運動の闘士だったんです」

「学生運動? 高がそう言ったのか?」

「直接は言ってませんが、ボクが『マル学同か、社学同か、青解(あおかい)か?』って聞いたら笑ってました。そこで、氷見氏や細川氏の大学から見当をつけ、関西ブント系の赤軍派だろうってカマをかけたら、よく調べたなって言ってました」

「赤軍派って、ヨド号ハイジャックや浅間山荘事件の赤軍か?」

「赤軍派といっても、関西系の学生派閥の関西ブントというセクトの武闘派が結成した共産主義者同盟赤軍派、そこから海外亡命したメンバーが独立して組織した日本赤軍、それに関東系の戦旗派をベースにした世界赤軍や関西系赤軍派と京浜安保共闘の急進派が手を握った連合赤軍などがあり、系列的ではあっても組織的・時間的には別組織なんです。おそらく高は、関西系赤軍派の国内残党組ですよ。浅間山荘事件以降、赤軍派は急速に衰えたけど、その時期に自国へ帰ったんだと思います」

そこまで言った則尾は、ふいに小太郎を見た。

「沢田くん、優衣ちゃんの伯母さんの話は覚えてる？　細川氏が赤軍派に仲間がいるって話さ、あれは、もしかしたら高のことだよ」

「でも……もし高だとしたら、細川氏が千葉のホテルで会ったとき、すぐにわかるはずでしょう？阿彌陀像の売り手が高だとわかったら怪しむんじゃないですか？」

「細川氏が来たとき、顔を出さなけりゃいいだけの話さ。トラップを仕掛けるならそうしたと思うよ」

そのとき小太郎の脳裏にひらめくものがあった。

「則尾さん、氷見氏は大学院の同級生と結婚したんですよね。ということは、高も氷見氏の奥さん、つまり氷見明日香の母親を知っていた可能性があるんじゃないですか？」

則尾は大袈裟に目をひらいて、軽く拍手をしてみせた。

「いい線だ！　ただし70点ぐらいかな」

「マイナス30点は、どこがいけないんですか？」

「たとえば、高と氷見明日香が自国で知り合った理由、高の目的と氷見明日香の目的……まあ、それがわかれば95点かな」

「則尾さんにはわかってるんですか？」

「まさかぁ、それがわかれば今回の事件の構図だってすべて解明できるじゃないか。ボクにとっても残り30点が今後の課題だよ。あ～あ、早くここを出なけりゃあなぁ。それに、こんなに包帯を巻かれたんじゃあ頭が痒くてしょうがない」

則尾は右手で後頭部を掻いた。その拍子に打撲の傷に触れたのか「いて！」と顔をしかめた。刑事の面前での演技とは違い、本当に痛そうな顔だった。

それを見た今西はククと忍び笑いをもらし、

「しばらくはここでおとなしくしてろ。病院の玄関は大変な騒ぎなんだぞ」

「マスコミですか？」

「警察が昏睡状態の男性を保護って発表したんだからな。でもまあ、県警も則尾が被害者だとわかったはずだから目撃者として改めて発表するとは思うが、マスコミは簡単には引きさがらないぞ。それに、明日からの警察への応対のことも覚悟しておけ。とりあえずオレたちは宿の確保に行くが、足利学長の件はオレから千葉県警の宮崎主任に一報を入れておく」

「わかりました。所長たちもマスコミには気をつけてくださいね。あ、それから、泊まるんなら、ちょっと足を伸ばして唐津（からつ）に行けば天然温泉の宿や旨い料理を食わせる宿がけっこうありますよ。唐津市へ入る手前には虹ノ松原っていう松原があるんだけど、これが日本三大松原のひとつで、一見の価値が……」

しかし今西は則尾の講釈を無視し、「しょうがないやつだな……小太郎、行くぞ」と、ドアに向かって歩きはじめた。

病院前には、ちらほらとマスコミの姿が残っていたが、来たときに比べると、潮がひいたように静かである。

「則尾に関する緊急発表があったようだな」

今西がつぶやいたとき、「沢田さんじゃなかとですか？」と背後で声がした。驚いて振り返ると、高橋礼次郎の不安げな顔があった。

「あ、高橋さん！」

「やっぱり沢田さんでしたか。待合室で横切るのを見かけたもんだから、よもやと思って……それじゃあニュースで発見された人って、やっぱり……」

「則尾さんです。それで急きょ駆けつけたんですが……あ、こちらは私の事務所の所長です」

「今西と申します」

怪訝に頭を下げた今西に、慌てて「高橋と申します」と最敬礼した高橋は、

「それで則尾さんのご容体は？」

「命に別状はないようです」

「よかった……則尾さんが細石神社ば調べるって言ってたから、まさかとは思ったばってん、仕事

上がりに寄ってみたとですよ」

安堵した高橋を横目に、「どういう知り合いだ?」と今西が耳打ちする。

「則尾さんと千葉のホテルへ行ったときにお会いした人です。高橋さんも例の阿彌陀像に興味を持っていて……あ、高橋さんはこの近くの春日市に住んでいて、則尾さんもこっちへ来たときにお世話になったようです」

「則尾が?」

今西は急に姿勢を改め、

「どうも申し訳ありませんでした。部下から何も報告されていませんでしたので……」

「いやいや」

高橋は人なつこい顔に変わり、

「千葉まで行ったのも、値切りに行ったようなもんでして……お恥ずかしい限りです」

「則尾がお世話になったそうで、申し訳ありませんでした」

「なあに、私の方が暇に任せて則尾さんの取材についてったようなもんです。則尾さんの容体を聞いていくらか安心ばしました」

そのあと高橋はかしこまった表情で、

「沢田さん、急いで駆けつけたってことは、宿はまだ決まっちょらんということですか?」

「ええ、これから前原市街に行って決めようと思ってます」

「それなら、よか所ば紹介します」

「前原市ですか？」

「この市にはビジネスホテルしかなかですから、ゆっくり泊まるなら唐津の方がよか。ここからなら車で二十分もあれば行けます」

こちらの返事を待たずに高橋は道の説明をはじめた。唐津のホテルと聞き、先ほどの則尾の講釈が重なる。小太郎は今西と顔を見合わせた。

「高橋さん、車にナビがありますからホテル名だけ聞けば大丈夫ですよ」

「ありゃ、そうですな。まあ、これに懲りず、また連絡してください。則尾さんの容態も気になるし、お願いします」

高橋はホテル名を告げると、そそくさと駐車場へ姿を消した。

「所長、どうします？」

「どうするって？」

「宿ですよ。高橋さんのお薦めにしますか？」

「地元の人が薦めるんだから、いい宿なんだろうな。則尾の誘い文句にはまったみたいで悔しい気もするが、昼飯もろくに食っていないし、ゆっくり風呂に浸かりたいからな」

今西は自分を納得させるように言い、駐車場へ歩きはじめた。

「所長はさすがに弁護士ですね」

車に乗り、カーナビをセットしながら小太郎は言った。

「何が？」

「だって、一発で重要参考人を目撃者にしたんだから」

「それだけ社会的な責任が大きいってことだ。弁護士ってのは、法の番人なんて言われるが、オレに言わせりゃ御門違いだ。法を法たらしめているのは一般市民だよ。弁護士は法を武器にして戦う軍人だ」

「軍人ですか？」

「ああ、武器の使い方を知り、使うためのＴＰＯを知り、実戦する軍人だ。法なんて一般の人が考えるような完璧なもんじゃない。不完全なことを知ってるのもオレたちだからな、使い方を誤るとこっちも自滅さ。おまえにだってもうわかるだろう？」

「ええ、まあ……」

曖昧に答える小太郎の胸には、闘争心のようなものが芽生えていた。同時に、《司法試験に対する目的意識はどこにあったんだろう》と自嘲のような感情が湧き上がる。

駐車場から地方道へ出ると、夜の帳のかなたに黒く沈む背振山系の連山が見えた。平坦な大地の明かりはまばらで、水田を照らすヘッドライトの光が妙に頼りなくさえ見える。

昨夜、軽井沢の家のベランダで優衣と二人で見た夜空が脳裏をよぎった。

「勉強、大変ね」

ベランダで夕食後の食休みをしていた小太郎に、伯母の焼いたクッキーと紅茶を持ってきた優衣は向かいの籐椅子に座った。優衣と二人、平和で静かな時間を味わいながらカラマツの梢越しに見た夜空には初夏の星座が瞬(またた)いていた。木々と山の稜線に切りとられた偏狭な軽井沢の夜空と、優衣の敬意に満ちた顔を思い浮かべたとき、目の前に広がる前原平野の夜が、どうしようもなく空漠と感じられた。

自分という人間が、あまりに小さく、そして頼りなく思えたからだった。

*

紹介された宿は、虹ノ松原の唐津市寄りにあった。

則尾から日本三大松原のひとつと聞いたが、唐津湾に沿って五㎞ほど、道の両側に松の林が続く。闇に沈む黒壁のような松原は奇妙な静けさに包まれ、ただ不気味なだけだった。しかし、松原の先ある和風ホテルは思いのほか優雅で、玄界灘の海鮮を惜しげもなく使った和食膳、露天風呂から望む唐津湾の夜景など、疲れた心身を癒やすには申しぶんない海辺の宿だった。すでに蒲団が敷かれた和室も、二人ではもったいないくらいの広さがある。

「なかなかいいホテルだな」

風呂から戻った今西は、冷蔵庫からビールを出し、布団にどっかりと胡坐(あぐら)をかいた。

「さてと、寝る前に、小太郎が知っている情報をあらいざらい吐き出してもらおうか」

喉を鳴らしてひとくち飲み、上気した目で小太郎を睨んだ。

「どういうことですか？」

「とぼけるな。則尾が土岐の殺害現場に居合わせたのはどうしてなんだ？　そんなことに気がつかないとでも思ったのか？　とにかく、オレは明日の午後三時にクライアントのアポが入っているから、今夜しか時間がないんだ」

「あした帰るんですか？」

「その予定だ」

「オレはどうしたらいいんでしょう？」

「どうしたいんだ？」

ねちっこい視線で小太郎を睨んだ今西は、浴衣の袖をまくってタバコをくわえ、ふうーと勢いよく煙を吐き出した。

「オレはまだこっちに残りたいと思ってますけど」

「何のために？」

「則尾さんもあんな状態だし……」

「それだけじゃないだろう？」

「それがいちばんの理由ですよ」

「白々しい嘘をつくな。いいから、知ってることを全部話せ！」

病室での則尾の言葉が意識にブレーキをかけている。しかし小太郎は、絡むような今西の視線に追いつめられ、これ以上は隠せないと観念した。

「君が代、なんです」

「何だそりゃあ？」

「国歌の君が代です。今回の事件だって現場は細石神社でしょう？」

「小太郎、おまえ、語呂合わせで遊んでるのか？」

「そうじゃないですよ」

小太郎は君が代に関する氷見論文の発見や、その内容をかいつまんで話した。最初は小バカにしたように目を細めていた今西の顔に、途中から深刻な影が浮かびはじめた。

「その話からすると、考え方を修正する必要があるな……則尾を正式にこちらの依頼人にしなけりゃならん」

話を聞き終えた今西は気難しい表情で腕を組んだ。

「依頼人に不利な情報は外部に隠せるってことですか？」

「それもあるが、オレが則尾を弁護したのは、単に後輩を助けたかったわけじゃなくて、これ以上こっちの事件で足止めさせたくなかったからだ。いいか小太郎、現在のウチの依頼人は細川家だ。その利益のためには千葉の事件の方が重要なんだ。わかるか？」

「細川氏の死亡理由によっては、保険会社からのクレームも予想できますしね」

「それに依頼者の精神的なケアも重要な仕事だ。もともと則尾には、細川氏が死に至った経緯やそれにまつわる情報を調査してもらうつもりだったが、それだって真相を明かすための正義なんかじゃない。もし細川氏の死に何らかの瑕疵があれば、それを極力隠すのがオレたちの仕事だからな。だから則尾にいつまでもこんな所にいてほしくないが……そうもいかなくなったな」

「君が代に関する情報を警察に提供するんですか？」

「バカ言うな！」

吐き捨てるように言った今西は、「あ〜あ」と伸びをし、蒲団に足を投げ出した。

「弁護士にタレ込みしろってか？　それとも一般市民の義務ってやつか？」

「そういう意味じゃないですけど……」

「とにかく形だけでも則尾を依頼人にする。則尾の弁護士として、やつを少しでも早く東京へ戻す。まずはこれだ」

「則尾さんの入院はどれくらいかかるんでしょう？」

「一週間程度だろう。そのあいだに警察の事情聴取が終わればいいんだが、とにかく則尾が入院中はおまえがついていてやれ」

「こっちにいてもいいんですか！」

「しょうがないさ。ただし、おまえがついているのは、則尾にこれ以上勝手な行動をさせないためだ。それと事情聴取の状況や則尾の退院日などをオレに逐一報告しろ。もちろんおまえも勝手な行動はするな。わかったな！　それと……」

今西は体をよじって、テーブルの灰皿でタバコをもみ消し、。

「宿は換えろ」

「え？」

「こんなホテルに連泊されたんじゃあ経費オーバーだ。明日、オレを福岡空港まで送るついでに前原市内か福岡市内のビジネスホテルを取れ」

缶ビールを一気に飲み干した今西は、「疲れた……オレも歳かな」と独り言のようにつぶやき、ごろんと横になって目を閉じた。

「所長、オレもビールもらいますよ」

「勝手にしろ……」

まどろみの淵から応えた今西は、それきり静かになってしまった。小太郎は電灯を消し、缶ビールを持って窓辺の椅子に座った。

そっと窓をあけると、波の音と共に生暖かい潮風が忍び込む。

《氷見明日香たちもこの近くにいるんだろうか？》

心に氷見明日香の面影がよぎる。今回の連続殺人が彼女らの所業としても、それを凶行と呼びたくない気持ちがある。今西は、『知らぬこと』と表向きの鎧(よろい)をつけ、依頼者である細川家の利益を最優先すると言ったが、たしかにそれが今西法律事務所にとっても、自分や則尾の立場に対しても、そして小太郎自身の氷見明日香への心情を擁護するにも、最良の方法だろうと思う。しかし……司法試験を目指す自分の、法という正義への無意識な忠誠心が、意識のどこかで、ちくっとした痛みになっている。その疼痛感への妙薬があるとしたら、目撃者である則尾を眠らせたまま放置した彼女らの行為に、復讐という強靭な意志のみを貫き、それ以外の無法を決して行わない義賊の正義心を認めることである。

そんなことを考えているうちに、自分の考えかたや生きかたの曖昧さが救いようのない無力感を伴って、自虐的に意識を圧迫しはじめた。すると、司法試験という目的意識にすら影が忍び、脳裏に浮かぶ氷見明日香もそれまで以上に遠い存在に思えてくる。

小太郎は心に満ちてくる殺伐とした不安から逃れるように缶ビールを喉へ流し込み、夜の海へ視線を投げた。

暗い海面に漁火（いさりび）が浮いている。蜃気楼のように揺らめく頼りない明かりが、永遠に行き着けない氷見明日香の透明な表情と重なり、背筋に悪寒のような感触が走った。

三

翌朝のテレビニュースでは今回の事件のことが大きく報じられた。

『昏睡状態で発見された男性は、偶然その場に居合わせ、事件に巻きこまれたことが判明。捜査本部では福岡市内で起こった事件との関連を視野に入れて調べると共に、引き続きこの男性から目撃情報を聴取すると発表』という最新情報に続き、被害者の司法解剖の結果、直接の死因は溺死であるが、血液中から高濃度の睡眠導入成分が検出され、昏睡状態で海に投棄されて死亡し、遺体が現場に遺棄されたと思われること、また県警本部が福岡市の事件との関連性を視野に入れて捜査を開始したことなどが報じられた。さらに、映像では佐久市の磐教本部が映り、現在、教祖が行方不明と報じた。


「教祖も行方不明か、土岐らと一緒に拉致された可能性が高いな」

朝食後のお茶を飲みながら、テレビを見ていた今西が苦々しく顔をしかめた。

「所長、伊波礼華が事件の首謀者ってことは考えられないですか？」

「なぜそう考えるんだ？」

「土岐源治はもともと皇国磐生会の構成員でしょう？　でもオレが直接会った印象では、土岐たちの一派が磐教の実権を握っている感じがしたんです。だから磐教と皇国磐生会の内部的な抗争って線もあるんじゃないですか？」

「小太郎、それでいいんだよ」

今西は満足そうにうなずき、

「警察も、教団のリンチ事件か内部抗争の線、それと小太郎が言った線で事件を追っているはずだ。オレたちもその認識でいればいいんだよ。だからこの件と則尾は無関係だからな。わかってるな」

そう念を押し、「そろそろ出る用意をするか」と、浴衣の膝に手をかけて立ちあがった。

朝の唐津街道には昨夜とはうって変わった風景が待っていた。歳月を経た太い松の濃密な林が道の両側を埋め、松葉に残った露が朝の光を浴びて、しっとりと緑の息吹を放散している。まっすぐ続く松の街道を明るく濡れた空気がおおっていた。

「さすが日本三大松原のひとつですね！」

「おまえ日本三大松原を知ってるのか？」

「知りませんけど、それに数えられるくらいだってことでしょう？」

「あとのふたつは静岡の美保の松原と、福井の気比（けひ）の松原だよ」

「よく知ってますね」

「則尾ほどじゃあないけどな。そうだ、則尾といえば、氷見論文が載っている会報誌は、あいつが持っているのか？」

「そのはずですけど」

「しばらくオレが借りてもいいか？」

「あれ？　所長も君が代のルーツに興味あるんですか？」

「そんなことに興味はない。君が代はすでにオリンピックや国際大会などで日の丸が揚がるときには必ず流れるじゃないか。歌のルーツがどうであれ、法治国家の日本には国歌が必要なんだ。それが君が代であっても何の問題もない」

「国歌としての制定には法的な問題も絡んでいるでしょう？」

「施行上の問題として、学校などで斉唱を義務づけることに関しては、たしかに問題もあるが、スポーツなどの世界では君が代が流れることに誰も文句は言わないだろう？　要は戦前の軍国主義や皇国史観の象徴としての君が代に対する、個々の考え方の自由に関する問題だ。オレは個人として君が代斉唱にはまったく問題を感じていない」

「でも則尾さんからは君が代のことは所長に話すなって言われてるんですけど」

すると今西は「おまえらなぁ」と呆れ、

「氷見論文がどんな内容にせよ、則尾のこととは無関係だ。オレが論文を読むのは、細川氏と氷見氏の確執のもとになった論文なら、依頼人の利益のために認識しておく必要があると思ったからだ。おまえが言いにくいのならオレが則尾に直接言ってもいいんだぞ」

「でも……オレが所長に話しちゃった事実は変わらないですよ」

「オレが則尾の弁護人になればいいんだろう？　弁護人は依頼者の見方だからな。それとの交換条件なら則尾も納得するさ」

「わかりました。オレから言います」

「まあ、うまくやってくれ」

今西は両腕を突っ張り、「則尾もなぁ」とアクビ声を出した。

「重要参考人から目撃者に格下げされたようだから、病院も夕べみたいに騒がしくはないだろう。あいつも静かなところで少し頭を冷やした方がいい」

アクビをかみ殺した今西は眠そうに目を擦った。

その言葉どおり、前原市の病院には報道陣の姿もなく、病院らしい静けさを取り戻していた。部屋の前に立つ制服警官も一人に減っている。

病室内には二人の刑事の姿があった。すでに事情聴取がはじまっているようである。

小太郎は刑事の質問の合間をねらって則尾に声をかけた。

「例の会報誌、ちょっと貸してもらえませんか？　所長が読みたいんだそうです」

「え？」

怪訝な顔をした則尾は、すぐに事情を了解し、

「ボクのバッグに入ってるよ」

小太郎は則尾のバックから取り出した2冊の会報誌を今西に渡し、

「所長が則尾さんの弁護を引き受けてくれるそうですよ。よかったですね」

「え？　ああ、助かるよ……」

またも即興の口裏あわせをした彼は、今西に向かって「よろしく」とバカていねいに頭を下げた。

今西も刑事たちを意識し、即興劇をそつなく演じる。

「そういうわけでして、私の依頼人に関することは、今後、助手の沢田に連絡係をさせますので、何かありましたら申しつけください。私はこれから東京へ戻りますが、もし依頼人に関して重要な事案が発生しましたら私に直接ご連絡していただければと思います」

呆気にとられた古賀警部補は、

「承知しました……お気をつけて」

これ以上ないほどの渋面ながら、慇懃に礼を返した。

福岡空港への道を走りながら、小太郎は助手席で目を閉じる今西に話しかけた。

「所長もけっこう演技派ですね」

「何が？」

「病室での演技ですよ」

「オレは演技なんかしてないぞ。たとえ形だけにしろ則尾の弁護人なんだからな」

「表向きはそうですね」

「でもなぁ、演技も弁護士にとっちゃあ必要な技術なんだ。依頼人に対するときも、法廷でも、常に自分を客観視して、その場に必要な空気をつくらなけりゃならない。早い話が、オレたちの仕事は法という武器を持って相手と駆け引きすることだからな」

今西は伸びをしながら左手に広がる海に視線を投げ、「玄界灘は今日も静かだな」と、物憂げな声で言った。

*

福岡空港で今西を見送り、駐車場の車に戻ろうとしたとき携帯電話が鳴った。ディスプレイに表示された優衣の名前を見て、小太郎はあわてて電話に出た。

——沢田さん、そっちの様子はどう？

受話器の声に気持ちが高鳴る。

「大丈夫。今空港で所長を見送ったところだよ」

——そうじゃなくて則尾さんのことよ。

「きのうの昼ごろには意識も回復して元気だったよ」

——よかった。今朝のニュースで、現場を偶然通りかかって被害にあったって言ってたけど、それって本当なの？

「表向きはね。所長がそういう状況にもっていったんだ」

——やっぱり関係があるのね。

「心配しなくても大丈夫さ。則尾さんが退院したら、すぐにでも東京へ戻るから」

——どのくらいかかりそうなの？

「一週間ぐらいかな」

——こっちは大変なのよ。ニュースでもしょっちゅう流れてるし、磐教の本部はパニックみたいになっているらしいわ。

「オレもニュースで見たよ。幹部職員が二人も殺害されたんだからしょうがないさ」

——教祖も行方不明らしいわ。

「それも知ってる」

――沢田さん……

優衣は急に真剣な口調になった。

――ぜったいに危険なことしないでね。

「わかってる」

――伯母ちゃんも心配してるんだから……

優衣は恥ずかしそうにつけ加え、電話を切った。

まわりに人がいなければガッツポーズをしたいような心境だった。その気分のまま前原市に戻り、市内のビジネスホテルで予約をしていると、ふいに昨夜のホテルで見た唐津湾の海の夜景が脳裏をよぎった。

《優衣ちゃんと二人で来てみたいな》

そんな思いが爽やかな緑風のように心を吹き抜けていった。

とりあえず三泊を予約した小太郎は、目についたレストランで昼食をすませ、病院へと向かった。

初夏の光が、柔らかな大気に拡散するような午後である。若穂を微風に波打たせる水田の畦では、繁茂した雑草の緑に、山野草の花々が慎ましい色を添え、かなたに見える背振山系の起伏は、きめ細かな光の粒子に包まれ、うっすらと稜線を霞ませている。ここで血生臭い事件が起こっていることなど、とうてい信じられない、穏やかで豊穣な光景だった。

則尾の話では、天照大神の孫のニニギノミコトが天降ったのは、宮崎県の旧名の『日向(ひゅうが)』ではなく、このエリアの『日向』ということであるが、東に板付遺跡、西に菜畑遺跡と、ふたつの縄文水田遺跡に囲まれたこの地に、弥生時代の一大勢力が居を構え、文化を育んだ由縁が素直に納得できるような気がする。

小太郎は道端に車を停め、全開した窓から忍びこむ初夏の風と大地の匂いを感じながら、カーナビの縮尺を変えて、この場所の位置を確かめた。最詳細から少しずつ縮尺率を変えていくと、すぐに『日向』の文字が現われた。

福岡市の西区から前原市へアプローチする道は2系列あり、ひとつは先ほど通った自動車専用道路や国道202号線などが帯をなす海沿いのルート、もうひとつは背振山系の一部が前原市と福岡市を隔てるように海の近くまで突き出た高祖山を越える地方道の峠道である。その峠道の頂上付近に『日向峠』の表示があった。その地方道を日向峠から前原市に下ると、そのまま三雲地区に入る。事件があった細石神社はその道の途中から前原市街方面へ少し入った所にあった。

《すぐ近くじゃないか》

そう思って左手に迫る高祖山の稜線を見上げたとき、玄界灘の海面をなめて訪れる生暖かい風がヒューと鳴きながら車内に吹き込んだ。

＊

病室からは刑事の姿が消え、則尾が一人、ベッドで昼食をむさぼっていた。無精髭の中年男がサイドテーブルのトレーから顔を上げた姿があまりに滑稽で、小太郎は思わず吹き出してしまった。

「何がおかしいの？」

「則尾さんの飯を食う姿がほほえましいもんだから」

「バカにしてるの？」

「そんなことないですよ。尋問はもう終わったんですか？」

するとと則尾は口をもぐもぐさせ、

「尋問じゃなくて事情聴取」

「則尾さんの場合、同じようなもんですよ」

「依頼人を容疑者あつかいするなよ。まあ、今日のところは終了したみたいだ。ところで足利学長の情報は何かつかめたかい？」

「夕べ所長が千葉県警の宮崎主任に連絡しましたけど、その後の進展はないようです。それと、夕べ病院の待合室で高橋さんに会いましたよ」

「高橋さんが？　彼もこの病院へ用事があったのかな？」

「則尾さんのために来たんですよ。高橋さんに細石神社を調べるって言ったそうじゃないですか。だから事件のニュースを見たとき、もしかしたらって心配して病院まで駆けつけてくれたんですよ」

「そうか、でもこっちは携帯も面会も禁止だからなぁ」

「オレから事情を伝えておきました」

「心配かけちゃったなぁ」

「肝に銘じるべきですよ」

「銘じているさ。ところで夕べは唐津で泊ったの？」

「高橋さんからも唐津のホテルを勧められたんです。それで所長も腹を決めたようですね」

「よかっただろう？」

「まあまあですね。そんなことより則尾さん、伊波礼華はやはり行方不明ですよ。ニュースで報じてました」

「当然さ。拉致するんなら親玉を含めて一蓮托生でなけりゃ意味ない。最初に子分だけを拉致して、教祖に警戒されたんじゃチャンスがなくなるからね」

「第3の事件は本当に起こると思います？」

「これまでの状況を考えれば必ず起こる。ところで沢田くんは唐津の宿を本拠にするの？」

「あんな高級ホテルは予算オーバーです。さっき前原市内のビジネスホテルを取りました」

「そうか、ビジネスホテルなら部屋にネット回線があるな。じゃあホテルに戻ったらボクのノートパソコンで事件の風評を検索してみてくれないか。多元史観に興味がある人なら君が代との関連に気づいている可能性があるし、どの程度ヒットするか知りたいんだ」

「この事件で君が代のルーツに興味を持つ人が増えますね」

「それも李明日香たちの狙いのひとつかもしれない」

「彼女たち、この近くに居るんでしょうか？」

「間違いなく居る。拉致した教祖と一緒にね」

小太郎の頭に伊波礼華の妖艶な顔が浮かぶ。彼女の芳香が鼻腔によみがえり、その記憶と共に苦悶のデスマスクを連想した。

「人を殺してまで君が代の真実を報せる必要があるんですか？」

「本音を言えば、ボクにとって君が代のルーツなんてそれほど重要なことじゃないんだ。君が代が国歌であってもぜんぜん構わない。それに君が代が戦前の軍国主義を引きずっているとも思わない。誰が何と言おうが君が代はすでに日本の国歌なのさ」

「所長も同じこと言ってました」

「先輩が？　でもボクとは違う根拠のはずだ。ボクの問題意識は勝者の論理ってことだからね」

則尾はいかにも心外だという顔で包帯の腕をさすった。

「勝者の論理？」

「つまり日本は敗戦国であり米国の植民地だってことさ。だから米国の論理がすべての基準尺なんだ。戦後の軍法裁判でのA級戦犯なんて言葉も戦勝国から見た概念だし、東南アジアの侵略だって同じじゃないか。日本民族が他民族を併合する根拠が八紘一宇（はっこういちう）の精神にあって、その象徴のひとつが君が代だなんて、問題の根本を見失った感情論だよ」

「八紘一宇？」

「戦前の日本の国是とされた標語のひとつで、『天下をひとつの家のようにする』って考え方だ。

日本書紀の神武記にある記述を造語したものらしいけど、明治時代に日蓮宗の一派が『日本国はまさしく宇内を霊的に統一すべき天職を有す』としたのがはじまりで、一九四〇年に時の総理大臣の近衛文麿が『皇国の国是は八紘を一宇となす建国の精神に基づく』って発言したことで、日本が太平洋戦争になだれこむ精神的なベースになったのさ。でもこの精神は他国侵略じゃなくて、欧米の白人優越主義への反発から人種差別の撤廃や民族自決を鼓舞する精神なんだよ」

「民族自決って、戦時中に言われた玉砕のことですか？」

「ははは、その自決じゃなくて、ここでいう民族自決は、それぞれの民族集団が自らの意志で、その帰属や政治組織、政治的運命を決定し、他民族や他国家の干渉を認めないとする集団的権利のことさ」

「それって今の日本国憲法と同じ精神じゃないですか。つまりは自治権ってことでしょう？　ただ、その手段として戦争などの武力を用いないだけですよ」

「だろう？」

則尾は得意気にうなずいた。

「だから侵略の概念もアメリカの論理でしかないんだ。中国がこの言葉をめぐって日本の戦争責任を問題にしてるけど、漢民族の歴史だって大侵略の歴史じゃないか。チベット自治区や内モンゴル自治区の問題にしたって結局は漢民族の侵略支配だよ。それを蚊帳の外において、半世紀以上前の責任をどうのこうのってのは尋常な神経じゃあ理解できない」

「ずいぶん辛辣な言い方ですね」

「理性的に批判しているだけだよ。国家問題でもそうさ。一九〇〇年代前半の、ほんの刹那の時代の出来事を日本のすべてのベースみたいに考えていることが悲しいね。本当の問題はそれより二〇〇〇年以上前の真実を冷静に知ることだよ。だからボクは今度のことで君が代の真実を日本人全員が考える機会が生まれればいいと思っている」

そこまで言った則尾はふいに表情を崩し、照れ臭そうに笑んだ。

その夜、ホテルに戻った小太郎は、則尾から借りたノートパソコンをインターネットに接続し、今回の事件のキーワードを検索してみた。驚いたことにずらっと項目がヒットする。なかには『福岡の連続殺人は君が代の恩讐か？』とか『次は桜谷神社か？』などと、君が代の筑紫王朝説をベースにしたと思われる記述もいくつかある。すべてが個人サイトでの書き込みであり、今回の事件と君が代の内容との関連を自慢げに推論する内容が多い。

もし福岡県警がこうしたサイトを検索し、捜査資料にしていたとしたら、桜谷神社への警戒態勢も敷いているはずである。

《こりゃあやばいな。則尾さんにも報せてやらなけりゃ》

小太郎はネット社会の凄さと怖さを肌で感じ、氷見明日香たちの孤高な戦いに一抹の哀れさを覚えた。

四

翌朝、小太郎は今西からの携帯電話で起こされた。

——小太郎、まだ寝てるのか？

あわてて枕もとの時計を見ると、すでに十時近い時刻だった。

——まったく、おまえもしょうがないな……

今西は呆れたように吐息し、そのあと急に声を潜めた。

——ということは、まだ知らないようだな。

「何かあったんですか？」

——伊波礼華の死体が出た。

みぞおちの当たりから冷たい衝撃が込み上げた。

「いつですか！　どこで見つかったんですか！」

すると今西の声が荒くなった。

——冷静になれ！　いいか、オレたちには関係ないんだぞ。わかってるな！

「でも……」

——でもクソもない。とにかく黙って聞け。とにかく、すぐに則尾の病院へ行ってあいつの退院日を確認してオレに報せろ！

「それだったら所長から直接確認したほうが……」

――バカ！　病院が警察の監視がついている患者の情報を外部に漏らすはずがないだろう！　おまえが直接聞かなけりゃだめなんだよ！

「そうですよね……」

――まったく頼りにならんやつだなぁ。いいか、退院日には則尾に付きっきりでいて勝手な行動をとらせるな。そのまま空港へ引っぱっていけ。

「わかってます……でも伊波礼華はどこで殺されたんですか？」

――おまえのすぐ近くだよ……

語尾がため息のような呼気の音に消えていった。

＊

土岐源治の遺体が発見された細石神社から背振山系の麓にかけて、井原という地区がある。土地の人の発音は『いわら』であり、地区の背後には、背振山系でも背振山に次ぐ第2の高峰、標高九八三mの井原山がそびえている。氷見論文では、君が代の『いわおとなりて』の『いわお』と語源を等しくする地名や山名とされている。

井原山は登山やハイキングに人気の山で、この季節、尾根沿いに乱れ咲くミツバツツジの色を求め、また、山頂から望む玄界灘の絶景を求め、多くのハイカーが、山腹に刻まれた隘路（あいろ）に玉の汗を流す。

井原山の麓、端梅寺（ずいばいじ）ダムの脇から山に向かう道を車で行くと、やがて舗装が消え、深い轍（わだち）が刻まれた土の道となり、その最終地点には空き地のような駐車スペースがある。そこから先は谷川沿った急傾斜の登山道をとなる。その登り口の山肌、照葉樹の低木に隠れた苔むした岩にひっそりと口をあける鍾乳洞がある。『水無（みずなし）鍾乳洞』である。照明も案内道もなく、ただ岩の裂（さ）け目から冷気が漂い出るばかりの洞穴であるが、その天然の姿が登山客に好まれ、かつては多くの人が神秘の空間に足を踏み入れ、地底の冷気に登山の汗を冷やし、玉響（たまゆら）の憩いを得たものである。しかし十年ほど前、崩落の危険性が指摘され、行政によって立ち入りが禁止された。

現在は、ふたつある入り口のいずれも柵で閉鎖され、登山客は柵の前で、入り口から靄（もや）のように這い出る山塊の呼気に触れるばかり。しかし、その神秘性が人の好奇心を惹きつけるのか、柵を越えて入洞する不心得者もあとを絶たないという。

氷見論文で見た多元史観の説によれば、洞内に気の遠くなる年月をかけて形成される石筍（せきじゅん）が『岩の穂』のように見えることから、悠久の観念を表わす言葉として『岩穂』を用い、それが『いわほ→いわお』と語音が変化した可能性もあるらしい。

昨日の土曜日の午後三時過ぎ、冒険心旺盛な不心得者によって、水無鍾乳洞の岩室で伊波礼華の死体が発見された。発見者の若者グループは、井原山から谷川沿いの登山道を下山し、水無鍾乳洞で汗を癒やそうと密かに柵を越えて入洞したが、入り口から数メートルのところで、湿った鍾乳石の岩肌に背を凭（もた）れて眠るようにうなだれる黒衣の女性と遭遇し、パニック状態で警察に通報した。

県警の調べで、遺体は磐教の教祖・伊波礼華と判明し、そのまま畠山や土岐の殺人・遺体遺棄事件と並ぶ連続殺人事件として現在の捜査本部へ繰り入れ、捜査が開始されたという。

遺体の身元確認や解剖による死因究明などで公式発表は日曜の朝八時になったが、いよいよ猟奇的な様相を深めた宗教がらみの連続殺人事件に、マスコミ各社は蜂の巣をつついたような騒ぎになった。

解剖所見では、鍾乳洞という寒冷条件下に放置されていたため、正確な死亡時刻の特定は難しいが、死後二十四時間〜三十時間ということで、直接の死因は凍死である。ただし、血液中からは土岐源治と同じ高濃度の睡眠導入剤が検出されたため、昏睡状態で鍾乳洞内に放置され、凍死したと見られている。

土岐源治の遺体と同日に遺棄された可能性については県警も断定には慎重であるが、現場が鍾乳洞内だったため、同日に放置されたまま昨日まで発見が遅れたというのが大方の見解である。なお磐教・教祖の伊波礼華は本名が土岐礼華であり、先に遺体が発見された土岐源治の養女であることが伝えられ、さらに新たな事実として畠山修、土岐源治、伊波礼華の三名は、十日前、新たな支部開設のために佐久市から松本市へ車で向かう途中、何者かに拉致された可能性が高いと発表された。

＊

伊波礼華の死体発見を知った小太郎は、すぐに則尾がいる病院へ車を走らせたが、病室で待っていたのは二人の刑事だった。ベッドの脇に座った刑事たちは、病室へ駆け込んだ小太郎を振り返り、鋭い目つきで目礼した。

「沢田さん、磐教の教祖の事件、もうご存知ですよね」

「知ってますけど……」

「自分らとしては、一刻も早く犯人を特定して、逮捕しなければなりません。ですから唯一の目撃者である則尾さんの情報が非常に重要なんですよ」

一語一語押しつけるような口調だった。

「つまり私は、お邪魔ということですね……」

どぎまぎと視線を下げたとき、則尾が辟易と口を開いた。

「沢田くん、捜査はいよいよ千葉県警や長野県警との合同調査になったらしいよ」

「合同捜査ですか？」

おずおずと顔をあげた小太郎を古賀警部補が睨む。

「千葉で殺害された国籍不明の遺体から出た弾丸の発射痕と、福岡市の銃殺事件との発射痕が一致しましてね。それとですねぇ、昨日、千葉県警に出張した者から報告がありましてね。千葉県警の鳥海警部補と宮崎警部補……ご存知ですよね？」

「知ってますけど……」

「ウチの捜査員が聞いたところでは、千葉県警の捜査本部が追っている外国人グループと接触したのは、東京湾で遺体が発見された被害者のほかに、則尾さんと沢田さんってことでしたけど……それに長野県では沢田さんに犯人グループからのコンタクトがあったそうじゃないですか。違いますか？」

小太郎はねちっこい視線を避けて顔を伏せた。しかし古賀警部補は容赦せず、

「千葉県警の追っている事件と同一の拳銃が使用されたわけですから、我々にとっても、お二人が会ったという外国人グループの存在が非常に重要になるんです。ですから、どんな小さな情報でもほしいんですよ。おわかりですよね？」

「はぁ、ごもっともです」

「いかがでしょう、お二人が知っている情報を詳しく教えていただけませんかね」

「詳しい情報と言いましても……」

困惑する小太郎を則尾がフォローした。

「ボクもさっきからそのことで聞かれていたんだけど、ボクらが持ってる情報といっても、謎の中国人と千葉のホテルで会ったことと、古代史の謎というか、郭務悰の阿彌陀像のことぐらいだよなぁ」

刑事たちが苦々しく則尾を見る。小太郎はすぐさま調子を合わせ、

「則尾さんが言ったとおりです。先ほど話にあった東京湾で遺体が発見された被害者の姪御さんがですね、今西弁護士の法律事務所の所員でして、その姪御さんを通じ、被害者の奥さんから弁護を依頼されたので、その件で事実関係を調査しているだけです」

「お二人が会った外国人グループの素性もわかったということですよね？」

「え?!」

「かつては磐教の教団本部の近くに住んでいた人らしいですな」

警部補はこちらの腹を探るように鋭い視線を浴びせた。

「そのようですね」

「沢田さん……」

ふいに古賀警部補は目尻をさげて吐息した。

「我々に協力していただけませんかねぇ。お願いしますよ。何もあなた方をどうこうしようなんて思っとらんですけん」

警部補は、困り果てたという表情で頭を下げた。それにつられて則尾も表情を和らげた。

「刑事さん、ボクらが知っているのは本当にそれだけですよ。ただし、そちらが今回の事件と千葉の事件の関連をどのように考えているかお話しいただければ、ボクらとしても少しは協力できる推論もあります。でもそれを話せないのは、ボクらに対する嫌疑が多少なりともあるからでしょう？」

すると警部補は「ふむ」と唸ってしばらく思案したが、

「わかりました。お二人を信頼してお話しましょう。ですが、これは機密事項ですけん、他言無用に願いますよ」

警部補が覚悟を決めて語った内容は次のようなものだった。

捜査本部では、今回の連続殺人事件を、当初は磐教団のリンチ事件もしくは内部抗争の線で追っていた。しかし千葉県警の内部捜査によって畠山と土岐が千葉県の茂原市にある皇国磐生会のメンバーであることが判明したこと、そして畠山殺害に拳銃が使用されていた件も考えあわせ、事件は当初の教団リンチ事件に加え、右翼と教団の抗争もしくは他の暴力団組織との抗争の線が浮上した。『リンチ』と『抗争』のふたつの方向で捜査を続けていた本部に、昨日、新たに2つの情報が舞い込んだ。ひとつは伊波礼華の遺体発見である。これによって教団内部のリンチ事件や内部抗争の線は消えた。教祖を失っては教団そのものの存続が危うくなるため、リンチや内部抗争ではありえない。また教祖が土岐源治の養女であと判明した結果、残されたのは畠山や土岐ら皇国磐生会と他の右翼組織や暴力団組織との抗争の線である。

もうひとつの事実は、千葉県警に赴いた刑事からの報告である。この情報が福岡県警の事件の組み立てに大きく寄与した。

千葉県警で捜査に当たっている宮崎警部補の話によって、千葉のホテルから二千五百万円の現金と共に消え、遺体で発見された細川城一郎氏の事件に関し、不確定情報ながら、その犯人は福岡県警の事件の被害者であるらしいとの情報がひとつ。また、千葉県警管内のもうひとつの事件である九十九里浜の国籍不明者殺害の実行犯も、畠山や土岐らしいとの情報、そして、おととい判明した事実であるが、千葉の事件で使用された拳銃と福岡市の事件で使用された拳銃が同一のものであるとの認定で、捜査はにわかに広域連続殺人事件の様相を帯びてきた。

そのさなか、千葉県警の鳥海警部補によって、九十九里浜での被害者が千葉のホテルで細川城一郎に会ったと思われる中国籍を名乗るグループの一員であるらしいこと、そして極めつけが、その中国籍を名乗ったグループのリーダー格の女性が、かつて磐教団の本部所在地と同じ佐久市に住んでいた日本国籍の女性であるらしいという情報がもたらされた。

当初、その情報は民間人からの不確定情報であり、千葉県警内部でも参考程度にしか考えていなかったが、その情報を千葉県警の鳥海警部補から得た福岡県警では、事件の背後関係を推察する重要な手がかりと位置づけ、昨夜遅くになって新たな捜査方針を出した。

すなわち、中国籍を名乗るグループと磐教団が共謀して細川氏の金を奪ったが、その金をめぐって内部抗争が勃発したという構図であり、その中国籍のグループが九州から本国へ逃亡を企てる際、磐教の首謀者の遺体を遺棄したという推論である。

「そこで捜査本部は中国人グループを逃亡前に逮捕するため、空港や港などに緊急配備し、同時に管内の主要道路でも検問を開始しました」

そのあと警部補は含みのある目で則尾を見た。

「その千葉のホテルで会った外国人グループと、則尾さんが細石神社で被害に遭われたときの犯人グループは同一グループじゃなかですか？」

「それは……さっきからもお話している通り、あの暗いなかでの出来事ですし、ボクも突然背後から襲われたような状況ですし、本当に見えなかったんです」

「則尾さん」

警部補は苦笑を浮かべた。

「そりゃあ変ですよ。最初に自分がお聞きしたとき、則尾さんは五、六人に囲まれたって言ってましたよね。今の話じゃあ相手の人数などはわからんてこつでしょう？」

「気を失う前にちらっと見た感じ、そのくらいの人数がいるように見えたってことです」

「則尾さん、あなたに注射された睡眠導入剤と細石神社と今回の遺体から検出された薬剤とは同一だと認定されたんですよ」

「それは……同一犯人なら同じ薬剤を使用するでしょう？」

「それはいいんです。我々が疑問なのは、つまりですなぁ……則尾さんに対しては殺意がまったく感じられんとです。こりゃあどげんな理由ですか？」

則尾の目がうつろに動く。しかしすぐにとぼけた表情に戻った。

「ボクがそのグループの敵じゃなかったからじゃないですか？」

「則尾さん、そんな義賊のような話はテレビドラマか小説の世界の話です。この連続殺人ではそんな慈悲の余地はありません」

「それは一概には言えませんよ。特定の敵を意識した抗争だったら、よけいな殺人を犯す必要はありませんからね」

するとと古賀警部補は意味ありげな目で則尾を凝視した。

「我々は違う可能性も考えとります。ある種のメッセージです。今回の連続殺人が明確な意図や目的を持ったものだと仮定すれば、則尾さんの言いぶんも納得できるんです」

さすがの則尾も言葉を失った。無言でその顔を見つめていた警部補はふーと肩で緊張を吐き出し、今度は小太郎を振り返った。

「ウチの若い刑事がですね、インターネットとかいうやつに堪能でして、自分にはさっぱり理解できんとですがね。その、サイトとかいうやつで今回の事件のことをいろいろと調べ、ある発見ばしよっとです」

警部補の視線が小太郎の内心をえぐる。

「君が代ですよ。国歌の」

警部補の声には捨て身のような切実感がこもっていた。

「つまり、今回の連続殺人の場所が、国歌の君が代の歌詞に詠まれた地名に由来しとるということです。お二人はそのことを知ってたんじゃないですか?」

「それは……本部の捜査方針になってるんですか?」

小太郎は恐る恐る聞いた。すると警部補は「いやいや」と大袈裟に手を振り、

「あくまでも参考情報です。ただし自分としては非常に重要な手がかりだと思っとります。ですから、こうして機密事項までお話して協力をお願いをしとるわけです」

小太郎は思わず則尾を見た。彼は苦渋の表情を浮かべ、うんうんとうなずくように顔を小さく上

下させ、吹っ切れたように苦笑した。

「刑事さん、それでは正直にお話しします。ただし、ボクがこの地へ来たのも、細石神社で奇禍に遭ったのも、基本的には紀行文の取材が目的であって、今回の事件がらみではないということだけは了承しておいてもらえますか？」

「それは十分承知しとります」

「それじゃあ、ボクらが依頼人の調査上で発見したことをお教えします」

「ぜひお願いします」

若い渡辺刑事がすかさず分厚いノートを構える。古賀警部補もポケットから手帳を出し、固唾(かたず)をのんで則尾の口もとを見つめた。

則尾は細川氏殺害事件と合わせ、千葉のホテルで李明日香と面会したことから話をはじめ、その被害者の遺族の依頼によって細川氏の過去を調査する過程で磐教のことを知り、氷見啓吾の存在と、彼が身命をかけて研究した内容、さらにはその娘の存在に行き着き、残っていた写真から千葉のホテルで会った李明日香だと気づいたことなどを語った。ただし、氷見氏が殺害されたらしいという推察や、足利学長との関係、さらには赤松助教授の事故などの件などは意図的に省いたようだった。

「こりゃあ警察顔負けの捜査ですなぁ」

聞き終えた警部補は目を丸くして感心した。

「ボクらには組織的な縛りがないですし、個人的な思惑と興味で動けますからね」

「それを言われると返す言葉がなか……」

警部補は渡辺刑事のメモをのぞきこみ、二人でぼそぼそと内容を確認しあっていたが、

「それでは、もし次の事件が起こるとしたら、船越(ふなこし)にある、その……なんとか神社と、想定されるということですかね？」

「え！　次の事件って？」

則尾が目を丸くし、顔を突きだした。

「連続殺人事件の次の現場ということです」

「まだ起こるとお考えですか？」

「いや、起こらんでほしいとは思います。ばってん君が代にまつわるメッセージから考えたら、本件はまだ終わっとらんということです。ですから未然に防ぐ措置をとらにゃあならんとですよ」

そのあと二人の刑事は、則尾と小太郎に証言の礼を言い、「本部へ報告に行きます！」と、勇んで引き上げた。

＊

「則尾さん、けっきょく話しちゃいましたね」

「遅かれ早かれこうなることさ」

「足利学長のことを隠したのは意図的ですか？」

「あえて最終目的まで教える必要は無いじゃないか。彼らだってボクらの話で事件の因果関係がか

なり見えたんだしね」

「桜谷神社にも県警の警備体制が敷かれそうですね」

「あの刑事たちの意見が本部のお偉方に通ればの話だけど」

「そうなったら氷見明日香たちも逮捕される可能性がありますね」

「どうかな、彼女らの組織力は並大抵じゃあない。ボクらの行動だって監視されているはずだし、捜査本部の動きにも目を光らせてる。それより足利学長の情報はまだ来ないの？」

「まだです」

「宮崎主任もスタンドプレーは難しいんだな」

「県警全体の捜査方針がありますからね」

「あ〜はら減った」

則尾は大口をあけてアクビをした。

「もうすぐ病院の昼飯が来るでしょう？」

「病院食にはもう飽きたよ。あ〜、旨い中華料理でも食いたいなぁ。できれば酢豚とエビチリなんかさ。お、そうだ、沢田くんは市内へ食いに行くだろう？　そのとき買ってきてくれない？　そうだなぁ、スーパーの惣菜コーナーじゃなくて、できれば中華レストランのテイクアウトがいいな」

「わかりました。酢豚とエビチリですね」

「じゃあ早いとこ昼飯を食いに行きなよ」

小太郎は則尾に急かされて外に出た。

昨日よりは雲があるものの、五月晴れの日だった。家なみの彼方には背振山系の連山が霞んでいる。その姿が目に入ったとき、山塊の胎内で凍死した伊波礼華のおぞましい姿が重なり、安穏とした風景に不気味な死の翳りを見たような気がした。

現場の水無鍾乳洞が、どんな場所なのかは想像できないが、鍾乳洞という神秘の空間や、そこから湧きでる地底の冷気を思い描いたとき、それが突然、氷見明日香のイメージと重なり、縹渺(ひょうびょう)とした空しさが意識の襞を冷やした。

五

前原市街の中華レスランで食事をしているとき今西から電話が入った。

先刻、千葉県警の宮崎主任から足利学長の情報が入ったという報せだった。それによると学長は六日前から大学へは出ておらず、自宅に確認したところ、六日前の夜に学長本人から研究のために地方へ行っていると連絡があったらしい。行き先は不明だが、以前にもこのようなことが何度かあったため家人も大学側も心配はしていないということだった。

「所長、足利学長は自らの危険を感じたために身を隠したって可能性もありますね」

――あるだろうな。しかし宮崎警部補としてはそれ以上のことは調べられないそうだ。今回の事件は福岡県警や長野県警との合同捜査になったが、足利学長の件に関しては長野県警の管轄だからな。ただし皇国磐生会へのガサ入れはありそうだぞ。

「細川氏の事件に関して新事実が見つかったんですか？」

——そうじゃない。四日前の深夜に皇国磐生会の内部で悶着があったそうだ。近隣の住民から銃声がすると通報があって、県警が調べたところ何人かの構成員が茂原市内の病院へ担ぎ込まれたことがわかったんだ。県警では会頭や幹部構成員に事情聴取をはじめたらしいが、これを突破口にして細川氏の事件や趙殺害の証拠を一気に炙り出す腹らしい。

「もしかしたら足利学長が絡んだ騒動かもしれませんよ」

——その可能性は否定できないが、ここ一両日に家宅捜索が入るから、そのうちにはっきりするだろう。でも小太郎、足利学長の件はオレたちとは無関係だからな。むしろ細川氏殺害の証拠が見つかることでウチの事務所もそれなりの対策を立てなけりゃならん。そのためにも則尾を早く戻したいんだ。わかってるよな。

「もちろんです」

——退院はいつごろになりそうなんだ？

「それを聞こうと思って午前中に病院へ行ったんですけど、担当の刑事がいまして……」

小太郎は古賀警部補とのやりとりを伝えた。

——事件がここまで大きくなったんじゃあしょうがないな。しかし事件のことと則尾を連れて帰ることとは別問題だからな。すぐに則尾の退院日を確認してオレに報せろ。

事件の拡大で今西も苛ついているようである。今西との電話のあと、小太郎は優衣の携帯を呼び出した。

――沢田さん！　私もそっちへ連絡しようと思っていたところよ。磐教の教祖がそっちで殺されたんでしょう？

「こっちは大騒ぎさ。則尾さんも事情聴取で冷や汗かいてるよ」

――沢田さんはどうしてるの？

「則尾さんに付き添っているだけだよ」

――退院はいつごろになりそう？

「これから病院に行って確認するよ」

――早く帰ってきて……。

「心配するなよ。優衣ちゃんや伯母さんに危険はないはずだから」

――そうじゃなくて沢田さんたちのことが心配なのよ。

小太郎の心に甘酸っぱい感情が広がる。

「こっちの情報は全部警察に話したから、もうオレたちの出る幕はないよ。あとは則尾さんの退院を待って帰るだけさ」

――本当に無茶はしないでね。

「約束するよ」

――それから……伯母ちゃんが、沢田さんに早く戻って来てもらって、養女縁組みのことを進めてほしいって……

「それも早くしなけりゃね」

――勉強の方は大丈夫なの?

「痛いところをつかれたなぁ、じつはちょっと焦りはじめてるんだ」

――そのためにも早く戻って……。

テラスで話しているのだろうか、声の背後でカッコウが鳴いている。電話を切ったあとも軽井沢の森にこだまする平和な声がしばらく耳の奥から消えなかった。

＊

酢豚とエビチリを買って病院へ戻ると、病室ではすでに昼食の配膳が終わり、ベッドのサイドテーブルにはトレーに載った食事が出されていた。煮魚とサラダに豚汁を添えた、健康によさそうなメニューである。

則尾はテイクアウトの紙包みに目を輝かせ、いそいそと酢豚とエビチリのパックを出し、「おぉこれこれ、この香り」と、エサを見つけた野良犬のように鼻をひくひく鳴らした。

「そんなに食べたかったんですか?　いい歳をして子供みたいですね」

「だって動けるのは売店とトイレぐらいで、それも警備つきだぜ。携帯だってかけられないし、食べることと本を読むことぐらいしか楽しみがないんだ」

大袈裟に顔をしかめた則尾は酢豚の肉にかぶりついた。

「でもさ、これを待っているあいだにすごい発見をしたんだ」

はちきれそうな口でもごもごと言う。

「何を発見したんですか？」

「今回の連続殺人事件の殺害方法だよ」

「睡眠導入剤を使うってことですか？」

「そうじゃなくて……」

今度はエビチリと一緒に病院食のご飯を口いっぱいに頬張り、

「畠山の殺害方法は拳銃だろう？」

ごくんとエビチリを呑みこんだ彼は、間髪をいれずに酢豚の筍に箸をのばした。

「これは趙が殺害された方法と同じだよ。それから土岐の殺害方法は水死だろう？　それは細川氏殺害の方法と同じじゃないか」

得意そうな面持ちで豚汁をずずーっとすする。

「次の伊波礼華の件だけど……それがわからなくて、ついさっきまで悩んでいたんだけど、お土産を見たとたん、その謎が解けた」

「またぁ、話をつくってるでしょう」

するとと則尾はオシボリで口を拭い、子供じみた照れ笑いを浮かべた。

「ちょっとつくっちゃったかな。でも謎が解けたのはホントさ。教祖の殺害方法を示唆しているんだ。氷見氏は放火による焼死だろう？　でも今回は殺すことより、第三者に発見させることが重要だから、焼死の対極にある凍死を選んだってわけさ。熱さで殺すのも寒さで殺すのも方法論としては似てるしね。中国マフィアの連中も、それなりにこだわっているってことだ。いよいよ次は学長か……」

「そのことですけど、足利学長のことがわかりましたよ。六日前からどこかに出かけているそうです。ただ、出かけた日の夜に本人から自宅へ連絡が入ったようですけど」

「居場所はわかってるの？」

「研究ために地方へ出張したみたいですけど、行き先は家族も大学関係者も知らないようです。たぶん土岐たちの事件を知って、自分に危険が迫っていることを感じてトンズラしたんじゃないですか」

「やつが身を隠すとしたら皇国磐生会の本部かもな」

「その皇国磐生会ですけど、所長の話では、茂原の本部に家宅捜索が入りそうです。四日前に内部から銃声が聞こえ、構成員が市内の病院に担ぎ込まれたようですね」

「それを先に言わなけりゃあ」

則尾はパックに残ったエビチリをご飯にかけながら、苦々しく目元をゆがめた。

「その騒動は、学長を拉致するために中国人グループが乗り込んだ可能性が高い」

「すでに拉致されたってことですか？」

則尾は箸をとめ、「たぶん」とつぶやいて天井を見つめた。

「オレたち、氷見氏のことや福岡の事件に振りまわされてるけど、考えてみれば、この一連の事件に遭遇する原因になった細川氏の事件のことは、何もわからない状態ですよね」

「誰が犯人かってこと？　氷見明日香は土岐らの犯行だって言ってたんじゃないの？」

「でも冷静に考えれば、彼女らの一方的な言い分じゃないですか。則尾さんだって年間一千万以上の寄進がある在家信者総代を殺害するのは金の卵を産む鶏を殺すようなものだって言ってたでしょう？」

「それは氷見氏の二十年前の事件が判明する前のことだよ」

「でもオレたちが組み立てた構図では、細川氏は足利氏や磐教団側の人間でしょう？　そうなるとますます殺害動機から遠ざかっちゃいますよ」

則尾は口を動かしながら「確かにな」と妙にあっさり納得した。

「でしょう？　だから警察が考えるように明日香のグループの犯行と考えるのがいちばん論理的ですよ。警察は細川氏が持っていた二千五百万円が原因と見てるようだけど、オレたちは二十年前の復讐のためめっていう構図が描ける。その違いだけじゃないですか」

則尾はうーんと唸ったが、すぐに深刻な表情で、

「氷見明日香の言葉を信じるとしたら、細川氏殺害は巨額な浄財よりもはるかに大きい金銭的な利益があるか、それとも年間一千万円の寄進には代えられない何かがあるか、そのふたつだ」

「いずれにしても金を出すのは細川氏でしょう？　殺したら利益なんてなくなりますよ」

「沢田くん、細川氏が失踪前夜の電話で言ったこと覚えてる？」

「カクとアミダとクジですか？」

「それ以外だよ。たしか細川夫人は『これが最後だぞ』って聞いたらしいじゃないか。でも最後ってことは最後通牒ってことだろう？　最後にされたら困ることが殺害動機って線もある」

「寄進を最後にするってことじゃないですか」

「それじゃあ弱い。電話の相手は足利だよ。磐教の利害よりも足利の利害で考えるべきじゃないか？」

「でも殺害の実行犯は土岐たちですよ」

「だから磐教と足利の関係が重要になるんだ。ボクたちはそこを軽視していたと思う」

「足利学長は単なる磐教のサポーターじゃないってことですか？」

しかし則尾はそれには応えず、物憂い表情でつぶやいた。

「もしかすると……細川氏は足利を恐喝してたのかな？」

「金銭に関しては細川氏のほうが桁違いに豊かなはずだから、恐喝の意味がないですよ」

「金の要求じゃなくて、たとえば旧悪をバラすとか……」

「それにしたって最終目的は金でしょう？　やっぱり恐喝の線は考えにくいですよ」

「じゃあ恐喝以外に、足利学長が殺意を抱く理由を考えみようよ」

「少なくとも金銭じゃあないですね」

「金以外にも考えられる動機はある。たとえば女ってのはどうだ？　細川氏は相当にお盛んだったようだからね」

「女って、伊波礼華ですか？」

　小太郎の脳裏に、女教祖の迫るような蠱惑的な表情と扇情的な香りに惑わされる二人の初老男の姿と、凍りついた木偶人形のような伊波礼華の遺体のイメージが浮かんだ。そのイメージは、おどろおどろしい魍魎の世界にも似ている。

「伊波礼華は足利学長とも関係があったんでしょうか？」

「考えたくもないけど、その可能性は濃厚だな」

「細川氏や足利学長は金も地位もある人間ですよ。たかが女ぐらいでパアにしますか？」

「老いらくの恋ってのもある。伊波礼華には男を狂わす妖気があるからなぁ」

「二人ともそれほど愚かだとは思えませんけど……」

「そうだなぁ」

　素直にうなずいた則尾は、

「それじゃあさ、細川氏から金を奪うのが殺害動機だったら？」

「結局は二千五百万円の話に戻っちゃうんですか？」

「そうじゃないよ。金を奪うって概念にもふたつある。ひとつは文字通り金を強奪すること、もうひとつは、すでに借用した金品を返済しないことだ」

その言葉が記憶の琴線を弾いた。

「そういえば引っかかることがあるんです。細川氏の資産を確認していたとき、所有不動産が予想よりずっと少ない気がしたんです。テナントビルとマンションを併せて五棟ですけど、伯母さんは『十棟ぐらいはあるはずだ』って首をかしげていました。といっても伯母さんは細川氏の資産に関してはまるで無頓着だったから、北軽井沢の土地が売れた当初の記憶のようでしたけど」

「その後に売却したってこと？」

「わかりません。伯母さんの記憶違いかもしれないですし」

「十棟のうち五棟を売却したとしたらどれくらいの額なるかな？」

「細川氏の不動産は、敷地が二百坪から四百坪程度で、土地の坪単価はばらつきがあるけど十万円から五十万円ぐらいですね。さすがに長野県は土地が安いですよ。中間をとって三百坪の三十万円としたら五棟で四億五千万円。これは今年の公示価格ですからバブル期は倍近かったはずです。ただし売却益への税金もがっぽりかかりますから、実質的に残るのは五、六億円程度じゃないですか」

「それでも五億円以上か……」

「税金がなければ十億円近くになります」

「十億円かぁ！　そのくらいの金なら殺害動機になるなぁ」

「不動産の売却が事実で、その売却益に足利学長が関係していればの話でしょう？」

「十億か……」

則尾はまた金額を口にし、ため息を吐きながら、

「そうかぁ、沢田くんは大富豪になる可能性があるんだなぁ……問題は楠木さんの気持ちってことか……」

「やめてくださいよ」

動揺した小太郎はその場を逃れる算段をした。

「オレ、先生のところへ行って退院日の目安を聞いてきます」

すると則尾は夢から覚めたようにはっと目を見開き、

「もし入院が長引くようなら、今夜逃亡しますって脅かしておいてくれ」

「何を言ってるんですか」

小太郎は呆れながら病室を出た。

＊

担当医によると、薬剤の影響や打撲によるキズはすでに退院できるレベルに回復しているが、足指の亀裂骨折は全治に三週間を要するという診断だった。

「亀裂骨折に関しても入院するほどのことではなく、普通であれば退院できるんですけど、則尾さ

んの退院許可については警察の指導を仰がねばなりません」

若い医者は困惑を浮かべて説明した。

「ですから外出許可についても警察に確認しないと」

則尾には哀れな結果となったが、風呂は大丈夫ということで、垢にまみれた中年男も、少しはきれいになるだろう。今西に状況を連絡してから病室へ戻ると、食事を終えた則尾がサイドテーブルにノートを広げ、しきりにペンを走らせていた。

「則尾さん、外出や退院には警察の許可が必要だそうです。でも風呂はＯＫが出ましたよ」

顔を上げた則尾は、

「だろうと思ったよ。それよりちょっとこれを見てくれないか」

彼が示したノートには、磐教と足利学長、それに細川氏、氷見氏の関係図式が乱暴に描かれていた。

「何のチャートですか？」

「二十年前の関係図式さ。ようやく解けそうだ。沢田くんの言葉がヒントになった」

則尾はチャートを鉛筆で示し、得意気に謎解きをはじめた。

ヒントになったのは、「税金がなければ」というひとことだった。そこから氷見氏が個人所有していた土地の行方に関するからくりが見えたのだという。

「氷見氏が土地の売却を考える。もちろん会社の赤字を埋めて急場を凌ぐためだ。でも個人所有の土地だから莫大な税金がかかる。そこで細川氏が話を持ちかけた。それは、まず土地を磐教に寄進する。磐教は寄進された土地を売却して金をつくる。その金を氷見氏に渡せば、ほとんど税金なしに売却益がそのまま懐に入るってわけだ。宗教法人に関する税金のことは沢田くんの方が詳しいだろう？」

「法人税法のことはあまり詳しくないですけど、たしか宗教法人は公益法人と同じあつかいで、収益事業には課税されますが、一般の事業への税率は低いはずです……そうだ、法人税法に関しては葉山弁護士が詳しいから確認してみます」

小太郎は病室から出ると、病院の玄関まで行き、葉山弁護士の携帯電話をコールした。

——よう小太郎くん、聞いたよ、九州で大活躍なんだって？

「そんなことないですよ、所長に怒られることばっかりです」

——へぇ、所長の話じゃ孤軍奮闘で福岡県警とやり合ってるそうじゃないか。恩田女史も見直したって言ってたぜ。それでどうしたんだい？　所長なら目の前にいるよ。

「所長じゃなくて葉山さんに聞きたいことがあるんです。法人税のことなんですけど、宗教法人の収益事業に関する法人税はどんな感じになってるんですか？」

——宗教法人？　つまり公益法人ってこと？

「ええ、そうです」

——収益事業の課税は一般とほぼ同じだけど、収益事業外の一般事業で課税所得が八百万円を超える標準税率は一般の法人より10％程度低いよ。22％ぐらいだったかな。

「寄付などに関してどうですか？」

——基本的には課税対象外だ。ただし、信者からの寄進やお布施に関しては実態が把握できないケースが多くてね。オウム真理教の事件でもわかるように、その不明瞭な資金が災いのもとになるケースもあるんだ。今後の税法上の大きな問題だな。

「土地など不動産のお布施に関してはどうですか？」

——それも同じだよ。何も申告せず、こっそり所有権の移転登記をしてしまえば、ほとんどアンタッチャブルっていうのが現実かな。

それだけ聞けば充分である。小太郎は病室に戻ってそのことを告げた。則尾は「やっぱりなぁ」と納得し、

「税金をまぬがれて、売却益をまるまるせしめる方法だったんだな」

「でも氷見氏は学研肌の人で、それほど経済的な知恵があるように思えないんですけど」

「だから細川氏が知恵をつけたんだよ」

「つまりお布施としていったん磐教に寄付し、磐教が低課税で売却し、氷見氏に金を戻すって方法ですか？」

「ザッツライト！」

得意気にひとさし指を立てた則尾は、

「ところが氷見氏に金は戻ってこなかった」

「磐教が着服したってことですか？　それなら訴えればいいじゃないですか……そうか！　そうさせないために氷見氏を……」

「わかった？　おそらく計画を企てたのは細川氏だったんじゃないかな」

「足利学長のポジションは？」

「氷見氏に信用させるため、足利の肩書きを使ったってところかな」

「磐教はその売却益であの荘厳な本部を建てたんですね。でも宗教法人といっても不動産などの売却益に関しては税金がかかるんじゃなかったかな？」

「必ずしも売却する必要はない。もしかしたら、氷見氏が所有していた土地は教団本部の敷地と同じ場所だったんじゃないかな。磐教は氷見氏の窮地につけこみ、甘い言葉で土地を騙し取ったという顛末さ。計画者は細川氏、首謀者と実行犯は教祖の伊波礼華と側近の土岐源治だろう」

「ちょっと待ってください。それじゃあ細川氏の殺害は、結局は氷見明日香らの復讐劇ってことになるじゃないですか」

「このことに関してだけ言えばそうだけど……だから細川氏の殺害は、さっきも言ったように細川氏の消えた不動産、つまりは五億円以上の金銭が絡んでいるのかもしれない」

「その金が足利学長や伊波礼華にまわったってことですか？　ということは細川氏の最後通告は、その返済を迫るものだったんですかね？」

「返済の恫喝材料として、氷見氏殺害の旧悪をバラすと脅したのかもしれない。年間一千万円以上のお布施をパアにしても、それならお釣りがくるだろう？」

「たしかに殺害動機にはなりますね。でも則尾さん、それが事実だとしたら公にはできないですよ。今西法律事務所の依頼人は細川氏の奥さんですからね。細川氏の瑕疵は依頼人の名誉を著しく害することですから」

「言えてるなぁ」

顔をしかめた則尾は窓の外に視線を投げた。

三階の病室からは低い家なみの背後に前原市街が望める。街は玄界灘に傾いた斜陽を浴び、翳りのなかで夕刻の惰眠をむさぼるように、安穏とした気だるさに包まれている。

「沢田くん……」

則尾の物憂い声が聞こえた。「えっ!?」と緊張した小太郎の耳に、ひどく場違いな言葉が飛び込んできた。

「夕飯はどこで食べる？」

「何ですか突然……またおかずを買ってきてほしいんですか」

「そうじゃないよ。せっかく福岡にいるんだから長浜の屋台街へ行ってみたらっていうアドバイスさ」

「ここまで来て、わざわざ屋台もないでしょう」

「知らないの？　福岡市の長浜っていう港に屋台がずらっとあってさ、旨いものが食えるよ。長浜ラーメンって知ってるだろう？　この機会に本番の味を体験するのも悪くない」

「ラーメン？」

「バカにしちゃあいけない。代わり玉っていうお代わりがあってさ、けっこう満腹になるぜ」

《まったく、この人の発想は読めないな》

呆れて中年男のまぬけ面を見ると、彼はにやにやしたまま、

「それからね、外を動きまわるときは尾行に注意しな」

「尾行？」

「ボクの場合もそうだったけど、明日香たちのグループはこっちの動きを監視しているようなんだ。軽井沢のときも沢田くんの動きを監視してただろう？　おそらくボクもこっちへ来たときから監視されていたような気がする。細石神社のことも偶然じゃなくて、彼女らにボクへの対処の方法がすでにあったと考えた方がすっきりするんだ」

「オレにも尾行がついてるんですか？」

「その可能性が高いってこと。それを頭において注意したほうがいいかもな」

話のシビアさとは裏腹に、彼は緊張感のない面持ちでけらけらと笑った。

＊

病院を出たのは午後五時をまわる時刻だった。

とりあえずホテルに戻ろうと車のキーを回したとき、自動でオンになったカーナビの画面を見て、

ふと則尾が薦めた長浜へ行ってみようという気が起きた。カーナビで長浜の屋台街を検索してセットすると、到着予想時間が三十分と表示された。

《ゆっくり行けば夕飯にちょうどいい時間になりそうだな》

カーナビの指示に従って前原市街へ走り、すでに何度か利用している福岡前原道路にのり、そのまま福岡都市高速一号線へ入った。左手に広がった玄界灘の水平線には大きな夕陽が浮き、海面に描かれた一条の反射光が波に揺らめいている。

《古代人もこんな夕陽を見たんだろうか》

高祖山の日向（ひなた）の地を筑紫征服の拠点とした瓊瓊杵尊、そして邪馬台国を往来した大陸の使者、さらには倭国統治に赴いた郭務悰など、紀元前から七世紀にかけて、この沿岸を闊歩したかもしれぬ古代人のことが脳裏をよぎる。すると何千年と変わることのない玄界灘の夕陽を、高速道路から見ている自分が、何か大きな冒瀆を犯しているような気分になる。海を染める太陽から静寂な咎（とが）をつきつけられたような、奇妙な罪悪感だった。

到着した屋台街は、時刻が早いためか思ったより人の姿はなく、工夫を凝らした屋台が中央卸売市場の港道に連なり、素朴で逞しい生活臭を漂わせていた。暮れなずみの色に浮いた白熱球の灯りが、宵のひとときを求める人々の心を誘蛾灯（ゆうがとう）のように誘っている。タクシーで乗りつけた数人の男が、大声で話しながら灯りに吸い寄せられていった。

さすがに長浜ラーメンを看板にする屋台が多い。しかしその間を、おでん、天ぷら、焼肉、刺身などの屋台が埋め、『何でもきんしゃい！』といった図太い活気を醸している。ラーメンの屋台からはトンコツスープの湯気とにおいがこぼれていた。

「兄（にい）ちゃん、かけつけ一杯、どげんね？」

湯気の向こうから気風のいいオバサンの声がかかる。その声に誘われ、まだ誰もいないカウンターに腰をあずける。

「一人かい？」

「はあ」

「観光で来（き）よっと？」

「ええ、まあ……」

「このあとは、中州（なかす）か？」

「いえ、ラーメンを食べたら宿に戻りますよ」

「ほんなこつ！」

巨大なズンドウに沸きあがる白濁した液体を、これまた、大きなオタマで豪快にかき混ぜるオバサンが大口をあけて笑った。

ラーメンは、東京で食べる博多ラーメンに比べ、野趣あふれる味というか、深い旨味と強烈なブタの香りが、口から胃へ、鼻から肺へと、強引に染み込むような食べ応（ごた）えである。代え玉も試し、満腹になった小太郎は、「こん次は、彼女ば連れて来んしゃいや」と顔をほころばすオバサンさんに愛想笑いを返し、車へ戻った。
とっぷり暮れた屋台街には自家用車やタクシーが次々と乗りつけている。
《いつか優衣ちゃんを連れてきてやりたいな》
車の窓を全開にし、活気を帯び始めた長浜の光景を眺めていると、そんな思いが頭をよぎる。しかし深閑としたベランダで冷気を含んだ軽井沢の透明な夜を静かに過ごす優衣のイメージは、漂うトンコツのにおいや群れ寄る人々の熱気に馴染まなかった。

*

長浜からの帰路は一般道を使った。

帰宅時を過ぎた国道はスムーズに流れている。前方のテールランプをぼんやり追っていた小太郎の頭へ、ふいに『尾行に注意しなよ』という則尾の警告が生々しくよみがえった。

思わずルームミラーをのぞく。いったん気になると、《後ろの車はずっとついてきているようだ》とか、《屋台街で見た二人組みは、もしかしたら》などと、不穏な想像が次々に脳裡へ襲いかかる。ホテルに着き、駐車場からエントランスへ歩くあいだも、沿道の車や通行人のすべてが怪しく感じられ、小太郎の警戒心を刺激する。その緊張は、フロントでキーを受け取り、室内に入るまでずっと続いた。

室内灯をつける。ベッドカバーが直された部屋が照らし出される。ほっとして一歩踏みだしたとき靴の底に異様な感触があった。茶色のジュウタンに白い洋封筒が転がっていた。表になった面には『沢田様』とワープロの文字がある。
《ホテルからの連絡かな？》
何気なく拾いあげたとき、その異様な質量感が微かな不審となって小太郎を戸惑わせた。
ベッドの脇まで歩いて封筒をあけると、なかから金属性のナンバータグがついた鍵と一枚の便箋が出てきた。

『お話したいことがあります。同封したのは筑前前原駅の××口にあるコインロッカーのキーです。なかに携帯電話が入っています。明日の午前十時、その携帯電話で連絡します。絶対に危害は加えないとお約束します。我々を信じ、誰にも連絡しないでください。あなたの携帯電話は部屋においてきてください。車は使わず、駅まで徒歩で来てください。

氷見明日香』

脳裏に衝撃が走り、次の瞬間、虚脱感のような弛緩に襲われた。小太郎は尻からベッドに崩れ、呆けたように虚空を見つめた。
首元の脈がはっきり自覚できる。その律動にあいまって今西や則尾の顔、さらには古賀警部補の顔などがおぼろによぎる。
《所長に連絡しようか……》

恐怖感にも似た惑いが湧き上がる。しかし次の瞬間、明日香の透明なまなざしが、その惑いを包み込んだ。

《明日香の誘いに乗ってみよう！》

奇妙な覇気が心の底から噴出する。しかしそれは怪しい焦燥を伴っていた。

《明日香たちはこのホテルに泊まっているのかも……》

封筒はルームサービスの後に扉の下から滑り込ませたものであろう。それができるのは、フロントの目をかすめてホテル内に侵入するか、そうでなかったら、このホテルの宿泊客でしかない。

《ホテルへの出入りを見咎められる危険を冒してまで、こんなことをするだろうか？　それより、オレがこの部屋に泊まっているのをなぜ知っているんだ？　もし連絡したいのなら直接オレの携帯にかければいいじゃないか》

沸騰する疑念の淵から胡乱な思いが滴り落ち、熱い妄想の池をつくる。そこから陽炎のように立ちのぼる恐怖が、小太郎の意識をドアの外へと誘う。思わずドアに近づき、耳を押しつけてみたが、バスルームの換気扇が回るブーンという共鳴音しか聞こえなかった。

小太郎は、もう一度メッセージに目を落とした。

その瞬間である。メッセージの最後の文字が網膜に突き刺さり、冷ややかな戦慄が妄想の熱い池を凍らせた。

《氷見明日香！》

氷見……文字通り氷のような冷たさだった。

《なぜオレが明日香の過去を突きとめたことを知っているんだ？》

ここ数日間のあらゆる記憶に意識が遡上する。そして可能性をひとつひとつ消去していくうちに一人の顔が残った。

《まさか脇屋さん……》

懸命に否定しようとする意識を、脇屋の概念が容赦なく蹂躙する。小太郎はたまらず携帯電話を手にし、脇屋のナンバーをコールした。しかし何度コールしても『電源が入っていないか電波の届かない所に……』のアナウンスが聞こえるばかり。

脇屋の記憶が次々に脳裏へよみがえる。

最初に氷見論文を則尾に見せたのも、そして畠山の殺害に合わせて君が代の論文を見せたのも……そう考えると、こちらの動きを巧に誘導する脇屋の行為が明白な事実として固まってくるのである。

その妄想は夜を徹して小太郎につきまとい、うつらうつらとした眠りに冷水のような興奮を幾度となく浴びせかけた。

六

翌朝、早めにホテルを出た小太郎は、駅の周辺や構内をぶらぶらし、指定されたコインロッカーの位置などを寝不足の目で見てまわった。通勤ラッシュ時を終えた駅前には日傘をさす年配者やべビーカーを押す主婦やワイシャツ姿のビジネスマンなどが行き交い、地方駅らしい悠然とした生活時間が流れている。

歩いているうちに頭が少しずつ覚醒してきた。昨夜からずっとこびりついていた妄想も、感触がややうすらいだ気がした。

九時五十八分、《よし！》と自分にカツを入れ、コインロッカーの扉をあける。ボックスの奥に大きめの茶封筒があり、なかには携帯電話だけが入っていた。

《これをどうしろっていうんだ？》

そう思ったとき携帯電話が不気味に震えた。

「はい……」

おずおずと電話に出る。

――沢田さんですね。

明日香の声がする。

――黙って聞いてください。あなたには警察の尾行がついています。ですから私たちは、あなたに接触できません。今から指示する通りに動いてください。いいですね。

思わずあたりを見まわした小太郎に、明日香が言葉を続ける。

——十時二十六分発の福岡空港行きの上り快速があり、その六分後には唐津行きの下り電車があります。まず××円のチケットを買い、改札の前で待機してください。そこで福岡空港行きの快速の到着を待ちます。入線の案内があったらすぐに改札を入り、ホームへの連絡通路を走ってください。いいですか、入線のアナウンスがあるまでは絶対に動かないでください。ここからが重要です。連絡通路の最初にある上りホームの階段は降りず、その先の下りホームの階段まで走り、そこを降ります。ホームまで降りたらすぐに階段の下側、上りホームから死角になった場所に身を隠してください。警察の尾行はあなたを追ってすぐに改札から駆け込むでしょう。そして、あなたが空港行きの快速に乗るものと看做して上りホームに降り、入線した車両に乗るはずです。あなたはそのまま六分後に来る唐津行きに乗り、唐津駅で降りてください。そこでもう一度連絡します。

そこまで言って電話が切れた。

明日香の指示を心で反復する小太郎の耳に、ひとつ前の電車である十時十一分発の上り電車の入線アナウンスが聞こえた。

小太郎は指定された金額のチケットを買い、改札の前で次の上り電車の案内を待った。

いやでも周囲の人間に注意が向いてしまう。尾行者は男の刑事とは限らない。それらしい人間を探し、小太郎の目は駅舎のなかを忙しく這いまわった。入り口付近のカップルや携帯電話をかける中年男、券売機の前で路線図を見上げる若い男達、話しながら歩いてくるビジネスマンなど、疑いだしたらきりがない。

やがて十時二十六分発福岡空港直通電車の案内アナウンスが流れ、電車案内の時刻表示板が点滅に変わった。おもむろに改札を抜けた小太郎は、そこからホームへの連絡通路をめがけて走った。手前の階段をやりすごし、ひとつ先の階段を二段飛びで駆けおりる。靴底がホームに触れる瞬間、手すりを軸に身をひるがえし、階段下の建物の陰に飛び込んだ。

心臓が鳴っている。隣の上り線ホームの発車ベルが止み、電車の軋み音が聞こえた。そのまま身動きせず下り線のホームをうかがう。子供連れの主婦と老夫婦、三人の中年女性に、女学生が二人……視界にはそれだけしか見えない。

すぐに下り電車のアナウンスがあり、唐津行きの車両が入線した。吐き気のような緊張を抱えたまま小太郎は車両に乗り込んだ。普通電車は空いていた。車内に視線を走らせたが尾行者らしい人間は見当たらない。明日香の思惑どおり尾行の刑事は上り電車で遠ざかったようである。それでも駅に着くたび小太郎は乗り込んでくる客に目を光らせた。

四つ目の筑前深江駅を過ぎると車窓に海が近づき、やがて波打ちぎわを走る路線になった。三日前の夜、ホテルから望んだ唐津湾の海である。電車の鷹揚な走りに身を委ね、初夏の陽を映じる静かな海原を眺めていると、ふいにおかしさが込み上げた。

警察の尾行があるとしたら明日香らを連続殺人の有力な容疑者とみなし、それと接触する可能性をもった自分への監視であろう。それは同時に凶悪犯の魔手から市民を守る保護監視の意味もある。
《なのにオレは何てことをしてるんだろう》
自分の行為がひどく滑稽でまぬけに思えたのである。しかしそんな自嘲もひとしきり、すぐに暗鬱とした思いが頭をもたげた。
《警察はオレや則尾さんを信用してないのかもしれない。もしそうだとしたら、この行為は警察の疑惑をあおるはめになってしまう……》
最初に浮かんだのは苦りきった今西の顔である。その背後から優衣の哀しげな表情が迫ってくる。
《今さら引き返せないよな》
その自答の裏には明日香への強烈な好奇心があった。

＊

十一時二十分、唐津への到着を待っていたようにバイブが震えた。

――唐津線という路線があります。佐賀行きの普通列車が十一時三十四分に出ます。すぐに唐津線のホームに行き、それに乗ってください。二つ目の山本という駅で降りてください。山本駅は無人駅です。降りたらそのまま改札を出てください。

電話はまた一方的に切れた。唐津線の下りホームでは褪せた黄色と赤のツートンカラーをした四両編成のディーゼル車が停車していた。小太郎が車両に乗り込むと、それが合図のように下り列車のアナウンスがはじまった。

唐津駅を出たディーゼル車はしばらく低い山に囲まれた狭い盆地のへりを走り、最初の停車駅を過ぎると、ゆったりした大川に沿う路線になった。

《狭い土地なのに風景が柔らかく見えるのはどうしてだろう？》

オモチャのような車両の華奢な振動、そして疎らな乗客のおっとりした生活臭が、風景を優しく見せているのかもしれない。

指定された山本駅は、川から距離をおいた家なみのなかにあった。それまでの単線レールに赤錆びた引き込み線が幾本も交わり、まるで操作場の残骸ように荒涼とした雰囲気が漂っている。古びた入母屋造りの駅舎は、一部の窓がベニヤ板でふさがれ、朽ち果てたような改札にはチケット入れの箱がぽつんと侘しくおいてある。

駅前も古い民家と無駄に広い地面だけが栄華の残骸のように取り残されている。線路脇に数本植えられた遅咲きのツツジだけが晩春の太陽に映えて赤紫の彩りを誇らしげに揺らしていた。

「沢田さん」

背後から声がした。息をのんで振り返るとTシャツにジーパン姿の若者がいた。

「すぐ、迎え、来ます。携帯電話、返してください」

たどたどしく言った男は、小太郎から携帯電話を取り上げ、バッグから出したアンテナ付の器具で素早く小太郎の全身をなめた。

「携帯電話はホテルへおいてきましたよ。発信機もつけていません」

憤然とする小太郎を無視し、男は受け取った携帯電話で何かを連絡した。すぐに広場の脇道からシルバーのＲＶ車が現われた。

運転席にはサングラスをかけた男が見える。車は身を固くした小太郎の前で停まり、フィルムを張った後部のドアがあいた。

「よく来てくれましたね」

迎えたのは高だった。後部座席には彼以外の姿はない。

「乗ってください。早く！」

若い男は、ためらう小太郎を高の隣に押し入れ、素早く助手席に飛び乗った。

＊

「李さん、じゃなくて氷見明日香さんは？」

しばらく走ったとき小太郎は恐る恐る声をかけた。じろっと小太郎を睨んだ高は黙ったまま親指で背後を示した。いつのまにか白いワンボックス車が後ろに従っている。光の反射で内部までは見えないが、おそらく明日香が乗った車であろう。

「どこへ行くんですか？」

「吉野です」

「吉野？」

「そう、肥後(ひご)の吉野です」

「氷見さんの『天武の暗号』の論文にあった吉野ですか？」

高の表情が緩み、読みましたねと言わんばかりに柔和な笑みが返ってくる。フロントガラスの前方には小高い山が連なり、その合間を縫うように大きな川ゆったり流れている。川の蛇行に沿った道には国道２０３号線の表示があった。小太郎は不安と緊張に耐えながら、運転席と助手席に陣取った若い男たちの肩越しに前方を見据えた。

「不安ですか？」

しばらくすると、小太郎の内心を見透かすように高が言った。

「そうでもないですけど……」

思わず虚勢を張った小太郎へ、高は磊落（らいらく）に笑いかけた。

「ははは、何も心配はいりませんよ」

「心配なんかしてません」

反射的に力んではみたが心は不安と緊張の間を揺れ動いている。小太郎はその動揺を振り払おうと高に話しかけた。

「オレに話したいことって何ですか？」

しかし高は柔和な笑みを浮かべ、

「それは明日香から直接お伝えします」

「電話じゃだめなんですか？」

「あなたの携帯は警察から盗聴されている可能性があります。ホテルの回線もそうです。それに、もしあなたが携帯電話を持参したら現在位置を調べられる危険性もあります。ですからこんな面倒な手段をとりました。許してください。我々も警察に捕まるわけにはいかないのです」

盗聴という言葉に刺激され、咎を責める今西の表情が浮かび上がる。小太郎は意識に巣食った罪悪感から逃れようと必死に言葉を探した。

「高さん、あなたは大学時代に細川氏や氷見氏と同じ関西の学生運動のセクトにいたって聞きましたけど……」

「則尾さんからですか？　ははは、そのとおりです。彼らだけじゃありませんよ。足利も同じセクトでした」

「足利って、足利学長ですか!?」

「そうです。我々より学年は上ですがね。当時、彼は大学院の博士課程にいましたが、一年間休学して学生運動に参加していました」

「氷見さんと同じ大学院ですか？」

「大学は違います。やつは私立系の大学です」

「足利学長はどこにいるんですか？　あなた方が拉致したんですか？」

「それは明日香から直接申しあげます」

やがて多久市という標識が現われ、沿道に商店や飲食店が並びはじめる。そこから数分、市街を抜けた車は東多久バイパスと表示された道路に折れた。すぐに高速道路が道脇に迫る。小太郎は長崎自動車道だと見当をつけた。バイパス終点から再び国道２０３号に入り、すぐ先の小城市街で県道に折れると、のどかな田園風景が車窓を埋めた。

高はときおり運転手に何かを指示し、その合間に携帯電話をかけた。おそらく相手は後方の車にいる氷見明日香であろう。県道に入ってしばらくしたとき、後方の白いワンボックスの背後へ黒い小型車が影のように従いはじめた。

「別の車が付いていますけど……」

暗に警察の尾行をほのめかしたが、高は平然とうなずくばかり。その態度から察するに、三台目の車も仲間の車なのであろう。唖然と背後を振り返った小太郎の耳に、「あと二十分ほどです」と高が静かに告げた。

「聞きたいことがあるんですけど……」

小太郎は不安と戦いながら問いかけた。

「どうぞ、そのために私がここにいるのです」

「細川さんを殺害したのは本当に磐教の土岐たちなのですか？」

「以前にお伝えした通りです」

「理由は？」

「知りたいですか？」

「細川家はオレの事務所の依頼人ですから」

するると高は携帯電話を取り出し、中国語で二、三言話すと小太郎へ向き直った。

「申しあげましょう。細川を殺害したのは土岐と畠山ですが、それを教唆したのは足利と磐教の教祖です。足利は中央芸術文化大学創設時の拠出金として、細川から四億円ほど借りていました。教祖や土岐らは教団の本部建設資金として二億円近い借財がありました。その返済を迫られていたからです」

「細川さんはやつらの仲間でしょう？　どうして急に返済を迫るんですか？」

「その理由は……」

言葉をためらった高は含みのある視線を向けた。

「沢田さんの方がよくご存知じゃないですか？」

「オレが？　いや、見当もつきませんけど……」

すると高は小さく吐息して視線を伏せた。

「子供に何かを残したいという気持ちは親の常ですから」

「でも細川さんには……」

口にした瞬間、胸を圧するように優衣の顔が迫った。

「もしかして……養女の件ですか？」

「そうです。細川はそれを機にすべてを清算しようとしたんです」

高が応えたとき車は地方道へ左折し、山の方角へと向きを変えた。その先は両側から切り立った山が迫る谷川沿いの道になった。

「高さん、もうひとつ教えてもらえますか？」

「どうぞ。私がお答えできることならば」

「二十年前、氷見さんが亡くなったのは、細川さんの企みだったんですか？」

「企んだのは足利です。細川と伊波礼華はその企みを幇助し、土岐が実行しました」

「でも細川さんは共同正犯ですよね」

「そういうことになります。あなたの専門分野じゃないですか」

「目的は氷見氏が所有していた土地ですか？」

「ほお、そこまで調べましたか」

高は感心したようにうなずき、

「その通り。磐教の本部がある場所です。約四千坪、当時の評価額で二億円です。磐教はその土地を騙し盗ったのです。当時、細川は足利から伊波礼華を紹介され、その色香に骨抜き状態でした。それで礼華の陰謀……つまり足利と土岐の陰謀にのせられたのです。ただし氷見さんの殺害までは知らされていなかったようですがね」

そこまで言った高は小さく咳払いをし、前方にうつろな視線を投げた。

「これは私の想像ですが、細川は氷見さんの会社が倒産したあと、氷見さんに相当額の金を無償で提供しようと考えていたのかもしれません。氷見さんが亡くなったあと、明日香たち親子にも見舞金として五千万円を振り込んでいますからね。その観点から言えば、細川も足利や伊波礼華に踊らされた被害者なのですよ」

その口から深いため息がもれる。

「先ほども言いましたが、あの事件の以前にも足利は自分の愛人だった伊波礼華の色香で細川を籠絡し、四億円を無償で借りています。その金で学長の地位を買ったとも言えるでしょう。ただし氷見さんの事件のあとも細川は教祖の色香と足利や土岐らの脅し、つまり氷見さん殺害の共同正犯という脅しに屈し、教団本部建設資金の二億円を提供しています。要は色と脅しで騙し盗られたのです」

「細川さんは、その返済を迫ったんですね」

「伊波礼華とはまだ関係が続いていましたから、細川も最終的にはくれてやるつもりでいたのかもしれません。しかし足利は別です。足利が金を借りた当時は細川の方が失うものが大きかった。しかし現在は足利の方が失うものが大きくなっています。細川もそれを察し、強行に返済を迫ったのでしょう」

高の話の途中から、小太郎の心へ素朴な疑念が湧きはじめた。それは瞬く間に心を満たし、口を伝ってこぼれ出た。

「高さん……あなたは、なぜそんなに詳しいんですか？」

高は「ははは」と快活に笑い、

「その理由は明日香がお話しするでしょう」

やがて車は、『道の駅・大和』と表示された川沿いの施設へ入った。

半円形状の屋根をした木づくりの建物があり、背後に迫る岩山とのあいだには澄んだ谷川が淵を描いている。駐車場には一台の軽トラックが停まり、地元の農民らしい夫婦が自動販売機から飲み物を買っていた。

「着きました。降りてください」

高の目がドアを示した。

物産館と売店を兼ねた建物の背後には、谷川の瀞場を見おろす台地があり、木製のテーブルと長イスがいくつか置かれていた。

白いワンボックス車から姿を現わした明日香は、地味な色のワンピースに身を包んでいた。そのまわりを三台の車から降りた7、8名の男たちがガードした。野鳥の声がこだまするのどかな谷間に、ラフな服装の屈強な男たちが群れる光景は異様だった。その男たちから遅れ、黒い小型車から最後に降りた人影を見た瞬間、小太郎は目を疑った。

「高橋さん！」

小型車から降りた高橋は、小太郎の驚愕と非難の視線をいなすように不敵な笑みを投げかけてきた。

「沢田さん、唐津のホテルはいかがでしたか？」

「高橋さんが……」

もつれた糸の一部がほぐれていく。高橋はこちらの情報を引き出すため、そしてこちらの動きを探るために動いていたのであろう。則尾が細石神社で遭った奇禍も、自分の動きを監視していたのも、そして自分に警察の尾行が付いているのを察知したのも、すべて彼の仕事だったに相違ない。

「さあ、こちらへ」

先導する高に促され、小太郎は魂の抜けた木偶（でく）人形のようにぐったりと長イスに座った。テーブルをはさんだ向かいに高と明日香が座る。高橋を含む男たちも訓練された兵隊のようにきびきびと左右のテーブルに分かれて座った。

「こんな所までお連れして申し訳ありません」

呆然とする小太郎に明日香が微笑みかけた。くっきりとした午後の陽射しが、その顔に陰影を刻んでいる。光に射抜かれた頬の、今にも溶けそうな氷のように透明な艶やかさに、小太郎は思わず唾をのみ込んだ。

「ここは、氷見さん……つまり、あなたのお父さんの論文にあった吉野ですか？」

「はい。この嘉瀬（かせ）川上流域は万葉集で柿本人麻呂が読んだ吉野の本当の場所です。父が亡くなる一年前、私たち家族はこのあたりを旅しました」

明日香は表情を変えぬまま背後の山を振り返った。

「あの山には古代の巨石群が残っています。父に手を引かれ、巨石をめぐったのが最後の思い出になりました」

「君が代のルーツになった巨石信仰の地ですね」

「父はそう考えていたようです」

「お父さんは、そうした実地検証を通じて、君が代のルーツに関する検証論文を書かれたんですね」

「そのときの父の揚々とした表情は今もはっきり覚えています。あのときは、まさか一年後にあんなことになろうとは夢にも思いませんでした」

「氷見さんの焼死事件ですけど、なぜ足利学長や土岐らが首謀者だとわかったんですか？」

「父は騙されたことに気づき、自分に危害が及ぶことを感じていたようです。生前、そのことを母に話していました」

「だったら警察に相談すれば……」

「相談しました。しかし状況証拠だけでは動いてくれませんでした」

「じゃあ今でも状況証拠のままじゃないですか」

「私たちが香港に戻ったあと、ここにいる高が日本に残り、いろいろ調べました」

その言葉を継ぎ、隣に座る高が口をひらいた。

「いちばんの確証は細川の証言です。私は細川に直接会って話を聞きました。当時、やつは怯えていました。足利や教祖の企みに加担したものの、まさか殺害するとは思っていなかったようです。

私が問い詰めると事件の内幕を話してくれました。警察への出頭も求めたのですが、やつは聞きいれませんでした。そのうちに土岐らが私を怪しみはじめ、身に危険が迫ったため、細川への説得も断念せざるを得ませんでした」

「だから、明日香さんが母親の実家の資産を継いだのを機に復讐へ乗り出したんですね」

するとと明日香は首をわずかに振り、

「いいえ、継いだのはここにいる高です」

「高さんが⁉」

驚いて高を見ると、彼は「ふふふ」と含み笑いで小太郎の視線を受けた。

「私は明日香の母親の兄、つまり伯父です。それから、そこにいる高橋は末の弟です」

「弟さん？　それじゃあ春日市に住んでいるっていうのは……」

「それは本当です。弟はずっと日本に住んでいます。ただし家族は母国にいますがね。いわば単身赴任です」

「こっちで仕事をしているんですか？」

小太郎は右隣のテーブルに座る高橋を振り返った。すると彼は含み笑いをもらし、

「そうですよ。貿易関係のね」

《何かの密輸ってことか……》

暗鬱とした想像が脳裏に揺らめき、意識の底に埋めたはずの不安がみぞおちのあたりから再び顔

をのぞかせ、背筋を這いまわる。

思わず高橋から視線をはずした小太郎に高が語りかけた。

「私たち兄弟は、私が中学生のときから日本の遠縁のもとに来て、日本の学校で学んでいました。もちろん明日香の母もそうでした。妹と氷見さんが知り合ったのも大学で私と氷見さんが同じゼミに入っており、親しかったからです。妹は氷見さんを慕い、同じ大学に入学し、氷見さんと同じ博士課程にまで進んだのです。しかし結果として、それが不幸なことになってしまいました。妹は死ぬまで足利や細川を恨んでいました」

「亡くなったんですか……」

「昨年の暮れです」

「その弔い合戦として、今回の復讐を計画したんですか？」

「それはご想像にお任せします」

「でも郭務悰の阿彌陀像や君が代のルーツなどは氷見さんの論文に従ったんでしょう？」

「氷見の意志を首謀者の足利に知らせること、そして、この日本に対して歴史の真実を考えるための一石を投じようとする気持ちはありました」

そのあと高は視線をそらし、物憂げな表情を浮かべた。

「千葉のホテルでお会いしたときも言いましたが……今の日本は根無し草です。民族の誇りやルーツを探求しようとする意志がまるでありません。政治にしても国際的にはアメリカの意向、国内的には官庁の既得権益に縛られた、その場凌ぎの政策しかできず、経済は利益のみが企業活動の最終目的になり、真の倫理観はおろか、次世代に何を伝え、何を残すかなどまるで眼中にありません。言うなれば政治にも経済にも目先の利益や既得権益の保守、そして物事を自分に都合よく治めようとする事なかれ主義がはびこり、日本という民族の存在感や役割、つまり自分達の存在意義を問う発想などまったくありません。太平洋戦争での敗戦後、日本の国と国民はそうした民族の誇りや存在意義をすべて棚上げしたまま、根無し草のように己の経済を潤すことだけを考え続けてきたのです。私たちが君が代のルーツを提起したのも、そんな日本人に対する警告のひとつだとお考えください」

「でも日本人はそれほど愚かじゃないと思いますよ……現に敗戦のなかから急速に復興し、世界第二位のＧＤＰになるまでに国を立て直したじゃないですか」

「そうですね。我々東洋人にとって日本はまさに奇跡の民族と言えるでしょう。敗戦から二十年足らずでオリンピックを開催し、現在でこそは中国に二位の座を譲りましたが、ＧＤＰは米中の大国に続く世界第三位。それなのに……アメリカの軍事力や経済を盲従し、中国やロシアの思惑にただ振りまわされ、自らのアイデンティティや民族としての意志を持たない三等国なのが現状ではないのですか？」

「三等国？」

「私は日本にいた学生時代、アメリカの飼い犬となって資本だけを拡大する日本の現状を嘆き、中国籍でありながら日本の学生運動に身を投じました。あのころは細川も足利も若者らしい叛骨心があったのです。その後、私は外から日本を見るようになり、ますます日本の精神的な脆弱さを感じるようになりました。しかし私が所属していた赤軍派の事件以来、急速にしぼんでいく学生闘争のなかで、足利は、そ知らぬ顔で身の振りを変え、アカデミズムのなかに地位と名誉をあさりはじめました。そして細川も莫大な資産を得たのを機に、足利の口車に乗って名誉欲の権化になったのです」

「それで犠牲になった氷見さんのために復讐を考えたのですか？」

「氷見さんを手にかけた土岐は、当然報いを受けねばなりません。畠山は趙を殺害した報いを受けたのです」

「でも磐教の教祖も殺害しているじゃないですか」

小太郎の反撃に高の視線が揺らいだ。彼はそのまま目を伏せ、

「氷見さんの家が放火された夜……氷見さんはその時点では生きていたのです。意識を失った状態でした。その場に居合わせたのは土岐源治と伊波礼華の親子です。家屋に火を放つとき、礼華は『運がよければ助かるかも』と嘲笑ったそうです……ですから我々も同じ論理で彼女を鍾乳洞に放棄しました。運がよければ助かる……そういうことです」

「どうして氷見さんの殺害現場のことを知っているんですか？」

「細川から聞きました」

「細川さんに？」

「正直に言いましょう。あの夜、私は千葉のホテルで細川と会ったのです。もとより彼を殺害するつもりではありません。細川を促して足利や土岐らの旧悪を白日のもとに晒させようとしたのです。そのとき細川がすべてを白状しました。といっても彼が白状した内容は、氷見さんの事件のあと彼自身が伊波礼華から寝物語に聞いたことのようですがね。ところが明日香の存在を知った細川は、怯えてホテルを逃げ出しました」

「そのあと皇国磐生会の本部で殺害されたんですね？」

「そうです。細川の狼狽を知った足利は、四億円の返済も同時に反故にする一石二鳥の考えで土岐らに細川殺害を命じたのでしょう。目付役だった赤松は殺害現場に居合わせたはずです。しかしその後、警察の手が自らに迫ったため赤松は錯乱状態になりました。足利は赤松の口から細川氏殺害が漏れては一大事と、土岐らに殺害を指示したのでしょう」

「足利学長は今どこにいるのですか？」

「ははは、あなたに来ていただいたのはその件ですよ。これからお話します」

高は隣の明日香を促すように視線を送った。

緊張感が緩むに従って小太郎は尿意をもよおしてきた。

「あの……その前にトイレに行かせてくれませんか？」

明日香の表情がほころび、「どうぞ」と笑みをもらす。少し開いた口もとに形のよい前歯が見えた。

小太郎が立つと、隣のテーブルにいた若い男が三人、すかさず背後に付き添う。トイレの入り口に陣取った男たちを意識し、用を足しながら小太郎は考えた。

則尾は１４Ｋの一員かもしれないと言ったが、ジーンズにＴシャツ姿の男たちに、世界的な犯罪組織の一員という凶暴さは感じない。むしろ表情のない顔つきや訓練された身のこなしには、従順に使命を遂行する軍人のような実直さと逞しさが漲っている。

小太郎はトイレの小窓から深緑の山肌を見ながら深く呼吸し、明日香たちに確認しなければならないこと、そして自分がとるべき行動などを心のなかで整理した。

七

トイレから戻ると、テーブルにウーロン茶や緑茶のペットボトルが用意されていた。

「お好きなものをどうぞ」と高が勧める。小太郎が緑茶を選ぶと、高も同じように緑茶を手にした。

《彼女はどれを選ぶのだろう？》

いくらか緊張感が和らいだ小太郎は、ガラス細工のような明日香がペットボトルを口にする光景を想像し、その動きに意識を集中した。しかし期待に反し、彼女は飲み物をとらず目を伏せたままだった。

気をそがれた小太郎は、お茶をひとくち飲み、トイレで整理した疑問をぶつけてみた。

「脇屋さんですけど、あの人も仲間なんですか？」

「違います」

目を伏せたまま明日香が顔を振る。

「でも脇屋さんは……」

そのとき小太郎を諭すように高がぎろっと睨んだ。

「脇屋さんは、あなたと則尾さんに会報誌を提供しただけですよ。違いますか？」

小太郎は皮肉を込めて返した。

「ハイと答えるしかないようですね」

「脇屋さんを訴えますか？」

「状況的にも法定で争えるレベルじゃありません。もしオレが弁護士だったら証拠不十分で起訴を取り下げる自信があります」

「ははは、さすがに法曹界の方だけあってわかっていますね」

「でも……聞かなかったことにしますから、本当のことを教えてくれませんか？」

小太郎は真剣に懇願した。

「うむ……」

そう唸って目を背けた高の隣で、明日香が顔を上げた。

「脇屋さんには私が直接お会いしました」

「いつですか？」

「千葉のホテルであなた方と会った翌日です」

「細川さんの遺体が発見された日ですね？」

「そうです」

そうつぶやいて、明日香が再び目を伏せたとき、高が柔和な声で付け加えた。

「千葉のホテルであなたと則尾さんから古代史探求連盟の長野県支部の話が出たとき運命的なものを感じました。まるで氷見さんの遺志が働いているような気がしたのです。それであなた方から情報を引き出すため弟を接近させました」

「じゃあ千葉のホテルから細川さんを尾行したのも……」

「弟と趙の二人です」

「なぜあれほどタイミングよくホテルを引き払うことができたんですか？」

「ははは、我々も皇国磐生会の動きは掴んでいました。あの夜、畠山ら数人が浜の突堤から細川を海に投げ落としたことは承知しています。遺体が発見され、家族に連絡がいけば、当然、あなたや則尾さんにも事情聴取の矛先が向くでしょう。私たちの存在もすぐに知られてしまいます」

「脇屋さんはあなた方の計画を知っていたんですか？」

「最初は知りません。だから彼を訪ねたとき非常に驚いていました」

「高さんは以前から脇屋さんをご存知だったんですか？」

「知っていました。彼は氷見さんを尊敬していましたからね。明日香たち親子が帰国したあと私が日本に残っていろいろ調べるのにも多少は協力してもらいました。ただし今回のことは彼とは無関係です。おわかりですよね」

「わかっています……」

「それでいいのです。彼はあなた方に会報誌を提供した。ただそれだけのことです」

「そうですね……」

もつれた糸の最後の絡まりが、スルスルとほどけていくのを小太郎は感じた。

*

キイキイと鳥の声が響き渡った。

明日香が妖艶な目で小太郎を見た。

「沢田さん、あなたにお渡ししたいものがあります」

「オレに？」

「はい。でもここにはありません」

「どこにあるんですか？」

「桜谷神社です。今は若宮神社と呼ばれています」

「それってコケムスメノミコトが祀られている神社ですよね」

「そうです。糸島半島にある神社です」

「渡したいものって何ですか？」

「真実を記録したＤＶＤです」

「真実？」

「二十年前と今回の出来事で、足利が企んだ悪事を足利自らが白状したものです」

「足利学長が……」

小太郎の脳裏に皇国磐生会で騒動があったという今西の報告がよみがえった。

「数日前に皇国磐生会の本部で騒動があったと聞きましたけど、あなた方が足利学長を拉致したんですか？」

「それについてもＤＶＤと一緒に明らかになるでしょう」

「だったらオレになんか渡さなくても、警察に直接送ればすむことじゃないですか」

「あなたはご存知のはずですよ。自白のＤＶＤには証拠能力がありません。警察に送ってもＤＶＤの内容は足利の罪が確定しない限り、公表はされないでしょう。それでは真実を白日のもとに晒すことはできませんし、足利を弾劾することもできません」

「それはわかりますが……こんな面倒くさいことしなくても、オレが泊まっているホテル宛てに送ってもいいし、きょうだって山本駅で会ったとき、もしくはここで手渡せばすむことでしょう？」

「あなたが宿泊しているホテルには警察の監視がついています。あなたへの郵送物や電話はすべてチェックされ、事前に察知されてしまうでしょう」

悲しそうに目を伏せた明日香を庇うように横のテーブルから高橋の声がした。

「沢田さん、あの晩、あなたの隣の部屋には刑事が張っていたんですよ。その日の夕刻に来たようですね」

「どうしてそんなことまで……」

「じつは私も前の晩からあのホテルに宿泊してましてね。あなたと同じ階にいたんですよ。チェックインが一日遅かったら危なかった。刑事がいるのに気づかず、あなたを訪問してしまうところでした」

「でも警察だって張り込みするくらいなら宿泊客の素性も調べたんでしょう？」

「当然です。ただし私は春日市の在ですからね。刑事が狙っていたのは他所からの訪問者、もしくは宿泊客ですよ」

事情がのみ込めた。警察も手をこまねいていただけではなかった。古賀警部補は捜査本部に戻ったあと、すぐに張り込みと尾行を指示したのであろう。

「どうしてオレなんか連絡をつけたのですか？」

「あなたに真実をお話ししたかったからです」

「どうしてオレなんですか？　鬼押出し園でもそうでしたけど、なぜオレに接触してきたんですか？」

すると高橋はにやりと頬をゆがめ、明日香に視線を送った。意を察したように明日香の唇が動いた。

「すでに高からお聞きになっていると思いますが、細川と足利の諍いの原因は、あなたと一緒に軽井沢へ来た女性の存在にあります。あなたは、その女性の意を受けて行動しているのでしょう？　このまま警察任せで捜査が進めば、細川は被害者でなく加害者になる可能性がありますが、それでもいいんですか？」

「それは、あなた方が細川さんを擁護するという意味ですか？」

「どう受け取っていただいても構いません。ただ……二十年前の事件、そしてそれ以降の出来事に関し、細川もある意味で被害者だということをお伝えしたかっただけです」

「それにしたって……」

釈然としないものが淀む。しかし毅然とした明日香の声が心の蟠りを砕いた。

「沢田さんが私たちの申し出を拒否するのであれば諦めます。しかしあなたが拒否すれば、足利は死にます」

「足利学長はまだ生きているんですか？」

「桜谷神社に行けばわかります」

冷淡に言った明日香は目を細めて小太郎を凝視した。その視線に気圧され、思わず顔をそむけたとき、母が子を諭すような、厳しさと哀憐が混在した声音が鼓膜を突き刺した。

「私たちにはもう時間がないのです。お解かりですね？」

胡乱な思いが次々を湧き、小太郎はジレンマの淵に追い込まれた。たとえ警察やマスコミが桜谷神社でＤＶＤを発見したとしても、はたして内容や発見場所を伏せるだろうかと思う。反対に、警察という国家権力機構は国歌というデリケートな問題に対し、捜査の材料にはしても、公的にはそれに触れず、宗教団体と外国の犯罪組織による連続殺人事件として発表するだろうという気もする。ただ、自分に何ができるのだろうと考えると、その役割がひどく曖昧なのである。

小太郎はおずおずと聞いてみた。

「もしオレが取りに行かなかったら……どうなるんですか？」

すると明日香の隣で、高が「ふん」と嘲笑するような鼻息を吐いた。

「我々が日本を脱出したあとで、桜谷神社の管理者にでも連絡して、見つけてもらいますよ。しかし、そうなると足利は死にます。我々はそれでも構いませんがね。それに我々が提供した真実も、闇に葬られたままになる可能性もあるでしょうね。沢田さん、これは我々からの最後のプレゼントです」

言ったあと高は大きく吐息したが、その息づかいが消えないうちに明日香が急かせた。

「沢田さん、私たちには時間がありません。プレゼントを受けていただけますか？」

小太郎は明日香の瞳の奥に自分の倫理感や抵抗力を麻痺させる透明な意志のようなもの感じた。しかし、それは決して嫌な感触ではなく、むしろ心地よい感触だった。

「わかりました。お受けします」

《こうなったらとことん明日香たちのシナリオにのってやろう》

心の蟠りとは別の部分で、明日香たちの復讐劇の結末に立ち会いたいという好奇心が疼きはじめている。小太郎は悄然と明日香の瞳を見た。

初めて千葉のホテルで逢ったときの印象は今も心に刻まれている。自分の感性ではとうてい行きつけない不可思議な異国の空気を凝縮させた妖気に包まれたガラス細工のような透明感を持った女性である。しかし今は、その顔に寂寥感をそこはかとなく漂わせる少女の面影が重なっている。

復讐劇に加担しようとは思わない。しかし加担はせずともそれを肯定している自分を、小太郎は認めざるを得なかった。このような気持ちへ自分を駆りたてているのは、二十年前の白皙の少女が放つ縹渺とした怨念なのかもしれない。

「でもDVDはどうしたらいいんですか？」

「それは沢田さんにお任せします」

「任せるって言われても……」

「あなたの弁護士事務所は細川家の依頼で動いていますよね。その活動に使っていただいて構いません」

「わかりました。それで隠し場所は桜谷神社のどこなんですか？」

「社殿のなかの祭神名が書かれた額の裏です」

「いつ取りに行けばいいんですか？」

「今からです。私たちの車をご提供します。それで行ってください」

「これから？」

「足利の命を救いたいのなら、これから行ってください」

「でも……行くにしたってオレは桜谷神社の場所を知りません」

すると隣のテーブルから高橋が応えた。

「近くまでは私がご案内します。あとはカーナビに従えば大丈夫ですよ」

「いったんホテルへ戻ってからじゃ、まずいんですか？」

「ホテルは警察に監視されています。それに……」

高橋は頬をゆがめ、のぞき込むように小太郎を見た。

「近くまでは私が同行しますから、途中で警察に連絡を入れることもできませんよ」

「なるほど、そういうことですか……」

「悪く思わんでください」

「あなた方はこれからどうするんですか？」

高橋は悪びれずに頭をさげた。

「帰りますよ」

「台湾へ、ですか？」

「ははは、ご想像にお任せします」

「空港にも港にも非常線が張られているし、道路にだって……」

「承知しています。そうした警察の動きや皇国磐生会の動きがあったから、このような手段で沢田さんに接触せざるをえなかったのです」

「だったらどうやって日本を脱出するんですか？」

しかし高橋はそれには応えず、笑みを浮かべて立ちあがった。

＊

「沢田さん、お別れです」

黒い乗用車の助手席へ座った小太郎に明日香が声をかけた。

その言葉の現実感が胸裏に迫ったのは、高橋の運転で国道に出たときだった。乗用車の背後には四人の男を積んだシルバーのＲＶ車が続く。しかし明日香が乗った白いワンボックス車は駐車場に停まったまま視界から遠ざかった。

「明日香さんたちは来ないんですね……」

呆然と言う小太郎を、高橋が頬をゆがめて振り返った。

「他にもやらねばならないことがありましてね」

「何をするんですか？」

「ノーコメントです」

小太郎は諦めてシートに背を沈めた。

車は深い山間の道を蛇行しながら標高を上げていく。国道標識に263号線と表示されていた。

車が尾根道に差しかかった頃、脳裏に一抹の不信感が湧きはじめた。

「どこまで案内してくれるんですか？」

「前原市までです」

「来たときと方向が違いますけど……」

「背振山系を越える道です。こちらの方が近道です」

それから二十分ほどで車は有料道路の入り口へ折れた。料金所の先には長いトンネルがあった。

「ここを抜ければすぐに前原市へ入ります」

トンネルを出た車は大きなループ橋を旋回し、一般国道へ戻った。そこからは幾筋もの川が流れる小さな集落を抜け、『曲渕小前』と表示された信号から県道に折れ、川沿いの緩やかな下り道を快走した。

県道に折れて十数分、道の脇に『前原市』と書かれた小さな標識が現われた。正面の視界には見覚えがある田園風景が広がっている。

高橋が道脇の空き地に車を停めた。

「ここからはあなた一人で行ってください」

車をおりた小太郎は高橋の指示に従って運転席へ身を入れた。

「ここでお別れです。旨いもんをご馳走できなくてすみません」

高橋は慇懃に礼をし、背後に停まったRV車へ乗り込んだ。高橋を積んだ車はタイヤを鳴らしてUターンし、来た道を引き返した。

《どうやら解放されたようだな》

緊張が解けると同時に疲労感が全身を包み、玄界灘の方角に傾いた斜陽の光が目頭を疼かせた。

《問題はこれからだ》

小太郎はカーナビの縮尺を変えて桜谷神社の位置を確認した。

桜谷神社は、現在は若宮（わかみや）神社と呼ばれている。すでにセットされた目的地画面を詳細側へ操作すると、糸島半島の西側の端、唐津湾に突き出た突起物のような半島のいちばんくびれた部分に船越（ふなこし）の地名があり、集落の道からやや離れた場所に若宮神社の表示があった。

小太郎は大きく深呼吸し、ゆっくりと車を発進させた。

＊

背振山系から前原市街へと続く田園風景のなかをカーナビの指示に従って十数分行くと画面に『細石神社』の表記が現われた。

《へえ、ここが細石神社か》

細石神社は想像していたよりもずっと規模が小さい針葉樹の森のなかに鎮座していた。神社を過ぎると、すぐに高速道路の高架をくぐり、前原市街地に入る。見慣れた街路の信号で停まったとき、迷いのような罪悪感が脳裏をかすめた。

小太郎はそれを振り切ってアクセルを踏んだ。カーナビは糸島半島の西岸へ向かう県道54号線を示している。市街地を抜け、大きな橋を渡ると糸島半島の小高い丘陵地が迫り、道の両側は青々とした水田地帯に変わった。丘陵地の端に沈みかけた夕陽が目をおおう。サンバイザーをおろし、光線に翳った道をゆっくり走る。やがて左手に船越湾の海原が見え、丘陵地と湾に狭められた道になる。そこから数分、松原と表示された信号を左折し、右手に海が迫る沿岸道を行くと小さな漁村に入った。

カーナビが目的地への到着を告げたのは、その漁村の最深部、立ちはだかる丘陵を正面にした袋小路の細道だった。

ここからは徒歩で丘を登らねばならないようである。近隣住人の車であろうか、袋小路の広くなった部分にワンボックスカーと軽自動車が縦列で停まっている。小太郎は軽自動車の後ろに車を停めた。

太陽は丘陵の背後に消え、霧のような薄闇が森を包んでいる。

車を降りて細道の先へ歩くと、『若宮神社』と書かれた小さな案内看板があった。小太郎は看板に従い、草が茂る細い道を登った。雑草を踏みながら五、六十メートル登ると参道のような石階段が現われた。朽ちかけた石段に沿って古びた石の鳥居が四基連なり、苔むした石鳥居のひとつに『若宮社』と彫られた石版が掲げられている。

鳥居の右手には社務所のようなプレハブの建物がある。しかし建物の窓は暗く、人の気配はない。

小太郎は石段や社務所を囲む深い木立の奥から古代人の霊気が這い出して来るような錯覚に見舞われ、ぶるっと背筋を震わせた。

十数段の石段を登りきると狭い平地の空間に木づくりの小さな社殿があった。鳥居や石段の古色にくらべ、社殿は清潔に管理され、この神社が今もしっかり守られていることを物語っている。社殿の内部には明かりが灯り、まるで人を捕らえる悪鬼の罠のような、異様な精気を含んだ光が薄闇にもれていた。

「あの、すみません」

恐る恐る声をかけてみる。しかしガランとした内部からは何の反応もない。小太郎は靴を脱いで社殿にあがった。

六畳ほどの縦に長い空間だった。奥には『御神燈』の文字が書かれた白い提灯が左右にならび、正面の壁に設(しつら)えた格子扉の背後に、ご神体が鎮座しているようである。格子扉の上の壁には黒地に金文字で『若宮神社』と書かれた額があり、その左横にやはり金文字で『古計牟須姫命』『木花開耶姫命』と連記された額が並んでいる。

《コケムス姫ノ命(みこと)と、コノハナサクヤ姫ノ命(みこと)……》

氷見論文の一節が脳裏に浮かぶ。

古事記・神代巻の木花之佐久夜毘売(このはなのさくやびめ)によれば、天照大神の孫のニニギノミコトが筑紫(日向(ひなた))に天降ったとき、大山津見神(おおやまつみのかみ)の二人の娘と出会った。木花之佐久夜毘売(このはなのさくやひめ)と姉の石長比売(いわながひめ)である。

大山津見神（おおやまつ）は二人の娘をニニギノミコトに嫁がせようとしたが、姉の石長比売（いわながひめ）は醜いがために、ニニギノミコトから追い返されたという。

氷見論文には、縄文期よりこの地に根づく巨石信仰……その象徴である石長比売を卑しめることで人民の信仰心を否定し、新たな征服者である海人（あま）（天）族の支配の正統性を啓蒙する神話であり、石長比売とは古計（苔）牟須姫命であると述べられていた。

小太郎は神妙な気持ちで『古計牟須姫命』『木花開邪姫命』と主祭神の名が記された額を見上げた。ＤＶＤはこの額の裏にあるという。

伸びをして額の裏に手を入れる。指先に平たい紙袋のような感触があった。厚みのあるグレーの洋封筒だった。なかにはケースに入ったＤＶＤと、二つ折りの紙が入っていた。

紙をひらくと一行のワープロ文字が目に入った。

『足利は、大罪の咎（とが）を受け、志賀海神社の海の小船に眠る』

《志賀海神社って、志賀島（しかのしま）の海べりに建っているのだろうか？》

小太郎は文字が示唆する意味を考えながら社殿から出た。

そのときである。突然、社務所の陰から三人の男が飛び出し、手にした懐中電灯の光を、いっせいに小太郎の顔へ照射した。

「動くな！」

正面の男が威圧的に怒鳴る。

「あなたたち、誰ですか？」

小太郎は手の甲で光を遮った。

「警察だ！　おとなしくしろ！」

「警察って……県警の方ですか？」

「そんなことはどうでもいい。とにかくおとなしくしろ！」

《県警はこの神社にも網を張っていたのか……やられたな……》

驚きや困惑はなかった。ただ県警の周到さと明日香たちの企み、そのふたつにうまうまと嵌(はま)った自分のまぬけさに自嘲のような感情が湧き上がった。

「わかりました。何もしませんよ」

不審人物が無抵抗だと知った私服の警官は警戒しながら近づいてきた。

「社殿から何かを盗りましたね。窃盗の現行犯で逮捕します」

「オレを拘束するとしたら、理由は、窃盗しかないですよね」

「つべこべ言わずに、いま盗ったものを渡しなさい」

小太郎が封筒を差し出すと、乱暴にひったくった刑事は、「名前と職業は？」と横柄(おうへい)に聞く。状況は緊迫していたが小太郎の心は妙に冷めていた。

「日本国憲法第三十八条および刑事訴訟法第三一一条によって黙秘します……と言いたいところですけど、そうもいかないでしょうね」

小太郎の冷静な反撃に、「何だぁ？」とひるんだ刑事は、急に憮然となった。

「あんた……何者ですか？」

小太郎はポケットの財布から名刺を出し、刑事に示した。それを懐中電灯で確認した刑事は哀れなほど悄然とした口調に変わった。

「弁護士……ですか？」

「まだ法科大学院生です。みなさんは福岡県警の方でしょう？　それなら古賀警部補をご存知ですよね。彼に問い合わせていただければ、私の身分はわかりますよ」

正面の刑事が脇の若い刑事に「おい」と指示を与える。あわてて携帯電話を出し、古賀警部補に連絡を入れた刑事は、

「古賀警部補がこちらに来るそうです。この方は怪しい人ではないと言っとりました」

正面の刑事は再び懐中電灯で名刺を確認すると、

「とにかく一緒に下まで降りてもらえますか」

「わかりました」

小太郎が素直に答えると、もう一人の若い刑事がトランシーバーを取り出し「3号車、社殿下へ」と指示を送る。

「どこかに覆面パトカーか何かが待機していたのですか？」

石段を降りながら小太郎が聞く。

「はあ……」

年配の刑事はバツが悪そうにうなずくばかり。

しかし下の道路では小さな騒動がはじまっていた。いつの間にか一台の覆面パトカーが小太郎の車の後ろに停車している。その横にテレビカメラを構えたマスコミが数人おり、車の窓から顔を出した警察官が、「さがって！」と大声を張り上げた。

「こりゃあ……」

先を歩く年配の刑事が唖然と立ちどまった。それを目ざとく見つけたテレビカメラが、素早くライトの光を向ける。

「やめんか！」

年配刑事が怒鳴る。すると光の幕の背後から非難するような声が返ってきた。

「連続殺人事件の有力な証拠が発見されたそうじゃないですか！」

「なんでバレよっと」

吐き捨てるように言った年配刑事は慌てて道路へ駆けおり、カメラを牽制した。

《やばいなぁ》

困惑した小太郎の脳裏に今西所長の苦りきった顔が浮かんだ。

＊

「沢田さん、どうしてこんなことを……」

駆けつけた古賀警部補は、小太郎をマスコミから隠すように乗って来た車の運転席へ案内し、押し殺した声で苦言した。

「県警はオレに張り込みと尾行を付けたでしょう？」

助手席へ乗り込んだ警部補に、小太郎は皮肉を言った。

「そりゃあ、あなたの身の安全を守るためです」

「ほんとにそれだけですか？」

すると古賀警部補は気まずそうに視線をはずした。

「中国人グループが長野県で沢田さんにコンタクトしたことは千葉県警の宮崎警部補の報告でわかっとります。沢田さんには、その理由についてもお聞きしなければならんとですよ。ですから再び接触してくる可能性も考え、網を張るのは当然でしょう？」

「相手にはバレてましたよ。それでオレ一人に接触するために警察の尾行をまく指示をしたようです」

「容疑者から接触があったとき本官に連絡してもらえたら……」

「警察に報せたら証拠は渡さないって脅されたものですから」

「それにしてもですなぁ」

警部補は愚痴をのみ込み、

「とにかく捜査本部で容疑者との接触状況や相手の人相などをお聞きしたいんですがね」

「オレを逮捕するんですか？」

「場合によってはね」

毅然と言った警部補はふいに顔を近づけ、

「我々はともかく、あのマスコミ連中は沢田さんを容疑者だと思っとります」

「やばいですね」

「ほんなこつ……」

警部補が呆れ顔をしたときマスコミのライトがこちらを照らした。

「沢田さん顔を伏せて！」

弾かれたように車を出た警部補はライトから小太郎の姿を隠すように立ちはだかり、

「こっちば撮ったらいかん！」

大声で怒鳴りながら私服の刑事へ走り寄り、何かを耳打ちすると素早く助手席へ戻った。

「とにかく車を出してください！」

小太郎はエンジンをかけて車を発進し、私服警官とマスコミの脇を擦り抜けた。

「どこへ行ったらいいんですか？」

「県警本部に決まっとります！」

警部補は憮然と言い、小さく舌打ちをした。

「とにかくこの道をまっすぐ……あとは自分が誘導します」

「わかりました。それでDVDと一緒にあったメッセージに関してはどうしますか？」

「すでに手配しとります！」

「オレ、このままじゃやばいですよね。テレビカメラにも撮られちゃったし……」

「マスコミにはさっきの刑事が説明します。容疑者と思われんよう沢田さんに運転を任せたんです」

「気を使ってもらってすみません」

「まったく……」

警部補は苦々しく表情をゆがめた。

福岡県警までの道中、小太郎は問われるままに、その日の出来事を語った。古賀警部補は、二十年前の事件や細川氏の殺害動機、そして実行犯などの話に「ふ～む」と唸った。

「容疑者はまだ近辺に潜伏しとりますね」

警部補はすぐに携帯電話で幹線道路の非常線と空港や港への非常線を強化するよう手配した。

「容疑者の逃走経路は予想できるんですか？」

小太郎の問いに「はぁ？」と訝しげな声を発し、

「わかりません。とにかくやれることは全部やりますがね、正直なところ漁船などで沿岸から脱出されたらアウトです」

「パスポートの偽造もお手のものらしいですから空港での逮捕も難しいでしょうね」

「でも素性は割れとるんですよね」

押し付けるように言い、小太郎を見た警部補は、刑事の顔に戻っていた。

「インターポール（国際刑事警察機構）に手配するんですか？」

「それも視野に入れとります」

「使っていた名前はおそらく偽名ですよ。それに彼らは香港から台湾に本拠を移していますから、非合法の移住だったら正体はわかりませんよね」

「まあ……」

渋面（しぶづら）でつぶやいた警部補は、「警察としては全力ば尽くします！」とやけっぱちのように言い、そのあと急に声を潜めた。

「本部での事情聴取にも協力してくださいよ」

「わかってます。ここで話した内容はすべてお話しするつもりです」

「じつはですな……尾行がまかれたことが問題になっとるんです」

「オレは重要証拠の収集で県警に協力した善意の第三者ですよ。尾行を撒かれた県警に問題があるんじゃないですか？　オレからすれば容疑者から強要された行動にせよ、身の安全のためには警察の監視が付いていてほしかったですからね。無事だったからいいようなものの、オレの身に何かあったら警察の面子（めんつ）は丸潰れですよ」

「尾行のことはですな、ほかには……とくにマスコミには黙っていてください。それからＤＶＤのことも県警の発表があるまで他言は控えてください」

「わかってますよ。交換条件というわけじゃないんですけどＤＶＤはオレにも見せてもらえますか？」

「そりゃあ勘弁してください。ＤＶＤは証拠品として検察の管轄になりますから」

「じゃあ古賀さんからでいいですから内容を教えてください」

「ご希望には沿いたいんですがね……」

「でしたら細川氏殺害の件に関してウチの事務所からＤＶＤ閲覧の要望書を出しましょうか？　依頼人は細川氏の親族ですが、細川氏当人の名誉も守る義務がありますからね。それならこちらにも守秘義務もあるからいいでしょう？」

「見せねば事情聴取に応じてもらえんとですか？」

「そんなことはないですけど、ＤＶＤを託されたのはオレですからね。蚊帳の外に置かれたんじゃあ証言の意欲だって鈍りますよ」

「わかりました。捜査本部に言ってみます」

古賀警部補が苦しそうに表情をゆがめてうなずいたとき、警部補の携帯電話が鳴った。その応答から察するに、電話は足利学長発見の報告のようだった。

八

福岡市の北西、博多湾に二段階で突きでた細長い半島がある。その先に島があり、島と半島がひとすじの砂州で繋がったような形状を成している。突き出た半島の距離は約十㎞、その先にある楕円をした島形状の土地は周囲が十一㎞ほどあり、志賀島（しかのしま）と呼ばれている。

志賀島と半島のあいだの一㎞ほどは幅数十ｍの砂州で結ばれている。地質学的もめずらしい形状であり、なぜ糸のような砂州が海没しないのかは謎であるが、古来よりずっと砂洲が陸地だったことは近年の地質調査で判明している。

しかし志賀島は地質学的観点より歴史学的観点で名高い。江戸中期の一七八四年、農夫によって志賀島の畑から金印が発見された。それが西暦五七年に後漢の皇帝・光武帝から倭国王に授与した金印であると後漢書の研究から判明し、志賀島の名を一躍有名にした。発見場所は今も金印公園として整備されている。

この半島に古くから伝わる神社のひとつが志賀海（しかうみ）神社である。氷見啓吾が実地検証した論文によれば、この神社の五穀豊穣豊漁を祈念する春秋の神事として開催される『山ほめ祭』の祝詞（のりと）の一節で、君が代の歌詞が述べられるということである。

志賀海神社の御祭神は、伊邪那岐命（いざなぎのみこと）が筑紫の日向の橘（たちばな）の小戸（おど）の阿波岐原（あわきはら）において禊祓（みそぎはらい）をされた際に、住吉三神と共に出現された綿津見三神とされ、その歴史の古さがうかがえる。神社の社殿は、志賀島の南東側に位置し、志賀島を周回する沿岸道をはさんで、玄界灘の飛沫が飛来する高台の森にある。

その志賀海神社の真下の海辺、テトラポットに繋留された一艘の小船で、昏睡状態の足利学長が発見された。

ＤＶＤと一緒にあったメッセージによって、福岡県警の警察官と海上保安庁の巡視艇が陸と海から現場に駆けつけが、テトラポットに繋留された小船を見つけ、舟艇全体をおおうシートをはぐった警官は息を呑んだという。

まるで餓死者のような老齢の男が裸に近い状態で横たわっていたのである。男は昏睡状態だった。すぐに福岡市内の病院へと搬送されたが、その間の数十分、現場は蜂の巣をつついたような騒ぎになった。多勢のマスコミが夏の夜の光に誘われた虫のように群れ寄ったからである。それら報道陣の話によれば、その日の午後六時頃、匿名の電話によって桜谷神社と志賀海神社でのことが知らされていたという。

古賀警部補は、この救出劇の状況を別室にいる小太郎にそっと教えてくれた。

「若宮神社の件もそうですが、マスコミにタレコミ電話があったようで、現地は大騒動です。沢田さんに接触した犯行グループは、それに関して何か言っとりませんでしたか？」

「何も聞いてません」

答えながら《やられたな》と思った。

おそらく自分を桜谷神社へ行かせたのも復讐劇のエンディングを飾る演出であろう。

《あんな面倒な手間をかけて呼び出したのも、この演出の配役にオレが必要だったからだ》

自嘲気味に顔をしかめた小太郎を見て、古賀警部補は辟易と言った。

「これじゃあ、もうマスコミを抑えられんとです。沢田さん、これ以上騒ぎを大きくしたくありませんからＤＶＤのことは絶対に他言しないでくださいよ」

しかし警察の最後の抵抗も翌日には塵芥（じんかい）に帰してしまった。

翌日の午前中、マスコミ各社にＤＶＤのコピーが宅急便で送りつけられたのである。

＊

マスコミ各社に対する警察の報道管制は間に合わなかった。

午前中の報道では、実名だけは控えられたが、昨夜、志賀島の海辺の小船で発見された人物と二十年前の氷見氏殺害の教唆、ならびに今回の細川氏と赤松助教授の殺害教唆を認めるＤＶＤの存在が白日のもとに晒されてしまった。また、この内容と関連した福岡の連続殺人事件の構図もあらわになり、メディアの沸騰に拍車をかけた。

ＤＶＤの証拠能力については、『作成者の強要などを理由に、過大視することはできない』と消極的な判断が裁判所によってなされているが、少なくとも警察は細川氏と赤松助教授の殺人教唆および共同正犯の立証を視野に入れた捜査に入るであろう。

明日香らの復讐劇はまさに喝采のエンディングを迎えたことになる。

今西法律事務所へは昨夜のうちに警察から連絡が行き、朝一番の便で今西が捜査本部に駆けつけた。その日の朝からはじまった本格的な事情聴取も、今西が警察にかけ合ったことで昼前には終了した。

ひとまず解放された小太郎は今西と共にマスコミを避け、裏口からこっそり捜査本部を脱出し、則尾がいる病院へと車を走らせた。

「小太郎、自分がしでかしたことの重大さは、わかっているな」

車が高速一号線に入ったとき、それまで無言だった今西がぼそっとつぶやいた。

「はあ……わかってます」

「DVDの発見については県警がおまえの存在を伏せてくれたから、まだ救いはあるがな」

「それは事情聴取のときオレが頼んだんです。もしオレの存在が表に出たら、今度はオレが狙われるって脅かしてやりました。それで、犯人から警察へ直接内通があったことにしてもらったんです」

「おまえにしては機転が利いた、と言いたいところだがな……こうまでコケにされると威信に関わるから、警察も面子を重んじておまえの存在を伏せたんだよ」

投げやりに言った今西はシートを少し倒し、「まったくこのクソ忙しいときに……」とぼやいた。

病院の三階へ行くと、エレベータホール脇の休息所で、テレビ画面に見入る則尾の姿があった。

病室の警備は解除されたようである。則尾は今西の同行に驚き、上体を起こした。

「あれ？　先輩、いつ来たんですか？」

「朝一番の飛行機だよ。おかげで眠くてしょうがない」

ぼやきながら隣に腰をおろした今西を尻目に、則尾はにやっと表情を崩した。

「沢田くん、やったじゃないか。ニュースを見たよ」

「え？　オレのことは報道してないでしょう？」

「知らないの？　若宮神社で証拠品が発見されたときの映像に映ってたじゃないか」

「そんな映像まで流されたんですか？」

「沢田くんの顔にはボカシがかけられていたけど、ボクにはすぐにわかった」

「全国版のニュースで流れたんですか？」

「朝のニュースだよ。見なかったの？」

「捜査本部にいましたからテレビは見てないんです……でも全国版ってことは軽井沢でも流されたんですよね」

「おそらくね」

「やばいなぁ……」

優衣の顔が浮かび、心に焦燥が走る。その動揺を見透かしたように今西が言った。

「小太郎、楠木にはオレから連絡しといたよ。福岡空港へ着いたとき、小太郎の携帯が繋がらないって楠木から連絡があった。だから、おまえを身請けしたあと、心配するなと連絡しておいた。まったく世話を焼かせるやつだ」

いかにも癪に障るといった顔をした今西は、

「ところで則尾、退院許可はおりたのか？」

「はい、午前中に許可がでました」

「といっても、しばらくは東京へ戻れんだろうな」

「ボクへの事情聴取もありそうですか？」

「則尾と小太郎は犯人一味と接触した重要な目撃者だ。人相や人数それに接触したときの状況など事件の背後関係や事実関係が固まるまでしつこく聞かれるよ」

「その間の滞在費は警察持ちですかね？」

「それほど甘くはないよ」。

「なんだ自前か。それなら事情聴取のあいだに自分の取材をしようかな」

脳天気な則尾の言葉に今西は辟易（へきえき）とした面持ちで、

「事情聴取の間はおまえらのホテルにも監視が付く。自由時間なんかないぞ。まったく則尾のお気楽さには付き合いきれん」

ため息まじりに言い、「とにかく入院費を清算してくる」とおっくうそうに立ちあがった。

その姿がエレベータに消えたとき則尾が神妙な顔を寄せた。

「氷見明日香らの復讐劇は予想以上にうまくいったようだね」

「オレも片棒を担がされました。こんなエンディングが仕組まれているなんて想像もしてませんでした。則尾さん、いいこと教えましょうか。高橋さんは高の弟ですよ。だから則尾さんやオレのこっちでの行動は筒抜けだったんです」

「ホントかよ！　でも冷静に考えてみれば、なるほどって感じだよな……」

「それからもうひとつ……脇屋さんも、細川さんの葬儀の前に明日香たちと会っていたようです」

さすがの則尾もこれには驚愕し、「えっ」と短く声を発したまま視線を彷徨（さまよ）わせたが、

「そのせいで信州でのボクらの行動も筒抜けだったのか……」

情けない表情で言い、「あ〜あ」と自棄気味に天を仰いだ。

小太郎は、昨日の『道の駅』での顛末を伝えた。話を聞いた則尾は「そうか」と得心し、

「桜谷神社での証拠品発見が、メディアで流れることがポイントだな。沢田くんは彼女らのシナリオの重要な配役だったんだ。話を聞く限り、キミがいなくても意図は達せたはずだからね。彼女らの話の矛盾は沢田くんだって気づいただろう？」

「ええ、オレなんか利用せず、マスコミにタレ込んでも同じじゃないかってね」

「警察は今回の件で報道管制をしいているから、その方法だと握りつぶされる恐れもある。だから氷見明日香たちのシナリオには、桜谷神社での発見劇がやつらの企んだタイミングで起きることが必要だったんだ。当然、やつらは桜谷神社へ警察の監視が付いていることは知っていた。でもＤＶＤの存在を警察へ知らせても発見の瞬間とメディアとのタイミングが合わなけりゃ意味がない。そ

こで確実にタイミングを合わせるためにキミを利用したのさ」

「でも、細川氏と足利学長たちの諍いの原因に優衣ちゃんがいて、オレがその付き添い役だから、真実を教えるって言ってました。それと二十年前の事件で細川氏が加害者ではないことを教えるとも言ってましたけど」

「その意味合いもなかったわけじゃないと思うけど、やっぱりコジつけ臭いな。二十年前の事件の復讐をして、ついでに氷見氏の遺志を社会に示すなら、最初から細川氏や土岐、伊波礼華などを殺しまくればいいじゃないか。たとえば、『君が代』に詠まれた場所に遺体を遺棄し、あとから犯行声明のようなものをマスコミに送りつけても用は足りるはずだし、その段階で細川氏のことも報せられたはずさ。氷見明日香たちも最初はそんなシナリオを用意してたんじゃないかな。でも途中で狂った。おそらく皇国磐生会の存在だろう。趙が殺害された時点でシナリオを変えざるをえなかったんだ」

「軽井沢でオレに接触したのは皇国磐生会の動きを封じるためですかね？」

「そんなところだろうな。でも日本の警察はやつらの思惑通りに動かなかった。それと、強大な組織力を持った皇国磐生会の登場で、事件は右翼と中国マフィアって構図に化けた。当然、彼女らの行動にも支障が生じるし、事件は国内外の暗黒組織の縄張り争いみたいな構図になるから、本来の目的が達しにくくなったんだな」

「それでオレを利用したんですね」

「もしかしたらボクでもよかったのかもしれないけど……ボクじゃあ扱いにくいとふんだのさ。その点、沢田くんは一本気で実直な青年、つまり扱い易いキャストだったわけだ」

「ピエロとして利用されたってわけですね」

「それだけじゃない……」

ふいに柔和な表情を繕った則尾は窓の外の空へ視線を投げた。

「沢田くんは彼女らの信頼に足る人物だったんだよ」

「オレのどこが信頼されたんですか？」

すると則尾は意外そうに目を開き、そのあと、ふんふんと勝手に納得した。

「最大のポイントは沢田くんが氷見明日香たちの行為を肯定してるってことだ。たとえ非合法の手段でも、その背後にある人間の恨みとか悲しさとか、そんな本質的な感情を優先する人間だって彼女らは敏感に察知したのさ。脇屋さんの件だって、沢田くんは責めるつもりがないだろう？　もちろん警察に話すこともないはずだ。肯定的という意味ではボクも同じようなもんだけど、さっきも言ったようにボクは扱いにくい、だから失格だ」

返す言葉がなかった。この事件の最初から明日香たちの行動を好意的にとらえている自分を否定できなかった。

「オレ、甘ちゃんですね。法曹界には向いてないんでしょうね」

復讐劇を是認する自分へのジレンマが自嘲となってもれる。

「そう悲観したもんでもないさ。単に法的な知識や、それをベースに法的な判断をくだすのならコンピュータの方が優れているはずだろう？　でもコンピュータには人を裁けない。そう考えると法律なんて人が人を裁くための目安でしかないし、不完全なものだ。むしろ人間の愛情や憎しみなど人間臭い部分を根底において、法の名文を活用するのが弁護士や検事それに裁判官の本来の役割じゃないのかな。ははは、こりゃあ釈迦に説法かな」

「いえ……お釈迦さまほど偉くも賢くもないですよ」

消沈する小太郎を「まあまあ」となだめた則尾は、

「でもさ、今回の事件はすごい反響だぜ。携帯サイトで事件を検索してみたら君が代との関連を述べている書き込みでいっぱいだ」

「でもマスメディアではほとんど触れてないでしょう？」

「そのスジからのお達しがあって、事件との直接的な関係としては報道できないんだろう。でもネットの世評については客観的に報道してるよ」

「日本の古代史が変わる可能性も出てきたってことですね」

「それはないだろうな。変化があるとしたら古今集に載っている君が代の原歌が筑紫地方の地歌（じうた）かもしれないっていう程度の認識が加わるだけだよ」

「氷見明日香らの目論見（もくろみ）は虚しかったってことですか？」

「やっぱりそれが気になるかい？」

「別にそういうわけじゃあ……」

「キミらしくていいさ。慰めるわけじゃあないけど、今回の事件は日本人が君が代や古代史の真実に目を向ける絶好の機会にはなったと思うよ」

そのあと則尾は窓越しに高祖山の峰のあたりを見た。

「前にも言ったけど、ボクは君が代が国歌であろうとなかろうと、どっちだっていいんだ。もっと言えば今の天皇制にしたって意味のない制度だとは思わない」

「則尾さんにしては殊勝なことを言いますね」

「そんなことないさ。武家全盛だった鎌倉時代から江戸時代だって征夷大将軍の任命権は天皇家にあったんだ。歴史的にはあまり表に出ないけど、天皇家はずっと存在してたんだよ。ただ、それを盲目的に神格化することが間違いだったのさ。たとえ西暦七〇〇年からの大和朝廷だとしても、約一三〇〇年間も日本の家元として厳然と存在してきたんだから、我々日本人としては敬虔な気持ちで考える必要があると思う。ただし、そのことと古代史の真実をフラットな考えで研究するのとは別問題さ。今の日本は太平洋戦争の敗戦によってアメリカの都合のいいように去勢された武士だよ」

「どういう意味ですか？」

「武士道さ。きのうキミが連れてかれた佐賀市だって鍋島藩の葉隠れで有名じゃないか」

「葉隠れって『武士道とは死ぬことと見つけたり』っていう、あれですよね？」

「それは葉隠れの一部が曲解されて、戦時中の玉砕精神高揚に利用されただけさ。本当の武士道は、人としての倫理観や節度・節制を説いたものだ。でも今の日本じゃ武士道なんて葉隠れの曲解と同じ運命、つまりはカビのはえた精神ってわけさ」

則尾は物憂げな視線を虚空に這わせた。

「日本民族は歴史的にも世界的にも優れた民族なんだ。宗教がない国で、ここまで己の倫理感を生み出し、それを普遍化した国はほかに見当たらない。日本人は、いわば武士のように勇敢であり、知的であり、まじめであり、己を滅して公を重んじ、正義を貫く……これは建前かもしれないけど、そんな建前や価値観を宗教の力を借りずに導きだした民族なんだ。でも今の日本は、そんな感覚を郷愁のように残すばかりで何の判断力も実行力もない流浪人さ」

「則尾さんの論理は飛躍していて理解できないですよ」

するど則尾はいつものひょうひょうとした顔に戻り、

「わかりやすく言うなら、オバちゃん発想天国って感じ？」

「よけいわからなくなりましたよ」

「簡単じゃないか。平和が一番なんて盲目的に言いながら、三文ニュースに簡単に騙され、最大の関心事は美容ネタと芸能ネタと儲け話って感じ？　重要なことはすべて棚上げして、正義だの金だの平和だのって自分だけの狭い世界の快適さや目の前のことしか見えない薄っぺらな国民だってこと。だから昨今のような諸外国からのシビアな経済や政治の攻勢にも、ふわふわと根のない意見や、当たり障りのない事なかれの対応しかできないのさ」

「高も似たようなことを言ってました。根無し草のような国民だって」

「ほう〜さすがに元共産革命の闘士だな。いずれにしても、国を憂い、国を考え、国を正そうなんていう若者の純真な覇気は、学生運動の終焉と共に日本から消えてしまったのさ。誰もが大人になるってことの洗礼を受けず、だらだらと成人式を迎えちまう。ところがそんなやつらがガキのうちから経済力を持ちはじめたからたまらない。中学生や高校生なんかが重要な市場になっちまった。選挙権を持たないガキどもが、今じゃあ市場の第一人者面して自分たちがトレンドを創ってるような妄想をおこしてさ、てめえらのチョー狭い認識に収まらなけりゃ、ダサイ、キモイの果てにKYだってさ。それならこっちはBKYだ！」

「KYはもう古いですよ。それにBKYって何ですか？」

「Bはボクの B、それにYは『読めない』んじゃなくて『読まない』の略。つまりボクは空気など読まないっていう積極的なツッパリさ。読めないんじゃなくて、おまえらの空気なんぞ、読んでたまるかってな。まったく……ゲームだ、塾だ、ファッションだ、携帯電話だってさ、親が後生大事に金をかけるもんだから、いつのまにか市場の重要なコンシューマになって……このガキどもの価値観で動いていたら日本はどうなっちまうんだ？　それもこれも親、もっと言えば母親、つまりは何の洗礼も受けずに大人になったボクらの年代の無能で幸せなオバサンどもってわけだ。それをどうにもできない男どもは、去勢されたキモイオヤジなんだよ！」

いつにない則尾の気勢に、小太郎は唖然としてしまった。さして悪いところもないのに入院生活を強いられた鬱憤が噴出したのかもしれない。

「則尾さん、入院でストレスがたまっていたんじゃないですか？」

「ストレス!?」

一瞬眉間にしわを寄せ、攻撃色を浮かべた則尾は、すぐに気負いを冷ますように「ふう〜！」と吐息した。

「そうかもな……」

「則尾さんの気持ちも、わからなくはないですよ」

「オジサンのボヤキだと思って許してくれ……でも高たちのような団塊世代の人間で、学生運動の経験を持つやつらは、こんな日本の現状を嘆くんだろうな。君が代の真実や歴史の真実を考える材料をこんな形で突きつけた気持ちもわかるような気がする」

「それと二十年前の真実も……ですよね」

「そうだな」

「氷見明日香たちはうまく国外へ逃れたんでしょうか？」

「警察の捜査も進んでないようだから、うまく高飛びしたんじゃないかな。彼女らの計画性というか、陰謀の深さやそれをサポートする組織力はボクらの想像を超えてるからね」

脳裏に新緑の陽光に映える明日香の顔が浮かぶ。トイレを要求したとき、ちらっと見えた前歯、その形のよい歯に彼女の体温のようなものを感じた。

《どうして前歯なんかに、そう感じるんだろう？》

そう思ったとき明日香の顔に白皙（はくせき）の少女の表情が重なった。

《そうか、あの写真も前歯を見せていたんだ！》

口は笑んでいるのに目には底知れぬ寂寥感を漂わせる痩身の少女……その二重写しが彼女の体温を感じさせたのかもしれない。

「則尾さん、今回の事件は二十年前の亡霊からのメッセージだったんじゃないでしょうか」

思わず口をついた言葉に、則尾は「え!?」と怪訝な目を向けた。しかし、その表情は次第に和らぎ、やがて納得するように目を細めた。

「たしかになぁ……もっと言えば千三百年前、つまり万葉時代の亡霊のメッセージかもしれないぜ」

「千三百年前の亡霊ですか……氷見明日香はその化身だったんですね」

「そうそう、ありゃあ人間じゃないよな」

そのときエレベータがチンと音を立て、今西が降りてきた。

「則尾、すぐにでも退院できるぞ。ただし、しばらくは警察の監視下だ」

「はぁ……」

「どうしたんだ？　二人ともバカ面（つら）ならべて。事件はまだ終わってないんだぞ」

「万葉時代の亡霊ですよ……」

小太郎は、窓から望む高祖山の上の空に、模糊と浮かぶ氷見明日香の面影を見ていた。

＊

小太郎と則尾への事情聴取はそれから三日間続いた。

毎日、それぞれが別室に分かれて四、五時間拘束された。しかし聞かれることも答えることも同じことの繰り返しである。

ひと足先に東京へ戻った今西からは、毎夜、事情聴取の状況を確認する電話が入った。

脇屋へは事情聴取がはじまった最初の日の夜に連絡を入れてみたが、携帯電話は相変わらず固定メッセージだった。

ところが二日目の夜、再び連絡してみると、思いがけず悄然とした声が「はい……」と応えた。

「あれ？　脇屋さん、きのうまでは電話が繫がらなかったんですけど」

——いろいろとあってな……。

「責めるつもりはありませんよ。脇屋さんの携帯電話はときどき故障する……ですよね」

——ああ、機種が古いもんで……すまなかったなぁ、許してくれや。

「いいんです。脇屋さんはオレたちに情報を提供してくれただけじゃないですか」

——まあ、そうだけど……。

「華岡(はなおか)さんや善池(よしいけ)さんはお元気ですか？」

——え!?　ああ……まあ……。

「わかってますよ。脇屋さん、またお会いしましょう！」

電話を切った小太郎の心は、なぜか清々しかった。

小太郎と則尾への事情聴取は、主として刑法第一〇三条の犯人隠避罪の有無に重点が置かれているようだったが、中国人グループの二人への接触は、細川家から依頼された弁護側への情報提供に利用されたという見方が固まった。『君が代』の情報を警察に提供したこと、さらには小太郎が中国人グループから伝えられた真実を正直に述べたことなどで、事件の全容解明に役立った事実も二人には幸いした。それに加え、捜査本部には、容疑者から尾行を察知され、小太郎を危険に晒した失態への負い目もあったようである。

二人が外国人組織のメッセンジャーとして利用された善意の第三者であると、捜査本部の方針として固まりはじめた三日目の休息時間、古賀警部補がひょっこり小太郎の部屋へ顔を出した。

捜査本部の意を受けてのものかどうかは不明だが、彼は世間話のように小太郎と則尾の証言を再確認したあと、

「お二人のことは事件の目撃者として発表します。素性は隠しますから、東京でマスコミに追われることはないと思います」

さりげなく言ったあと、

「それとですな……今回のことはマスコミやその他には絶対に他言しないでくださいよ」

改めて念を押した警部補は、その見返りでもあるかのように捜査の進捗状況を差し障りのない範囲で教えてくれた。

容疑者の足取りは依然つかめないらしい。警察は氷見明日香の組織に翻弄されているようである。ただし集中検問に皇国磐生会の車が二台引っかかり、拳銃を隠し持っていたため、銃砲刀剣類所持等取締法違反と凶器準備集合罪ならびに公務執行妨害の現行犯で逮捕された。この逮捕と併せ、千葉県警による磐教団と皇国磐生会への家宅捜査と証拠品押収により、事件は謎の外国組織と皇国磐生会ならびに磐教団の抗争事件として公表された。

しかしインターネットなどでは、君が代にまつわる怪奇な連続殺人事件として面白おかしく扱われ、社会的には警察の公式発表が建前と化してしまった観もあった。

足利学長は、救出された翌日の昼過ぎには意識をとり戻したらしいが、自白のＤＶＤを脅迫によるものとし、法定で争う構えだという。しかし長野県警は赤松助教授殺害の教唆で、また千葉県警は細川氏殺害の教唆で、それぞれの捜査本部へ足利学長を順に移送し、徹底的に調べる方針だとも聞いた。足利学長への取り調べが進むにつれ、事件はさらに怪奇な様相を帯びてくるであろう。

事情聴取からホテルへ戻った二人は、毎夜インターネットで今回の事件の社会的な風評、あるいは君が代との関連を述べるブログや個人サイトを開いては、その内容の過激さに歓声をあげた。

足利学長を弾劾するサイトには二十年前の事件を告発する書き込みさえあり、これには小太郎も驚かされた。もっとも今回の事件が起こる以前から氷見氏の自殺の真相を疑う人もいたのだから、そのなかの誰かがここぞとばかりに書きこんでも不思議はない。

明日香らの狙い通り、足利学長は社会的な制裁を受け、公判を待たずに抹殺されたようである。

三日のあいだに優衣から四回連絡があった。

今西が事情を説明してくれたおかげで、彼女の不安も癒えたようではあるが、それでも電話のたび、テレビで小太郎らしい人物の映像が流れたときの驚きや連絡不能になったときのショックを訴えた。さらに捜査本部での事情聴取が終了し、明日は東京へ戻るという夜の電話では、すぐに軽井沢へ来てほしいと哀願された。

「所長が許してくれたらすぐにでも行くよ」

それを隣で聞いていた則尾が「キミはいいなぁ」と揶揄した。

「彼女、則尾さんのことも心配してましたよ」

小太郎が照れ隠しをすると、

「そうじゃなくて、キミはまた細川家で最高の肉が食えるだろう？　まったく羨ましいよ」

「そんなことを羨んでいるんですか？　呆れたなぁ。則尾さんだって頼めば食えますよ」

「ホント？　そうかぁ！　じゃあボクは今度の紀行文を細川さんの家で書かせてもらおうかな。これから夏にかけて軽井沢の気候は最高に気持ちいいしね」

「勝手にしたらいいですよ」

則尾の勝手な思惑は、東京に戻って二週間後に実現した。

＊

遺産相続と養子縁組みの手続きが終わり、その報告を兼ねて軽井沢へ行った夜である。

「こんな豪華なメニューは、ボクの生涯、最初で最後ですよ」

ちゃっかり同行した則尾は、夕食に出された極上のビーフステーキと、静子が奮発したロマネ・コンティをベタ褒めした。

「そんなことおっしゃらずに、いつでも気軽にいらしてくださいな」

ほんのりと頬を染めた静子が愛想を返す。

「ホントですか？」

「もちろん。女所帯ですから信用できる男の人にいてもらえれば心強いですわ」

「それじゃあ、あつかましいお願いなんですけど……ボク、今回の筑紫地方と君が代との関連を紀行文に書きたいと思ってるんですけど、しばらくの間、ここで書かせてもらえないでしょうか？」

一瞬、「えっ？」と目を見開いた静子は、すぐに笑みを浮かべ、

「どうぞどうぞ、部屋はたくさん余っていますからお好きなように使ってくださいね。できたら、そのうちに軽井沢のことも紀行文にしてくださいな」

「もちろんそのつもりですよ」

調子を合わせる則尾を今西がたしなめる。

「則尾、図々しいぞ。女性だけの家におまえのような怪しい男が居ついたら近所から何を言われるかわかったもんじゃない」

しかし静子は笑顔のまま、

「今西さん、いいんですよ。優衣ちゃんから聞いたんですけど則尾さんは武道の達人だっていうじゃないですか。女所帯ですから用心棒がいた方が安心ですわ」

「その点は任せてください。それからですね……」

勢いづいた則尾は小太郎にちらっと目配せし、

「ボクがこちらにお邪魔しているあいだ、沢田くんにもちょくちょく来てもらおうと思ってるんですけどいいですかね？　筑紫の紀行文のことで沢田くんの意見も聞きたいものですから」

「あらぁ、沢田さんが……ええ、もちろん！」

静子は満面に喜色を浮かべた。

「則尾さん！」

小太郎は隣に座る則尾の膝を手の甲で小突いた。しかし彼はそれを無視し、

「どうせならさぁ、大学院が夏休みの間、こっちで勉強させてもらったらどう？　気候もいいし勉強もはかどるぜ」

あっけらかんと言う則尾を今西が苦々しく睨んだ。

「いいかげんにしろ。細川さんはウチのクライアントなんだぞ！」

しかし静子は平然と、

「あらぁ今西さん、ウチはちっとも構いませんわ。本当のことを言えば沢田さんに居ていただいたとき、私も息子ができたような気持ちだったんですから……ねえ優衣ちゃん」

話を振られた優衣は、どぎまぎした表情で「ええ……」と小さくうなずいた。

小太郎は則尾の意図が読めた。

細川家の養女となった優衣は、今西法律事務所を退職し、住まいもこの家に移すことが決まっている。この先、優衣が東京へ来る機会はほとんどないはずである。といって小太郎が軽井沢まで頻繁に来る理由もない。

《そんな事情を察し、オレがここに来る理由をつくってくれたんだ》

隣でステーキを頬張る、どこか少年じみた中年男に、小太郎は心で感謝した。

＊

細川家のワインセラーに秘蔵されていたロマネ・コンティを二本も空けてしまった今西と則尾は、夕食後、早々に部屋へ引き上げ、高イビキをかきはじめた。

伯母の静子も久しぶりの賑やかな夕餉の空気と極上のワインに酔い、優衣とホームヘルパーに後始末を頼み、千鳥足で二階の自室に上がってしまった。

残された小太郎はテラスの椅子に座り、深閑とした軽井沢の闇と夜風の涼気で、ほろ酔いの頭を冷やした。

「沢田さん、コーヒーを淹れたんだけど……」

しばらくすると、お盆に二つのコーヒーカップを載せた優衣がテラスにやって来た。

「ありがとう。ちょうど飲みたいと思っていたんだ」

「私も一緒にいただいていい？」

優衣はカップをテーブルに置いた。カップ縁からのぼり立つ仄かな湯気が、深閑としたカラマツの森を包む夜気で微動に揺らぐ。

「さすがに涼しいね」

「昼間の温度は東京とあまり変わらないけど、夜はだいぶ違うわ」

「湿気がないからさっぱりしていて気持ちがいいよ」

小太郎は露出した腕をてのひらで撫で、カップを口に運んだ。

「優衣ちゃんは、これからずっとここに住むんだね」

「うん……」

優衣は目を伏せてうなずいた。そんな優衣から視線をはずし、小太郎は空を見上げた。カラマツの梢に切りとられた偏狭な夜空に無数の星が瞬いている。

「北斗七星だ。冬の正座だと思ってたけど、この季節にも見えるんだな」

「そうね、冬よりも真上に見えるみたい」

「優衣ちゃんは、この先もこんなきれいな星空が見られるんだね」

「……」

黙ったままカップに口をつけた優衣は、上目で小太郎を見た。

「沢田さん……迷惑かけちゃってごめんね」

「え？　別に迷惑なんか、かけられてないよ」

「大切な時期に勉強の時間を私たちのために使わせちゃった……」

「そんなこと気にするなよ。オレさ、今度のことで六法や判例を学ぶ以上にいい勉強ができたと思ってるんだ」

「古代史や君が代のこと？」

「それもあるけど、それよりも人間社会の幼稚さとか常識の脆さとか、その幼稚な人間がつくった法律の不完全さや、それを武器にする弁護士の職責への考え方……いろいろさ。物事を根本的に考えることや人間の感情をどう考えるか、その上で法律を武器にすることの意味、そんなことを学んだ気がする」

「そう言ってもらえれば気持ちが楽になる」

「それよりもさ、もっと大きなのはモチベーションの変化だよ。以前のオレって司法試験を受けることへの目的意識が曖昧だった。でも今は自分でも信じられないくらいはっきりした目標としてとらえることができるんだ」

「よかった。沢田さんが本気になれば絶対に大丈夫よ」

「と言ってもね、法科大学院生だって30％程度の合格率が現状だから、勢いだけで合格するのは難しいけど……来年がダメでも、再来年があるし、その次の年だってあるさ」

「私、ずっと応援するから、がんばってね」

優衣は恥ずかしそうに顔を伏せ、カップに視線を落とした。
「うん、がんばるよ」
小太郎はうつむく優衣を見た。さらりと伸びた直毛の一本一本が、居間の明かりを受けて鈍く輝いていた。
細川氏の殺害原因は、巨額の金銭がらみの確執ということで、ひとまずは落着している。一連の出来事で多くの命が奪われた。その凄惨な事件の端緒に、細川家の養女となる優衣の存在がある事実……車のなかで高が示唆した『子供に何かを残したいという気持ちは、親の常』という言葉を、小太郎は則尾以外の誰にも話してはいない。目の前でうつむく優衣の細い肩に、この真実は重過ぎると改めて感じた。
《このことは永遠に自分の心に封印しておこう》
小太郎はイスの背に頭をもたれて夜空を仰いだ。
《おそらく古代人も、あの北斗七星を見たんだろうな》
時空を超えた世界に、意識が吸いよせられていく。氷見明日香の顔が亡霊のように浮かびあがった。
《彼女は祖国へ帰れたのだろうか》
密かな願いをこめて思ったとき、唐松の梢に切りとられた偏狭な空間が、果てしなく深く遠く感じられた。

透明な笑みをたたえる明日香に、永遠に行き着けない夜空の星のような、無限の距離を見たせいかもしれなかった。

《了》

本著を平成二十七年にご逝去された古田武彦氏に捧げます。

【参照文献】

『「君が代」は九州王朝の賛歌』　古田武彦（新泉社）
『古代史の十字路―万葉批判』　古田武彦（東洋書林）
『壬申大乱』　古田武彦（東洋書林）
『人麻呂の運命』　古田武彦（原書房）
『古代は輝いていた（1）～（3）』　古田武彦（朝日新聞社）

＊文中の列車時刻は、２０１０年度版の時刻表を参考にしました。また、本文中の古代史関連の研究論文および記述に関しては、一部を除き、古田武彦氏の研究論文を参照させていただきました。

坂野 一人（ばんの かずひと）

【略歴】
1953年，長野県生まれ。青山学院大学法学部卒業後、コピーライターとして活動。1993年から旅行関連の紀行文を手がけ、紀行文ライターを兼業。2005年から著作を発表。

【著書】
『南洋の楼閣』（旅情サスペンス） 文芸社刊
『ドラッカーの限界』（経済書）オンブック刊
『下高井戸にゃんにゃん』（青春愛猫小説）デジタルメディア研究所刊
『哀色の海』（恋愛小説）メタ・ブレーン刊
『父の章 母の章』（文芸小説）メタ・ブレーン刊

西都の亡霊

2024年4月25日 初版第一刷発行

著 者 …………………………………………………………… 坂野一人

装丁・本文設計 増住一郎デザイン室
本文DTP Afrex.Co.,Ltd.

発行所 ………………………………………………………… メタ・ブレーン

東京都渋谷区恵比寿南3-10-14-214 〒150-0022
Tel：03-5704-3919 ／ Fax：03-5704-3457
http://web-japan.to ／振替口座 00100-8-751102